Emma Norden

Mila & Adesso
Herzklopfen im Sattel

Weitere Abenteuer von
Mila & Adesso:

Ausritt am Strand
Herzklopfen im Sattel

FSC
www.fsc.org
MIX
Papier aus verantwortungsvollen Quellen
FSC® C014496

ISBN 978-3-7432-0201-6
1. Auflage als Loewe-Taschenbuch 2018
Dieser Band enthält die Einzelbände *Liebe und Lampenfieber* und *Ein Sommer mit Herz,* erschienen in der Serie *Pferdeinternat Inselglück*

Umschlagfotos: © Sushitsky Sergey/Shutterstock.com
Umschlaggestaltung: Ramona Karl
Printed in Germany

www.loewe-verlag.de

Emma Norden

Mila & Adesso

Herzklopfen im Sattel

Loewe

Liebe und Lampenfieber

Ein Sommer mit Herz

Liebe und Lampenfieber

Herzklopfen

Mila rutschte wie ein nasser Sack von Adessos Rücken und ließ sich mitsamt ihrer Reitkappe auf dem Kopf ins Gras plumpsen. „Ich brauch 'ne Pause!", stöhnte sie und wischte sich mit einer dramatischen Geste über die Stirn.

Adesso war Milas Verhalten offensichtlich nicht ganz geheuer. Er stupste sie mit dem Maul an, wie um zu fragen, ob es ihr auch wirklich gut ging.

Mila grinste. „Alles in Ordnung, mein Schöner … bis auf den Muskelkater, der meinen ganzen Körper lahmlegt. Ich kann mich kaum noch bewegen."

Charly, Milas beste Freundin, ließ sich elegant von ihrer Stute Vanilla neben Mila ins Gras gleiten und lachte. „Ja, Tamara nimmt uns im Moment auch ganz schön hart ran. Ich glaube, ich bin in meinem Leben noch nie so viel geritten. Und das will echt was heißen." Sie deutete auf den Kirschbaum, der mitten auf der Wiese stand. „Lass uns in den Schatten gehen. Es ist so schrecklich heiß heute."

Mila nickte und führte Adesso zu dem knorrigen Baum. Charly und Vanilla folgten ihnen.

Schon merkwürdig, wie schnell die Zeit seit ihrer Ankunft auf der Insel Marum vorbeigegangen war, dachte Mila. Und wie sich ihr Leben verändert hatte. Noch vor vier Monaten hatte sie weder Charly noch das Inselinternat gekannt. Sie hatte mit Mama und Papa auf dem Festland gelebt und, sooft sie konnte, ihr Pferd Adesso und ihr kleines Appaloosa-Pony Renate bei ihrer früheren Reitlehrerin Aurelie im Stall besucht. Doch als ihre Eltern beschlossen hatten, für ein Jahr mit *Ärzte ohne Grenzen* nach Kenia zu gehen, hatten sie gleichzeitig entschieden, dass Mila diese zwölf Monate auf Marum im *Pferdeinternat Inselglück* verbringen sollte. Nicht zuletzt, weil dort die Schwester von Milas Vater, Tante Caro, als Mathelehrerin arbeitete.

Zuerst hatte Mila sich heftig gegen diesen Plan gewehrt. Aber Aurelie hatte sie schließlich überzeugen können, sich das Internat wenigstens einmal anzusehen. Mittlerweile musste Mila zugeben, dass es ihr auf *Inselglück* sehr gut gefiel. Besonders Charly, ihre neue beste Freundin, wollte sie nicht mehr missen. Und auch Tini, die Tochter von Tante Caro. Mila hatte ihre kleine Cousine richtig lieb gewonnen. Es war einfach zu niedlich, wie begeistert sie mit Renate spielte! Selbst das Reiten nahm Mila nun viel ernster. Obwohl sie zuvor noch nie professionellen

Springunterricht gehabt hatte, war Tamara, ihre Reitlehrerin, sehr zufrieden mit ihren Leistungen. Das war für Mila aber noch nicht einmal das Wichtigste. Das Wichtigste war, dass ihr das Springtraining total viel Spaß machte – vorausgesetzt, sie hatte gerade keinen Muskelkater.

Mila rupfte einen Halm aus der Erde und steckte ihn sich zwischen die Zähne. Dann lehnte sie sich mit einem Seufzer gegen den Baum. Die raue, rissige Oberfläche des Stamms tat ihren müden Rückenmuskeln richtig gut. Eine Baum-Massage, fuhr es ihr durch den Kopf und sie lächelte. Sie atmete tief durch und beobachtete Adesso, dessen Fell in der Junisonne glänzte. Er mampfte in aller Ruhe Gras und wirkte völlig zufrieden. Das war wirklich einer dieser perfekten Momente, in denen einfach alles stimmte. Die Sonne, die Landschaft und die Menschen und Tiere um einen herum. Ein Moment, in dem man absolut gar nichts vermisste … Plötzlich spürte sie ein Ziehen in der Brust. Na ja, so ganz richtig war das nicht. Sie vermisste ihre Eltern und Aurelie. Und dann gab es da noch jemanden … Jan.

Jan ging mit ihr in eine Klasse, wohnte aber nicht im Internat und nahm auch nicht am Reitunterricht teil. Und er war der süßeste und netteste Junge, den sie je getroffen hatte. Mit seinen blonden Strubbelhaaren und den braunen Augen erinnerte er Mila immer an einen großen Michel aus Lönneberga. Die

Fischerhemden, die er so gerne trug, unterstrichen die Ähnlichkeit sogar noch.

Mila guckte verstohlen nach rechts zu Charly. Ob ihre Freundin wohl bemerkt hatte, dass sich gerade ein dickes Grinsen auf ihrem Gesicht breitgemacht hatte?

Doch Charlys Augen waren geschlossen.

Offensichtlich genoss auch sie die Ruhe und die Viersamkeit.

Mila überlegte: Vielleicht war das *die* Gelegenheit, mit Charly über die Jan-Sache zu sprechen?

Mila nahm den Halm aus dem Mund und kitzelte Charly damit am Hals.

„Hey, störe meine Kreise nicht!", sagte Charly und schlug die Augen auf.

„Kreise? Welche Kreise?", fragte Mila verdutzt.

„Ach, das ist nur so ein Spruch von einem uralten Griechen", antwortete Charly.

Es wird immer rätselhafter ... Ich frage jetzt besser nicht weiter nach, beschloss Mila. Sie hielt kurz inne, bevor sie fortfuhr. Dann nahm sie all ihren Mut zusammen und fragte: „Warst du eigentlich schon mal verliebt?"

Charly sah Mila verwundert an. „Na, das nenn ich mal Themen-Hopping. Von den alten Griechen zu meinen privaten Seelenlagen." Dann überlegte sie einen Moment und sagte: „Ich glaube, nicht richtig. Nicht mit nachts Wachliegen und Nicht-mehr-essen-

Können und so. Am Anfang des Jahres fand ich Jakob mal ganz süß. Aber das hat sich mittlerweile wieder gelegt. Jetzt mag ich ihn einfach nur noch wie einen Kumpel. Und du?"

„Deswegen frage ich ja", antwortete Mila. „Mein Herz pocht immer so verrückt und zieht sich in alle Richtungen und dann hab ich immer wieder das Gefühl, wie auf Watte zu laufen. Wenn ich die Augen zumache, sehe ich blonde Wuschelhaare und alles Mögliche fliegt in meinem Bauch herum: Schmetterlinge, Hummeln ... Hubschrauber. Manchmal ist mir auch richtig schlecht ..."

„Dann ist es auf *keinen* Fall Verliebtheit", schlussfolgerte Charly bestimmt.

„Du denkst also, ich habe eine fiese Krankheit?", fragte Mila schockiert.

Charly sah Mila fest in die Augen. Dann lächelte sie. „Das ist auf jeden Fall *Mega*-Verliebtheit, wenn du mich fragst. Und lass mich raten: blonde Wuschelhaare? Oh girl, ich habe es ja gewusst. Du bist in Jan verknallt!"

„Ist das so offensichtlich?" Mila sah beschämt zu Boden.

„Einer besten Freundin bleibt eben nichts verborgen", meinte Charly tröstend. „Hast du es ihm schon gesagt?"

Mila hob erschrocken den Kopf. „Bist du vom wilden Pferd gebissen? Nein, natürlich nicht. Lieber werfe ich beim Turnier jede einzelne Stange! Das wär doch oberpeinlich!"

„Tja, dann wird es schwierig werden, herauszufinden, ob Jan das Gleiche fühlt, oder?"

„Das will ich ja auch gar nicht herausfinden!", rief Mila wütend. „Ich möchte diese blöde Verliebtheit wieder loswerden." Sie ballte die Fäuste und boxte in die Luft. „Geh weg, weg, weg!", schrie sie.

Adesso sah besorgt auf und kam auf Mila zu.

„Hey, Mila, mach nicht die Pferde scheu."

Mila stand auf und streichelte Adessos Hals. „Sorry, mein Schöner. Ich bin bald wieder die Alte ..."

„Deine Wutausbrüche müsste Adesso doch inzwischen gewohnt sein." Charly konnte ein Kichern nicht unterdrücken. „Bestimmt gehen so auch deine ungeliebten Gefühle weg. Mit einer Urbrülltherapie."

„Du meinst so eine Urschreitherapie für Menschen, die leicht wütend werden? Könnte mir gefallen." Mila grinste nun auch.

„Exakt. Kombiniert mit einer Abhärtungstherapie", schlug Charly vor. „Soll bei Angst vor Spinnen ja Wunder bewirken. Vielleicht hilft es, dich jeden Tag mit Jan zu verabreden. Dann merkst du wahrscheinlich, dass er gar nicht so toll ist."

Mila schüttelte den Kopf. „Also ich weiß nicht, Charly. Ich hab doch keine Angst vor Jan. Und glaubst du nicht, dass ich mich nur noch viel mehr verliebe, wenn ich mich jeden Tag mit ihm treffe? Nee, das ist eine Quarkidee."

„Dann weiß ich auch nicht weiter." Charly blies sich eine rote Lockensträhne aus dem Gesicht. „Kirschbaumschatten hin oder her. Es ist so heiß, ich kann nicht mehr denken." Sie warf einen Blick auf ihre goldene, teuer aussehende Armbanduhr. „Wir haben noch eine gute Stunde bis zum Abendessen. Was meinst du, sollen wir noch an den Strand?"

Sobald sie das Wort „Strand" hörten, spitzten Vanilla und Adesso die Ohren und drehten unternehmungslustig ihre Köpfe in Richtung Meer.

„Super. Vier zu null Stimmen für den Strand. Los geht's."

Mila schwang sich auf Adessos Rücken und Charly auf Vanillas.

Zuerst ritten sie wegen der stechenden Sonne langsam, als sie aber die Dünen hinter sich gelassen hatten und ihnen die salzige Meeresbrise um die Nase wehte, galoppierten sie los.

Mila liebte es, wenn der Sand unter Adessos Hufen nach hinten wegspritzte. Wie hatte sie nur früher ohne Strandausritte leben können? Nun wollte sie sie auf keinen Fall mehr missen. Und Adesso ging es genauso. Mila spürte, wie sie sich beim Galopp durch den weichen Sand entspannte. Hier musste sie sich keinen Reitregeln unterwerfen. Keine Tamara, die ihr sagte, dass sie ihre Fersen zwei Millimeter nach hinten nehmen und die Zügel im richtigen Moment loslassen sollte. Keine Hindernisse, die im korrekten Winkel übersprungen werden mussten. Nur auf die Strandkörbe und die Badegäste, die sich bei dem schönen Wetter häuften, mussten sie achtgeben. Herrlich! Mila hatte das Gefühl, dass mit jeder Welle, die an den Strand rollte, auch ein wenig Glück in sie hineinschwappte. Selbst Adesso war nicht wiederzuerkennen. Sobald er an seinen Hufen das Wasser spürte, schien er sich wieder in ein junges Fohlen zu verwandeln, das herumtollte, kleine Bocksprünge machte und einfach gar nicht genug vom Planschen bekommen konnte. Mila hörte die Badegäste lachen, als Adesso mit dem Maul durchs Wasser fuhr und Vanilla nass spritzte.

„Hey, du ungezogener Festlandhengst!", rief Charly und hob drohend den Zeigefinger. „Lass dich bloß nicht noch mal dabei erwischen, sonst kriegst du von mir keine Karotten mehr."

Adesso schnaubte und stampfte mit dem Huf auf. Diesmal traf der Schwall Wasser Charlys Reithose.

„Also, echt, du bist unmöglich, Brauner!" Charly wendete und ritt zurück an den Strand.

„Gut gemacht!", flüsterte Mila Adesso ins Ohr. „Und um Karotten musst du dir zum Glück keine Sorgen machen. Tini schleppt die kiloweise für Renate an. Da fallen für dich immer welche ab."

Adesso nickte, als hätte er verstanden.

„Wir müssen zurück!“, rief Charly. „Zumindest, wenn wir noch eine Chance auf Frau Käthes Nudeln haben wollen.“

„Wir kommen!“, rief Mila zurück. Beim Gedanken an die leckeren Tagliatelle bolognese, die ihnen die Köchin des Internats, Frau Käthe, versprochen hatte, knurrte ihr der Magen. Und diesmal, da war sie sich ganz sicher, war es kein Hubschrauber der Fluglinie *Jan Petersen.*

Extra-Sondertraining

Als Mila und Charly durch das schmiedeeiserne Tor von *Inselglück* ritten, kam ihnen Tini auf Renate entgegen. Sie winkte Mila und Charly schon von Weitem zu.

Mila wunderte sich. Tini sah heute ganz normal aus ... T-Shirt und Leggings. Und auch an Renate konnte sie kein einziges Stückchen Kostüm oder Schmuck erkennen. Nanu? Ihre kleine Cousine hatte doch sonst jeden Tag eine andere Idee, wie sie sich selbst und Renate verkleiden konnte.

„Tini, warum seid ihr heute denn nackt?", versuchte Mila der Sache auf den Grund zu gehen.

„Wie meinste das denn?", fragte Tini und blickte erschrocken an sich herunter.

„Ich meine, warum seid ihr nicht verkleidet wie sonst immer?"

„Ach so. Sag das doch gleich", meinte Tini erleichtert. „Puh, für einen Moment hab ich echt geglaubt, ich hätte vergessen, mir 'ne Hose und ein T-Shirt anzuziehen. Nee, heute Morgen wollte ich Renate als Mammut Manni verkleiden und mich als Sid, das Faultier. Du weißt schon, die aus *Ice Age*. Aber sie hat den Pelz immer wieder abgeschüttelt. Keine Ahnung, warum."

„Vielleicht, weil es heute mit 33 Grad Celsius alles andere als Ice Age ist?", warf Charly ein. „Renate hat bestimmt ohnehin schon mit ihrem dicken Fell zu kämpfen."

„Könnte sein", grübelte Tini. „Oder die Schaumstoff-Mammutzähne waren ihr irgendwie im Weg."

„Durchaus möglich." Mila grinste. „Ich persönlich glaube, es war eine Mischung aus beidem."

„Morgen probiere ich *Hui Buh*. Da brauch ich nur ein Laken, das ist ihr bestimmt lieber", überlegte Tini. Dann fasste sie sich an die Stirn. „Oh Mann, jetzt hab ich vor lauter Mammut vergessen, dass ich euch sagen soll, dass Luke heute Abend ein Extra-Sondertraining angesetzt hat. Ihr sollt nach dem Abendessen mit den Pferden auf die Weide kommen. Aber ihr braucht sie nicht zu satteln oder zu trensen."

Oh nein. Mila hatte sich so auf ein bisschen Quatschen im Gemeinschaftsraum gefreut. Und auf eine lange kalte Dusche mit dem neuen tollen afrikanischen Peeling, das ihre Mutter ihr aus Kenia geschickt hatte. Und jetzt noch ein Training? Übertrieben es Luke und Tamara nicht ein wenig? Klar, das große Jahresabschluss-Turnier rückte immer näher und vorher hatte Tamara sie noch für ein Turnier auf dem Festland angemeldet. Aber zwei Trainingseinheiten an einem Tag? Nein danke. So weit reichte Milas Ehrgeiz nicht. Andererseits: auf die Weide ohne Sattel? Das klang nicht nach einem normalen Training, tröstete sie sich. Sie blickte zu Charly, die mit versteinerter Miene auf Vanilla saß. Die schien von dem Sonder-Extratraining auch alles andere als begeistert zu sein.

„Die spinnen, die Trainer", meinte sie düster. „Da bleibt uns nur, uns gleich ins Getümmel um die Pasta zu werfen, um nachher nicht vor Schwäche vom Pferd zu plumpsen."

„Pasta?", sagte Mila aufgeregt. „Auf geht's!" Sie ritten los in Richtung Ställe.

Tini schnalzte mit der Zunge und auch Renate setzte sich langsam in Bewegung.

„Genau!", rief sie Mila und Charly hinterher. „Basta! Sagt meine Mama auch immer."

Zwei Stunden später führten Mila und Charly ihre Pferde auf die große Weide hinter dem Stall. Franzi und ihr schwarzer Hengst Black Velvet warteten schon.

„Das Essen war meine Rettung", sagte Charly. „Jetzt ist es zumindest *möglich*, dass ich die Stunde überlebe."

„Ja, die Nudeln und die kalte Dusche", flüsterte

Mila zurück. „Ich bin echt mal gespannt, was jetzt kommt."

„Und ich erst", meinte Franzi, die sich trotz der Hitze in einen hautengen schwarzen Reiterdress gepresst hatte. Man musste schon genau hinsehen, um zu erkennen, wo Franzi aufhörte und Black Velvet begann. „Ich hab das doch richtig verstanden, oder? Luke wird heute beim Training dabei sein?"

Mila nickte. „Zumindest hat Tini uns das gesagt." Sie zwinkerte Charly zu. Franzi hätte es zwar nie zugegeben, aber es war ziemlich offensichtlich, dass ihr Luke, der Trainer für Natural Horsemanship, ziemlich gut gefiel. Mila konnte sie sogar ein wenig verstehen. Luke sah toll aus und er war unglaublich nett. Besonders faszinierend war sein Umgang mit Pferden. Er ritt sein Pferd, Jolly Jumper, nur ohne Zügel und ohne Sattel. Jolly reagierte allein auf Lukes Gewichtsverlagerungen und auf seine Stimme. Luke war wie ein echter Pferdeflüsterer. In den letzten Wochen hatte er auch Mila und Adesso geholfen. Sie hatten vorher schon eine tolle Beziehung gehabt, aber nun verstand Mila ihr Pferd noch viel besser. Und Adesso sie natürlich auch. Kein Wunder also, dass Franzi sich in Luke verguckt hatte.

Nach und nach trudelten Milas restliche Klassenkameraden ein. Mark und Jakob, die ungleichen Zwillingsbrüder, mit ihren Pferden Feuerfuchs und Windfuchs, Nele auf ihrem Schimmel Fairy, Isa und ihre Stute Melodie und zum Schluss Michel und Pferdinand.

„Hey, was willst du hier?“, fuhr Mark Michel an.

Michel blieb ganz ruhig. „Nach was sieht es denn aus? Ich trainiere hier.“

Mark trat ganz nah an Michel heran und zischte: „Ich habe aber überhaupt keinen Bock darauf, dass du bei uns mitmachst, verstanden? Wenn du in deinem Schneckentempo durch den Parcours reitest, raubst du uns nur wertvolle Übungszeit. Das nervt mich schon an Mila. Aber dass jetzt auch noch du im Weg stehst, finde ich total beschissen!“

Er packte Michel am Kragen, aber der ließ sich nicht aus der Ruhe bringen und lächelte weiter.

Das schien Mark noch mehr zu provozieren. Sein Mund wurde zu einem schmalen Strich. „Dein Lachen wird dir schon noch vergehen, dafür sorge ich.“

„Willst du mir etwa drohen?“, fragte Michel. „Das würde ich an deiner Stelle sein lassen …“

„Lass ihn in Ruhe!“, rief Jakob, Marks Zwillingsbruder, und zog Mark von Michel weg. „Was soll das denn?“

Mila klammerte sich erschrocken an Adessos Mähne. Ob die anderen wohl genauso dachten wie Mark? Nein, das konnte sie sich nicht vorstellen. Nicht mal Nele, die ihr am Anfang das Leben im Internat ganz schön schwer gemacht hatte. Ganz plötzlich, als würde sich in Mila ein Schalter umlegen, wurde sie wütend. Und zwar so wütend, dass sie nicht mehr klar denken konnte und ihrem Zorn einfach freien Lauf ließ.

„Du tickst doch nicht mehr richtig!", schrie sie Mark an. „Bist du dermaßen von Ehrgeiz zerfressen, dass du überhaupt nicht raffst, dass Michel und ich gar nicht in derselben Prüfungsklasse wie ihr anderen antreten? Wir sind also keine Konkurrenz für euch. Und wenn du denkst, dass du nicht genug trainieren kannst, brauchst du ja das Gemeinschaftszimmer in den nächsten Wochen abends nicht mehr zu betreten und kannst in der Zeit allein weitertrainieren. Ich werde dich sicher nicht vermissen. Und ich glaube, die anderen können auf Typen wie dich auch gut und gerne verzichten." Mila sprangen vor Zorn Tränen in die Augen.

Michel lief zu ihr. „Coole Ansage, auch wenn das bei der Hitze irgendwie ein Widerspruch zu sein scheint", sagte er lächelnd und legte ihr den Arm um die Schulter. „Hey, du zitterst ja."

Erst jetzt merkte Mila, *wie* aufgeregt und wütend sie war. Michels Arm um ihre Schultern beruhigte sie jedoch fast augenblicklich. Wie machte er das nur? War es seine ruhige Stimme? Oder diese unglaubliche Gelassenheit? Egal, auf jeden Fall tat es gut und die Wutwellen ebbten langsam ab.

„Ja, tut euch zusammen, dann wird vielleicht mal ein ganzer Reiter aus euch", ätzte Mark weiter.

„Was ist denn hier los?“, fragte Luke, der sich auf Jolly Jumper näherte und den letzten Satz gehört hatte.

„Schon gut“, sagte Michel. „Wir haben das schon unter uns geklärt. Alles in bester Ordnung.“

Luke musterte Mila, deren Augen rot und verweint aussahen. „Wirklich?“, wollte er wissen.

Mila durfte Michel jetzt nicht enttäuschen. Sie zwang sich zu einem Lächeln und versuchte, ihre Stimme so locker wie möglich klingen zu lassen. „Klar, was soll schon sein? Es kann losgehen.“

„Äh, Luke, womit eigentlich?“, flötete Franzi mit hoher Stimme und legte ihren Kopf schief. Dann schmiegte sie sich an Black Velvets Hals.

Hoppla, dachte Mila. So kannte sie Franzi gar nicht. So schwarz wie ihre Kleidung waren ihre Laune und ihr Humor normalerweise. Das hier war offensichtlich eine ganz neue Seite an ihr. Und die war flirty-rosa-mädchenhaft. Nun gut, Mila sollte es recht sein …

„Tja, ihr könnt euch ja sicher schon denken, dass das hier kein normales Springtraining wird. Ihr erinnert euch hoffentlich alle noch an die Yoga-Stunden. Was war dabei das Wichtigste?“ Luke blickte wie ein Oberlehrer in die Runde.

„Geschmeidig und grazil in die Übungen zu gleiten, um gelenkiger zu werden?“, schlug Isa vor.

„Ja, Gelenkigkeit ist ein toller Nebeneffekt“, meinte Luke, der sich dabei ein Lächeln kaum verkneifen konnte.

„Den eigenen Körper zu spüren?“, riet Franzi.

„Sehr gut, Franzi“, lobte Luke. „Das ist ganz wichtig beim Yoga. Ganz bei sich zu sein.“

Franzi wurde rot wie ein Ampelmännchen.

„Und atmen!“, rief Charly. „Immer schön atmen!“

„Richtig. Ich sehe, die Yoga-Stunden waren nicht umsonst. Heute wollen wir ein wenig Yoga auf dem Pferderücken machen. Spürt euren Körper und spürt den Körper eures Pferdes. Und werdet in der Bewegung eins.“

„Wenn mein Vater wüsste, für welchen Quatsch er hier Monat für Monat sein Geld ausgibt, dann …“, murmelte Mark leise, doch Luke hatte ihn gehört.

„Was wäre dann, Mark?“, fragte Luke kalt. „Wenn du mit den Unterrichtsmethoden hier nicht einverstanden bist, kannst du gerne gehen. Wenn du allerdings hierbleiben möchtest, musst du uns Lehrern vertrauen, dass wir euch und eure Pferde so trainieren, wie wir es für richtig halten. Damit ihr erfolgreiche Springreiter werdet und eure Pferde immer eure Partner und Freunde bleiben.“

Mila nickte. Aus diesem Grund hatte sie eingewilligt, hier auf *Inselglück* Springreiten zu lernen. Vorher hatte sie immer gedacht, Pferdesport und Pferdeliebe wären unvereinbare Gegensätze. Aber hier im Internat war sie eines Besseren belehrt worden.

„Sorry. Alles cool. Ich mach ja mit“, ruderte Mark nun doch etwas zerknirscht zurück.

„Entschuldigung angenommen“, sagte Luke. Dann wandte er sich an Franzi. „Magst du die erste Übung vorführen?“

„Ich?“, fragte Franzi und wurde schon wieder rot. Dunkelrot. „Echt?“

„Na klar, wieso nicht?“, fragte Luke erstaunt. „Black Velvet und du, ihr seid doch ein eingespieltes Team.“

Franzi nickte nervös und saß auf ihrer Stute auf.

„Leg dich doch bitte einmal mit dem Oberkörper auf Black Velvet, Franzi.“ Er ging zu Franzi und nahm ihre Hand, mit der sie sich in der Mähne der Stute festhielt. „Die Hände bitte seitlich baumeln lassen“, erklärte er weiter. „Diese Übung wird euch vielleicht von eurer ersten Reitstunde bekannt vorkommen. Damals ging es aber in erster Linie darum, nicht vom Pferd zu plumpsen. Das habt ihr mittlerweile hoffentlich alle drauf, oder?“ Luke grinste in die Runde. Mila grinste zurück.

„Heute sollt ihr versuchen, mit eurem Pferd gemeinsam zu atmen. Den Körper, den Willen, die Bewegungen zu spüren. Und im besten Fall mit eurem Pferd zu verschmelzen, wenn ihr versteht, was ich meine.“

Mila verstand das sehr gut. Sie schmiegte sich an Adesso, der sie mit sanften dunklen Augen ansah.

Und sie wusste, dass auch Adesso verstanden hatte. Sie hatten eine Verbindung, die stark war. Sehr stark sogar. Wenn sie galoppierten, verschwammen die Grenzen zwischen ihren Körpern immer mehr und es war, als könnten sie gegenseitig die Gedanken des anderen lesen. Ein unglaublich schönes Gefühl! Mila und Adesso – ein Herz, ein Gedanke, ein Ziel!

„Mila? Alles okay?" Luke stand plötzlich vor ihr. „Willst du es nicht auch probieren?"

„Sorry, ich war total in Gedanken. Logo mach ich mit."

Zerknirscht schwang sich Mila auf Adessos Rücken und ließ sich nach vorne sinken. Ah, das war noch besser als bei dem Baum. Durch Adessos Bewegungen wurden Milas Muskeln ganz locker und weich und HOPS hüpfte der Muskelkater von ihren Schultern.

Eine Stunde und einige Übungen später beendete Luke die Yoga-Reitstunde. Mila sah sich um. Bis auf Mark, der Feuerfuchs sofort in den Stall führte, wirkten alle gelöst und hatten ein Lächeln auf den Lippen.

„Können wir das öfter machen?", fragte Franzi schüchtern. „Ich finde, das ist ein toller Ausgleich zum Springtraining."

„Klar, so ist es gedacht", antwortete Luke. „Aber denkt daran: Wir lernen hier nichts, was ihr nicht schon könntet. Ich gebe euch in der Stunde nur den

Raum, zu entdecken, was alles in euch und euren Pferden steckt.“

Luke schwang sich auf Jolly Jumper. „So, und jetzt ist es wirklich genug für heute. Kümmert euch um eure Pferde und dann nichts wie rein in die Koje. Jolly und ich werden noch ein wenig in den Sonnenuntergang reiten. Nicht wahr, mein Freund?“ Luke beugte sich beinahe unmerklich nach vorne, sah in die Weite und schon galoppierte Jolly los.

„Ist er nicht einfach ...“ Franzi rang nach Worten. „... ganz und gar unglaublich?“ Sie seufzte und führte Black Velvet in den Stall, um ihn abzureiben.

Charly sah Mila an und verdrehte die Augen. „Ist Franzi nicht einfach ...“ Sie tat so, als müsste sie genau wie Franzi zuvor überlegen. „... unglaublich verknallt?“

„Hey, mach dich ja nicht über sie lustig“, meinte Mila. „Die Arme ist noch schlimmer dran als ich. Luke ist unser Lehrer. Da hat sie doch null Chancen.“ Sie zog Adesso am Stallhalfter von einem saftigen Grasstück weg, das er offensichtlich ziemlich appetitlich fand. „Aber die neuen Rottöne im Gesicht sind zumindest mal eine farbliche Abwechslung zu dem ewigen Schwarz.“ Mila grinste. „Steht ihr richtig gut, finde ich.“

Mila ließ sich im Gemeinschaftsraum aufs Sofa plumpsen und schlug ihr Reittheorie-Buch auf. In diesem Fach musste sie ganz schön viel nachholen.

Reiten war hier im Internat ein ganz normales Fach wie Mathe oder Englisch. Man konnte sogar deswegen durchfallen. Lustlos las sie einen Abschnitt über die Halsmuskeln des Pferdes. Durch das geöffnete Fenster drang Jakobs Lachen. Die meisten ihrer Mitschüler saßen draußen um die Holztische im Hof. Kein Wunder, denn erst jetzt waren die Temperaturen erträglich geworden. Doch Mila hatte an diesem Abend keine Lust auf Jakobs ständigen Quatsch und Marks bissige Bemerkungen. Sie starrte ins Buch und musste sich nach ein paar Minuten eingestehen, dass sie ständig den gleichen Satz gelesen hatte. Ihre Gedanken waren immer wieder zu Mama und Papa und ihrem komischen Skype-Gespräch vorhin abgeschweift.

Missmutig schlug sie das Schulbuch zu und tastete nach dem kleinen Hufeisenanhänger, der an einer feingliedrigen Silberkette um ihren Hals hing. Ein Glücksbringer, den ihre Mutter ihr geschenkt hatte. Normalerweise tröstete es Mila, ihn zu berühren. Sie hatte dann das Gefühl, ihren Eltern ganz nahe zu sein. Aber heute war es anders. Das Hufeisen stand irgendwie zwischen ihnen. Genauer genommen nicht das Hufeisen, sondern das Reiten. Dabei hatte das Gespräch ganz lustig begonnen und Mama hatte ihr ein paar Fotos von Alfred, einem Gecko, der wie ein Haustier bei ihnen in Kenia lebte, geschickt. Doch als sie ihnen von ihren Springfortschritten erzählt hatte und dass Tamara fand, dass sie ein großes Talent besaß, hatte Papa total erschrocken geguckt und gesagt, dass sie sich lieber auf Englisch und Mathe konzentrieren sollte, und Mama war plötzlich ganz still geworden. Komisch. Warum freute Papa sich denn nicht? Schließlich hatte er doch auch gewollt, dass sie das Pferdeinternat auf Marum besuchte, solange sie in Kenia waren. Schließlich war es doch irgendwie klar, dass man auf einer Schule, die Springreiter ausbildet, auch Springreiten lernt, oder etwa nicht? Da sollten sie doch eher stolz sein, dass sie und Adesso sich so gut schlugen. Mila spürte, wie sich ihr Magen zusammenzog. Das kannte sie schon – das hieß: Mila-Wut im Anmarsch.

Sie ballte die Fäuste und trommelte aufs Sofa, dass es nur so staubte.

Das war alles andere als ideal, aber so tat sie zumindest niemandem weh. Weder mit Taten noch mit Worten.

Plötzlich ging die Tür auf und Franzi kam herein. „Boah, Hilfe!“, hustete sie. „Für einen Frühjahrsputz ist es ein wenig spät, oder?“

„'tschuldigung. Ich musste meinen Gefühlen gerade mal freien Lauf lassen.“

„Deswegen bin ich auch hierhergekommen“, sagte Franzi und wedelte mit einem schwarzen Notizheft in der Luft herum.

„Du schreibst Tagebuch?“, fragte Mila erstaunt.

„Hm, seit ich hier bin. Solltest du auch mal probieren. Nichts sortiert die Gedanken und Gefühle besser. Und es staubt weniger!“

Mila musste lachen. Ihre Wut war wie weggeblasen. „Hast recht, vielleicht besorg ich mir auch so ein Buch …“

Franzi setzte sich in einen der grünen Sessel, stöpselte sich die Hörer ihres Handys in die Ohren und vertiefte sich in ihr Tagebuch.

Leise, düstere Klänge und eine klagende hohe Frauenstimme drangen zu Mila hinüber. Mila schlug ihr Reittheorie-Buch auf, das mahnend auf dem Tisch lag. Das wäre doch gelacht! Wenn Franzi zu dieser traurigen Musik Liebesgeständnisse in ihr Tagebuch schreiben konnte, dann konnte sie doch wohl trotz Eltern-Ärger ein paar lateinische Halsmuskeln lernen!

Koppel-Theater

„Hey, Adesso, lass das", brummte Mila und drehte sich auf die andere Seite. „Ich will schlafen."

„Dich tritt kein Pferd, sondern deine Mitbewohnerin. Und wenn du nicht gleich aufwachst, gibt es kein sanftes Schulterrütteln mehr, sondern einen nassen Waschlappen ins Gesicht", sagte Nele genervt. „Ich versuche seit einer Viertelstunde, dich wach zu bekommen. Es ist schon zehn vor acht!"

Oh nein, nicht schon wieder! Mila rappelte sich auf und überlegte, was sie nun zuerst tun sollte. Anziehen? Waschen? Tasche packen? Am besten alles auf einmal. Sie sauste los und murmelte Nele zu, die immer wieder auf ihre Armbanduhr sah und ungeduldig von einem Bein aufs andere trat. „Du kannst schon los. Ich schaff das schon."

Nele zuckte erleichtert mit den Schultern. „Okay, dann bis gleich!"

Zum Glück. Eine mies gelaunte Nele hätte sie jetzt nicht auch noch brauchen können. Mila und ihre

Zimmergenossin Nele trugen zwar keine Kämpfe mehr aus – die Mauer aus Cavalettis, die noch vor ein paar Wochen die Zimmerhälften geteilt hatte, war abgebaut –, aber beste Freundinnen waren sie noch lange nicht.

Drei Minuten später schlüpfte Mila zur Klassenzimmertür herein. Gerade noch rechtzeitig, bevor Mister Green den Unterricht begann. Absolute Spitzenrekordzeit!

Sie kramte ihr Heft und ihr Buch aus dem Rucksack. Den Heftseiten hatte der übereilte Aufbruch allerdings weniger gutgetan. Fünf Eselsohren in drei verschiedenen Größen. Mist. Fahrig versuchte Mila, die Seiten glatt zu streichen und gleichzeitig so auszusehen, als bereite sie sich auf den bevorstehenden Unterricht vor.

„Mila, kommst du mal bitte zu mir?", bat Mister Green sie mit seiner warmen dunklen Stimme.

Sie erschrak. Das hieß nichts Gutes. Aber sie konnte sich beim besten Willen nicht vorstellen, was sie angestellt hatte.

Mila hob den Blick und ging langsam nach vorne. Zu allem Unglück musste sie direkt an Jan vorbei, der gerade die seitliche Tafel wischte und sie fröhlich anlächelte. Mila lächelte zurück, versuchte aber, nicht in seine wunderschönen braunen Augen zu sehen.

„Mila", sagte Mister Green und deutete auf Milas

letzten Vokabeltest, auf dem eine Vier minus prangte. „Ich weiß, dass du in den letzten Wochen viel Neues zu lernen hattest. Deine Leistungen in Englisch sind zwar besser geworden, aber du kratzt immer noch an der Fünf herum. Ich würde dir gerne etwas vorschlagen: Was hältst du davon, ein Extra-Projekt in Englisch zu machen? Ich könnte dir dafür eine gute Note eintragen. Und ich habe mir überlegt, dass Jan dabei dein Tutor sein könnte. Was meinst du, Jan?"

Jan legte den Kopf schief und sagte: „Kein Problem. Das wäre cool."

Mila wusste weder, was sie sagen sollte, noch, was sie denken sollte. Einerseits hatte sie mehr als genug mit dem Reiten und dem restlichen Schulkram zu tun und die Jan-Hubschrauber in ihrem Bauch würden dann auch nicht landen. Im Gegenteil. Andererseits: Die Sorge um den Englisch-Fünfer wäre sie dann endlich los …

„Hey, du musst nicht gleich dein ganzes Gesicht in Falten legen! So schwer ist die Entscheidung nun auch nicht", lachte Jan und stupste sie am Arm an. „Ich hab auch schon eine Mega-Idee für das Projekt. Ich sage nur: horses, Shakespeare and love … everlasting but deadly love." Dabei sah er Mila erst schmachtend an und grinste dann breit.

„Klingt … awesome", sagte Mila und deutete dann auf die Tafel, an die Mister Green gerade schrieb. „Aber bevor wir mit den großen Themen des Lebens anfangen können, gibt es offensichtlich erst mal eine kleine Portion unregelmäßige Verben."

Es hörte nicht auf. Weder im Lauf des Schulvormittags noch am Nachmittag, als Mila Hausaufgaben machen wollte. Ihr Herz klopfte und klopfte wie ein kleiner Specht gegen ihren Brustkorb und ihre Hände zitterten so, dass an eine leserliche Schrift nicht zu denken war.

Jans Vorschlag, Mister Green zu beeindrucken, indem sie die Balkonszene aus *Romeo und Julia*, dem Theaterstück, das sie in den letzten Wochen als Lektüre gelesen hatten, einstudierten, hatte Mila gefallen. Noch besser hatte sie die Idee gefunden, das Ganze unter freiem Himmel und zu Pferd aufzuführen. Doch die Aussicht, mit Jan diese romantische Szene zu spielen, hatte ihr Gefühlsdurcheinander nur noch verschlimmert.

Mila kannte nur ein Heilmittel, das immer half: ihre beiden Pferde. Also beschloss sie, die Hausaufgaben Hausaufgaben sein zu lassen und vor dem Springtraining eine ausgiebige Schmusestunde mit Adesso und Renate einzulegen.

Die Sonne brannte beinahe noch stärker als am Tag davor. Mila stöhnte. Obwohl sie so wenige und so langsame Bewegungen machte wie nur möglich, war sie nach kurzer Zeit völlig verschwitzt und ganz klebrig. Auch im Stall wurde es nicht besser. Die Luft war stickig und staubig. Mila warf einen Blick in Adessos und Renates Box. Sie war leer.

Na, dann waren die beiden wohl auf der Weide. Mila wollte gerade auf die Koppel gehen, als Michel aus dem Büro, das Herr Gründgen in einem Extraraum im Stall eingerichtet hatte, kam. Offensichtlich hatte er für seinen Vater Papierkram erledigt. Mila wunderte sich, dass Michel all die verschiedenen Aufgaben so mühelos schaffte. Er war ein Superschüler, half seinem Vater, dem Stallmeister Steffen Gründgen, wo er nur konnte, sowohl im Büro als auch bei der Betreuung der wertvollen Pferde. Und seit Neuestem durfte er nicht nur die Schule des Internats besuchen, sondern auch am Reittraining teilnehmen. Er besaß zwar kein eigenes Pferd, aber er durfte Pferdinand, einen wunderschönen und talentierten Apfelschimmel, der dem Internat gehörte, reiten.

„Hi, Michel", grüßte Mila.

„Hi zurück", sagte Michel fröhlich und ging zu ihr in die Box. „Schön, dich zu sehen." Er musterte Milas rotes, fleckiges Gesicht. „Du siehst ganz schön fertig aus. Ich hoffe, du nimmst dir Marks blödes Gelaber von gestern nicht so zu Herzen."

„Na, du wirfst ja mit Komplimenten um dich. Von denen träumt wirklich jedes Mädchen – allerdings nur, wenn es vorhat, Karriere in einem Zombiefilm zu machen …", antwortete Mila bissig. „So sehe ich eben bei 40 Grad im Schatten aus. Da werden meine Umrisse unscharf, weil ich schmelze."

Michel zuckte mit den Schultern und sah Mila mit sanften Augen an. „Ich wollte dich nicht verletzen. Ich finde dich immer scharf, äh … ich meine, ich finde dich immer hübsch. Aber Mark ist einfach ein echter Kotzbrocken. Ich wollte nur sichergehen, dass du okay bist."

„Ich glaube, sein Vater verlangt von ihm und Jakob, dass sie überall die Besten sein müssen. Mark hat's auch nicht leicht …", begann Mila zu erklären.

„Hör mir bloß damit auf. Jeder hat hier seine Probleme. Und Jakob benimmt sich auch nicht so arschig, obwohl er denselben Vater hat. Das ist keine Entschuldigung!"

„Michel hat recht", tönte es aus der Stallgasse.

Jan!, dachte Mila erschrocken. Was machte der denn hier? Normalerweise war er doch um diese Zeit bereits zu Hause auf dem Islandhof. War sie denn nirgends sicher? Allein Jans Stimme spülte ihr ganzes Gehirn leer. Sie suchte nach Worten, fand aber keine. Oder zumindest keine sinnvollen.

„Womit *genau* hab ich recht?" Michel linste über die Boxentür.

„Mit allem, natürlich", meinte Jan. „Aber vor allem mit den Problemen, die jeder hat. Allerdings habe ich gerade eins, von dem ich hoffe, dass du mir dabei helfen kannst. Uns sind ein paar Fliegenschutzmasken für die Pferde kaputtgegangen und in Ritteck sind sie zurzeit ausverkauft. Habt ihr noch welche, die ihr gerade nicht braucht?" Jan guckte nun seinerseits über die Boxentür und sah Mila an, die mit geschlossenen Augen an der Wand lehnte. „So wird das heute aber nichts mehr mit 'ner Probe. Holde Julia, du hängst ja voll in den Seilen. Eigentlich wollte ich dich gleich entführen ... Aber die Konkurrenz ist wohl groß ..."

Mila war schwindelig. Und heiß. Ob die Hitze oder Jan der Grund war, konnte sie beim besten Willen nicht mehr auseinanderhalten. „Ich hab Springtraining", sagte sie. „Und mir ist schrecklich heiß. Aber morgen könnte ich mit Adesso zu euch rausreiten."

„Könnt ihr das woanders klären?", fuhr Michel plötzlich dazwischen. „Ich muss noch andere Dinge erledigen. Jan, brauchst du jetzt Fliegenmasken oder eine Julia?"

„Beides, aber die Fliegenmasken sogar ein wenig dringender", sagte Jan übertrieben fröhlich und versuchte, seine Verwunderung über Michels unfreundlichen Ton zu überspielen.

„Dann komm", forderte Michel ihn auf. „Wir haben einige, die wir euch leihen können."

Mila seufzte. Mannomann! Konnte das Leben kompliziert sein ...

Sie ging auf die Weide hinaus und sobald Adesso

sie gesehen hatte, kam er auf sie zugetrabt. Mila kramte in der Tasche ihrer Reithose nach einem Stück trockenem Brot.

„Du weißt, wer dir die besten Leckerli mitbringt, stimmt's, mein Schöner?", flüsterte sie, als Adesso das Brot mit seinem weichen Maul aus Milas Hand nahm und mit einem Happs wegknabberte. Sie strich ihm über die schwarze seidige Mähne und entfernte ein paar Strohhalme. „Wo ist denn die kleine Dicke überhaupt?"

Als hätte sie Milas Frage gehört, kam das Mini-Appaloosa aus dem Dickicht der Bäume, die am anderen Ende der Weide standen, angewetzt. Es war einfach zu niedlich, wie sie mit ihren kurzen Beinen galoppierte und ihre Mähne dabei im Wind wehte. Mila kniff die Augen zusammen, um besser sehen zu können. Oh nein! Konnte das sein …? Doch! Es gab keinen Zweifel. Renate trug eine Taucherbrille auf der Stirn und ihre Mähne war an der Stirn zu drei senkrecht nach oben stehenden Zöpfen gezwirbelt worden. Renate war ein Minion! Tini hatte mal wieder ganze Arbeit geleistet. Nur hatte sie offensichtlich vergessen, das arme Pony wieder von der Verkleidung zu befreien.

„Komm her, kleine Gescheckte", begrüßte Mila Renate und zog ihr vorsichtig die Taucherbrille von der Stirn. „Dieses Ding hier ist doch bestimmt unangenehm." Dann versuchte sie, die Zöpfe zu entwirren. Sie zerrte und entknotete, doch das Haarkunstwerk ließ sich nicht so leicht auflösen. Mila beschloss, die Haarpflege Tini zu überlassen. Im Gegensatz zur Taucherbrille würden die Zöpfe Renate wenigstens nicht stören.

Mila setzte sich auf das unregelmäßig abgefutterte Gras und beobachtete ihre beiden Pferde. Ein ganz und gar ungleiches Freundespaar. Renate: dick, niedlich und gescheckt, gerade mal so groß wie eine Riesendogge. Und Adesso, der edle braune Hengst mit dem glänzenden Fell und dem vielversprechenden Körperbau, der wie fürs Springen gemacht war. Und trotz dieser Gegensätze waren sie einfach unzertrennlich. Mila lächelte. Plötzlich waren all die Gedanken um ihre Eltern, Michel und Jan wie weggeblasen. Sie wusste nicht, warum. Wie von selbst wurde ihr Lächeln zu einem Grinsen und das Grinsen zu einem Kichern. Als Adesso und Renate sie neugierig beschnupperten, lachte sie nur noch lauter. Sie konnte gar nicht mehr aufhören.

„Alles klar mit dir?", fragte Michel, der auf die Koppel gekommen war. „Das klingt wie ein typischer Fall von Sonnenstich."

„Ja, ja, ja, alles klar! Es ist mir noch nie besser gegangen", japste Mila. „Alles in bester Ordnung."

Stolpersteine

„Ihr reitet zu unkonzentriert!“, rief Tamara, die mit Käppi und einem gefalteten Papier, das sie als Fächer benutzte, auf dem Reitplatz stand. „Die Feinheiten sind ausschlaggebend für einen fehlerfreien Ritt. Und genau diese Feinheiten entscheiden später, ob ihr eine Chance auf den Olympiakader habt oder nicht.“

Mila schnaufte. Plötzlich war ihre Kicherlaune wie weggeblasen.

„Na, die hat ja heute einen Ton drauf“, maulte Charly, die vor Mila ritt. „Wie ein Feldwebel.“

„Das Knie, Franzi! Wie oft muss ich dir das noch sagen?“, schrie Tamara nun. Franzi tat Mila leid, aber sie war froh, dass Tamara offensichtlich nicht bemerkt hatte, dass Adesso schon drei Mal gestolpert war. Das war ihm in letzter Zeit häufiger beim Training passiert. Mila versuchte, Adesso mehr von der Hinterhand aus zu reiten. Bestimmt war eine zu starke Belastung der Vorderhand der Grund, warum

Adesso immer wieder aus der Balance geriet. Hoffentlich passierte das nicht, wenn sie jetzt allein den Parcours ritten.

Mila konzentrierte sich und galoppierte los. Das erste Hindernis, eine Triplebarre, nahm Adesso mühelos. Doch dann, als Mila auf den Oxer zuritt, strauchelte Adesso wieder. Mila galoppierte am Oxer vorbei und parierte durch.

„Mila, komm mal rüber, ich muss mit dir reden", bat Tamara. Diesmal klang sie nicht genervt, sondern eher besorgt. Dann wandte sie sich an die anderen: „Jeder trainiert bitte in dieser Zeit für sich."

„Toll, dann bekommt Mila also wie immer eine Extrabehandlung", zischte Nele. „Na ja, das sind wir ja schon gewohnt."

Tamaras Blick verfinsterte sich. „Nele, solche Kommentare kannst du dir sparen. Wir alle haben in den letzten Wochen viel Rücksicht auf dich und Fairy genommen. Und wir freuen uns, dass es deiner Stute wieder gut geht. Aber nun Mila anzufahren, ist sehr unfair. Schließlich war sie es, die deine Fairy gerettet hat!"

Nele kniff wütend die Augen zusammen. „Das heißt aber noch lange nicht, dass ich ihr bis ans Lebensende dankbar sein muss. Dass du dich viel mehr um Michel und Mila kümmerst, ist uns anderen gegenüber nämlich auch sehr unfair."

„Nele, du hast für heute Platzverbot", verkündete

Tamara streng. „Reg dich erst einmal ab und überleg dir, was du mir hier vorwirfst. Ich setze mich nämlich für euch alle ein und möchte jedem gerecht werden, verstanden?“

Nele schwang sich von Fairy und führte die weiße Stute beleidigt vom Platz.

„Vielleicht sollten Michel und ich nicht mehr in dieser Gruppe mittrainieren“, sagte Mila leise zu Tamara. „Die anderen mögen es nicht. Sie denken, wir bremsen sie. Und irgendwie stimmt das auch. Michel und ich müssen noch so viel lernen. Ganz grundlegende Dinge …“

„Das ist doch Quatsch“, unterbrach Tamara sie. „Ihr seid schon so gut, dass ihr überhaupt nicht stört. Im Gegenteil. Ich finde, die anderen können von euren Fehlern sogar lernen. Mach dir mal keine Gedanken. Nele und Mark laden nur ihren Frust und ihre Unsicherheit bei euch ab. Und ich werde dafür sorgen, dass sie das in Zukunft nicht mehr tun.“ Dann wurde die Reitlehrerin ernst und nahm Mila zur Seite. „Allerdings muss ich mit dir über Adesso sprechen. Du hast sicher bemerkt, dass er in letzter Zeit häufig stolpert.“

Mila erschrak. Also hatte nicht nur sie Adessos merkwürdiges Straucheln bemerkt. Sie nickte.

„Ich mache mir Sorgen. Wir müssen den Grund dafür finden. Ich habe nicht den Eindruck, dass du ihn zu stark auf der Vorderhand reitest. Vielleicht ist es eine Blockade des Zungenbeins. Oder Adesso ist müde und überfordert. Möglicherweise waren die letzten Monate ein bisschen heftig für ihn. Schließlich ist er so intensives Training nicht gewöhnt. Mach Schluss für heute und geh mal zu Luke, ja?"

Mila stiegen Tränen in die Augen. Sie fühlte sich schuldig. Natürlich mussten sie herausbekommen, warum Adesso immer wieder stolperte. Und sie hatte es aus Scham verstecken wollen. Mila kuschelte sich an Adessos Hals. Sie wollte doch, dass es ihm gut ging. Da war das Training doch völlig egal!

Sie wischte sich über die Augen, führte Adesso vom Reitplatz und ging zu Luke hinüber, der sich auf dem Hof mit Steffen Gründgen unterhielt.

Sie musste wohl ziemlich ängstlich ausgesehen haben, denn Luke unterbrach sofort das Gespräch und fragte: „Was ist denn passiert? Du siehst aus, als wäre dir Adesso über die Leber galoppiert."

„Eher über die Leber gestolpert." Schon wieder stiegen Mila Tränen in die Augen und diesmal ließ sie ihnen freien Lauf. „Ich weiß nicht, was mit ihm los ist. Beim Springtraining strauchelt er dauernd. Tamara hat irgendetwas gesagt von einem Zungenknochen oder so."

„Zungenbein", berichtigte Luke. Er ging zu Adesso und zeigte auf eine Stelle am Hals. „Das ist ein kleiner Knochen, der leicht blockiert und Muskelverspannungen auslöst. Wenn das passiert, ist die

Balance des Pferdes gestört. Das könnte die Ursache für Adessos Stolpern sein.“ Er tastete vorsichtig die Stelle ab und murmelte: „Wie ich es mir gedacht habe. Eine Blockade. Aber das kriegen wir schon wieder hin.“

Adesso hielt völlig still, als Luke mit gekonnten Handgriffen die Blockade löste. Mila kam es so vor, als verstünde Adesso, dass Luke ihm helfen und ihn von den Schmerzen befreien wollte.

„So, das war's auch schon“, sagte er nach einer Weile. „Jetzt ist dein Liebling fast wieder wie neu!“

Mila war erleichtert. Wenn Luke schon wieder so freche Sprüche losließ, war die Sache wohl tatsächlich nur eine Kleinigkeit gewesen.

„Aber versprich mir, dass du ihn heute schonst, ja? Und nimm die Zügel auf keinen Fall hart. Sonst kann so eine Verspannung ganz leicht noch einmal eintreten.“

„Dann kann ich doch heute Nachmittag zu Jan auf den Islandpferdehof reiten“, meinte Mila und war insgeheim froh, das restliche Springtraining schwänzen zu können. „Und ich nehme Tini und Renate mit. Die drosseln das Tempo auf ganz natürliche Weise.“ Sie grinste.

„Mach das. Tolle Idee. Und es freut mich, dass du dich gut mit Jan verstehst.“

Mila sah Luke fragend an. „Wieso?“

„Weil Jan Pferde wichtig sind und nicht Siege.

Und weil diese Haltung die richtige im Pferdesport ist." Luke tätschelte Adessos Kruppe. „Weißt du, wenn man nur noch ein Ziel im Kopf hat, ist es so, als würde man durch einen Tunnel rasen und nicht bemerken, was rechts und links für wunderbare Dinge passieren, die das Leben bereichern."

Mila verstand, was Luke ihr damit sagen wollte.

„Hab Dank für Rat und Tat", meinte sie.

Nun war der nachmittägliche Ausflug zu Jan doppelt und dreifach abgesegnet: Offiziell würde sie ihr Englisch aufpolieren, ihren Ehrgeiz ein bisschen drosseln und Adesso ein wenig Ruhe gönnen. Und wer etwas anderes vermutete, dem würde sie es genau so erklären.

Dass sie allerdings auch deswegen auf den Besuch hin fieberte, um Jans Lächeln und seine lustigen Sommersprossen zu sehen, behielt Mila lieber für sich.

Renate und Romeo

„Und weißt du schon, wie das genau ablaufen soll?", fragte Tini aufgeregt.

„Nö, ich weiß nur, dass Jan vorhat, zwei Szenen aus *Romeo und Julia* auf Englisch zu spielen. Auf den Pferden."

„Wie cool. Ich werde zwar nichts verstehen, aber Adesso und Fenja bestimmt auch nicht."

Renate schnaubte und Tini strich ihr über die Mähne, die nun Minionzopf-frei war.

„Ach, hab ich dich vergessen? Ja, du wirst auch kein Wort verstehen. Keine Sorge. So, wie es aussieht, sind wir in der Überzahl", beruhigte Tini sie.

Sie ritten schweigend weiter und Mila genoss die Ruhe, die nur durch das Kreischen von ein paar sich jagender Möwen unterbrochen wurde.

Tini summte ein Lied und ab und zu schnaubte eins der Pferde. Mila freute sich auf den Nachmittag mit Jan, und sie war froh, mal Abstand vom Internatstrubel und der anderen Reiter zu gewinnen.

Der leichte Wind, der auf Marum immer wehte, zerzauste ihr die langen braunen Haare und machte die Hitze unter der Reitkappe erträglicher.

Sie ritten durch die Dünen, auf denen Berge von Strandhafer wuchsen, und nach einer Viertelstunde kam die Weide der Islandponys in Sicht. Der Reiterhof, auf dem Jan mit seinen Eltern wohnte, lag dahinter – eingeschmiegt in einen kleinen Hügel. Mila erinnerte der Hof ein bisschen an Bullerbü. Die Gebäude waren zwar nicht aus Holz, aber das Rot der Backsteine glänzte wunderschön in der Junisonne. Richtig gemütlich und einladend. Am allergemütlichsten aber war die Küche der Familie Petersen. Verrückt bunt und mit einem offenen Kamin, der perfekt war, um darum herumzusitzen und zu quatschen.

„Hallo, Sindri! Hallo, Baldri!", rief Tini, als zwei braun-weiß gescheckte Islandponys mit erhobenen Köpfen und wehenden Mähnen auf sie zu galoppierten. Sie legte ihren Kopf an Renates Hals und flüsterte: „Wenn du dich mit denen unterhalten willst, musst du nicht so arg hochschauen. Ist doch auch mal ganz nett."

Mila kicherte. Tini war wirklich zu niedlich. Ihre kleine Cousine war einfach ein echter Glücksfall.

Sie stieg ab und strich Tini übers Haar. „Hab ich dir eigentlich schon mal gesagt, dass ich dich echt lieb hab?"

Tini blieb auf Renate sitzen und schlang ihre kleinen Arme um Milas Bauch. „Ich dich auch, Mila. Ich bin ganz doll froh, dass du da bist!“, sagte sie und drückte sich fest an sie.

Mila nahm Tinis Gesicht in die Hände und schmatzte ihr ein Bussi auf die Nase. „Mmh, du riechst nach Himbeeren.“

„Mein neuer Lippenstift. Der war in der *Cindy*. Der Artikel ‚Dein Pferd und du – so macht ihr das Beste aus eurem Typ!‘ war ziemlich interessant. Wenn du magst, leihe ich sie dir.“

„Ach, du weißt doch, Adesso ist völlig uneitel“, meinte Mila gedehnt. „Aber ich könnte mir gut vorstellen, dass Isa Interesse hätte.“

„Von der *krieg* ich doch die *Cindy* immer. Mama ist total gegen diese Zeitschrift. Voll blöd ...“

Mila verschwieg, dass sie Tante Caro sehr gut verstehen konnte. Diese Zeitschrift wimmelte nur so von hippen Pferdemädels, die nichts anderes im Kopf hatten als ihr Styling und die neuesten Flechtfrisuren für Pferd und Mensch. Um das Thema zu wechseln, wandte sich Mila Sindri und Baldri zu.

„Könnt ihr uns vielleicht sagen, wo Jan ist? Den suchen wir nämlich.“

Sindri und Baldri spitzten aufmerksam die Ohren, als sie den Namen „Jan“ hörten. Dann sahen sie sich an und machten kehrt. Sie tölteten am Zaun entlang in Richtung Hof.

„Das ist mal eine eindeutige Antwort", sagte Mila und schwang sich wieder auf Adessos Rücken.

„Hey, cool, konntest du doch kommen?" Jan hatte einen großen Besen in der Hand und fegte das Kopfsteinpflaster des Hofs. „Ich mach gerade alles bereit für ein bisschen Pferde-Wellness. Es ist so heiß heute, da wollte ich die Pferdedusche anschmeißen."

„Gute Idee. Ich befürchte nur, dann hast du jetzt zwei Pferde mehr abzubrausen", sagte Mila und stieg ab.

„Und zwei Menschen!", rief Tini. „Mir ist auch brüllend heiß."

Jan lachte, stellte den Besen zur Seite und drückte Mila einen Schlauch in die Hand. „Kein Problem. Dann fang mal mit Tini an. Und ich hole in der Zwischenzeit die ersten Pferde von der Weide."

Mila stellte die Düse des Schlauchs auf Sprühnebel und hielt ihn nach oben. Ah, das tat gut. Die feinen Wassertropfen legten sich wie ein kühlender Schleier auf die Haut. Adesso und Renate traten heran und stellten sich in den künstlichen Sommerregen.

Tini breitete die Arme aus und drehte sich um sich selbst.

Erst als allen die Haare nass und strähnig herunterhingen, stellte Mila das Wasser ab.

Jan führte ein cremefarbenes und ein schwarzes Islandpferd in den Hof. Die schwarze Stute kannte Mila schon. Das war Fenja.

„Ich sehe, die Internatsmannschaft hat ihre Abkühlung bereits bekommen. Jetzt sind Fenja und Lykka dran."

Aha, dachte Mila. Die cremefarbene Isländerin hieß also Lykka. Schöner Name. Sie richtete den Wasserschlauch auf Lykkas Fesseln und rief: „Wasser marsch!"

Mila sah auf die Armbanduhr. Was? Schon vier Uhr? Sie hatte überhaupt nicht gemerkt, wie die Zeit vergangen war. Es hatte total viel Spaß gemacht, die Pferde zu duschen. Manche von ihnen waren richtige Wasserratten und hatten sogar mit dem Wasserstrahl gespielt. Andere hatten sich erst an das kühle Wasser gewöhnen müssen und waren nervös hin und her getrappelt. Natürlich hatte Mila sorgfältig darauf geachtet, dass das Wasser nicht zu kalt war. Das mochte nämlich kein Pferd.

„Wollen wir mal langsam dramatisch werden?", fragte Mila.

„Ja, genau, ich will Romeo sein und Renate ist Julia." Tini kniete sich vor Renate hin und rief: „Oh geliebte Julia mein, willst du die Chefin meiner Weide sein?"

Julia alias Renate sah Tini verwundert an und begann, an ihrem Ohr zu schnuppern. Dabei schubste sie Tini an. Nur ganz leicht, aber es genügte, um Tini, die im Ausfallschritt kniete, aus dem Gleichgewicht zu bringen.

„Ahh", machte Tini und knallte auf den Boden. „Du bist zu ungestüm, meine Julia, nun tut es mir weh, und zwar genau da!" Sie rappelte sich hoch und zeigte auf ihren Po.

Renates Blick verriet keinerlei Reue. Im Gegenteil. Interessiert schnupperte sie nun an Tinis Hinterteil.

„Oh, lass das", sagte Tini nun doch ein wenig ärgerlich. „Du bist überhaupt keine gute Julia."

„Wieso, ich finde sie absolut umwerfend in ihrer Rolle", meinte Mila und hielt sich die Hand vor den Mund, um nicht laut loszulachen.

Jan sah Mila von der Seite an. Und zwar auf eine Art, bei der es Mila heiß und kalt und zittrig und ruhig zugleich wurde.

„Du hast den besten Humor von allen Mädchen, die ich kenne", gestand er anerkennend. „Aber ich bin wohl nicht der Einzige, der das erkannt hat. Michel hat dir das bestimmt auch schon gesagt."

„Ähh … ähh", stammelte Mila und wollte etwas erwidern. Doch da war nichts. Mal wieder. Ebbe. Nichts. Nicht mal ein paar Buchstaben, die sie irgendwie zusammenpuzzeln konnte. Selbst als Jan zu Fenja ging, die er nicht zurück auf die Weide gebracht, sondern an einem schattigen Plätzchen im Hof angebunden hatte, stand Mila stocksteif da und wartete. Zum einen, dass ihre Gesichtsfarbe wieder normal werden würde, und zum anderen, dass sie wieder zusammenhängende Sätze sprechen konnte.

Allerdings überschlugen sich ihre Gedanken … Ein Ameisenhaufen aus Durcheinandergedanken. Erst dieses wunderbare Kompliment … Und dann dieser blöde Kommentar über Michel, der alles wieder kaputt gemacht hatte. Arghhh!

„Kommt mit auf die Weide!“, rief Jan in diesem Moment und riss Mila aus ihrem Gefühlschaos. „Dann kann ich euch erklären, was ich mit dem Pferde-Theater meine.“

Pferde-Theater? Ach ja. Genau. Sie war wegen der Englischnote da. Wegen nichts anderem. Und jetzt laufen, Mila!, ermahnte sie sich selbst. Immer einen Fuß vor den anderen. Schön an Adesso festhalten. Und los!

„Das klappt super. Und jetzt stell dich auf Adessos Rücken, als wäre Adesso ein Balkon in Verona.“ Jan klatschte begeistert in die Hände.

Mila richtete sich auf. Das fühlte sich viel weniger wackelig an, als sie befürchtet hatte. Die Yoga-Stunden hatten offensichtlich ihre Wirkung nicht verfehlt.

Jan reichte Mila ein zerknittertes Stück Papier. „Hier“, sagte er. „Lies.“

„O Romeo, Romeo! Wherefore art thou Romeo? Deny thy father and refuse thy name. Or, if thou wilt not, be but sworn my love, And I'll no longer be a … OOPS!“

Adesso hatte sich langsam in Bewegung gesetzt und Mila hatte sich gerade noch an seiner Mähne festhalten können. Der Zettel flatterte auf den Boden.

Jan hob ihn auf und gab ihn Mila zurück. „Ich Armer. Ich bin also unsterblich in eine ‚Oops' verliebt. Ob das wohl gut geht?"

„Nee, das geht es ja eben nicht", quäkte Tini von irgendwoher. „Weißt du denn gar nichts? DIE STERBEN! BEIDE!"

„Na, zum Glück haben wir dich. Sonst hätte es aus Versehen noch ein Happy End zwischen Romeo und Julia gegeben", antwortete er und sah sich um, konnte aber weder Tini noch Renate entdecken. „Wo steckst du überhaupt?"

„Hier!"

Jan sah sich noch einmal verwirrt um. „Hä?"

Mila deutete auf ein kugeliges Gestrüpp, das mitten auf der Weide stand. „Darf ich vorstellen? Tini und Renate – als Busch, nehme ich mal an."

Tini ließ den großen Ast sinken, den sie sich vors Gesicht gehalten hatte und winkte. „Ich bin drei in eins", verkündete sie. „Ein Busch, eine Einsagerin und diese Nachtigall, die später kommt, die aber eigentlich eine Lerche ist."

„Zwei von dreien nehmen wir", sagte Jan begeistert. „Den Busch und die Lerchen-Nachtigall. Aber Einsagerin geht nicht. Der Text ist ganz altes Englisch. Du hast doch noch gar kein Englisch, oder?"

„Wieso?", fragte Tini erstaunt. „Dann buchstabiere ich es halt. Kein Problem.“ Und SCHWUPPS verschwand sie wieder hinter ihrem Blätterdach.

„Well. Dann haben wir nun ein Mädchen und ein Pferdchen für alles. Uns kann nichts mehr passieren.“ Jan grinste Mila an. „Und zusätzlich habe ich in dir noch eine echt gute Freundin, mit der man Pferde stehlen kann.“

PATSCH! Die Worte klatschten auf Mila nieder wie ein Schwall Eiswasser in einer kühlen Novembernacht. *Gute Freundin? Pferde stehlen?* Nein, bitte nicht … Nicht dieser Satz. *Der* Satz, der alle romantischen Hoffnungen auf Nimmerwiedersehen unter sich begrub. Klar wollte sie gerne Jans beste Freundin sein. Und ja, wenn Pferdestehlen anstand, war sie sicher auch dabei. Aber was sie eigentlich wollte, war, dass er sie wieder auf diese ganz spezielle Art ansah. Sie in den Arm nahm. Ganz lange. Und ganz fest. So, dass sie seine Sommersprossen zählen konnte. Jede einzelne. Sie erschrak. Moment mal. Gestern hatte sie Charly noch gefragt, wie sie am besten ihre Gefühle für Jan loswerden konnte. Und heute? Wünschte sie sich nichts sehnlicher, als dass Jan das Gleiche für sie empfand wie sie für ihn? Herrje, war das alles kompliziert …

Mila war plötzlich schlecht. Sie zog den Gummi an ihrem langen braunen Zopf fester und versuchte, ruhig zu atmen. Dann lächelte sie. Ein schiefes Lächeln zwar – aber ein Lächeln.

„Schön, dass du das sagst“, presste sie tapfer hervor. Sie hielt sich das Blatt vor die Nase und stellte sich auf Adessos Rücken. „Lass uns mal weitermachen, oder?“

Eineinhalb Stunden später hatte Mila eine ganz pelzige Zunge. Dieser altenglische Text hatte doch ungefähr doppelt so viele „th“s wie ein normaler englischer Text! Trotz des Gefühlsschocks am Anfang hatte es doch ziemlichen Spaß gemacht, die Szene zu proben, und vor allem war es lustig gewesen, die Pferde als Komparsen zu verwenden.

Nur Renate war es zu langweilig geworden. Sie hatte nach einer halben Stunde genug von der Busch-Verkleidung gehabt und hatte sich in die hintere Ecke der Weide zu den anderen Islandpferden verkrümelt.

Tini jedoch hatte ganz wunderbar und an der richtigen Stelle gezwitschert und hatte sich auch in der Rolle des laufenden Buschs alle Ehre gemacht.

Obwohl es schon später Nachmittag war, war es immer noch drückend heiß.

„Ich brauche dringend ein bis zwei Fässer Wasser“, stöhnte Mila und ließ die Zunge heraushängen. „Meine FFunge iff ganfff franffig!“

„Kein Problem, dann machen wir Schluss für heute“, sagte Jan. „Das wird super. Und deine Aussprache ist richtig gut, Mila.“

Tini ließ die Zweige fallen und kam auf Mila und

Jan zu. „Find ich auch. Das hat total englisch und total uralt geklungen."

„Herzlichen Dank für dieses Kompliment", meinte Mila trocken. „Ich wollte schon immer nichts lieber als eine uralte englische Julia auf einem ‚pferdigen' Balkon sein."

„Na, siehste. So schnell gehen Träume in Erfüllung." Tini wippte zufrieden auf und ab.

Leider nicht alle, dachte Mila traurig.

„Renate!", rief Tini das kleine Mini-Pony. „Wir gehen. Komm, meine Kleine!"

Sie warteten. Doch keine Spur von Renate.

Mila lachte. „Die kann sich bestimmt nicht von ihren neuen Freunden trennen." Sie hielt die Hände wie einen Trichter vor den Mund und trompetete: „RENATE!"

Statt Renate kam Sindri auf sie zugelaufen. Sie wackelte nervös mit den Ohren und schien ihnen etwas sagen zu wollen. Jan ging auf die Stute zu und strich ihr über den Nasenrücken

„Was ist?", fragte er Sindri. „Wo bleibt Renate denn?"

Sindri machte kehrt und trabte wieder zu den anderen zurück.

„Da stimmt was nicht", meinte Jan. „Ich gehe mal nachsehen."

„Wir kommen mit", sagte Tini entschlossen und nahm Mila an die Hand.

Ein schrecklicher Unfall

Mila sah sie schon von Weitem auf dem Boden liegen. Nein, bitte nicht, flehte sie innerlich. Nicht mein kleines Pony!

Sie rannte, immer noch mit Tini an der Hand, los und schrie: „Renate!“

Tini fing an zu weinen und stolperte neben Mila her. „Was ist mit ihr?“, fragte sie wieder und wieder.

„Das werden wir gleich wissen“, sagte Jan und versuchte dabei so ruhig wie möglich zu klingen.

Mila riss sich von Tini los und kniete sich neben Renate, die sich immer wieder hin und her wälzte. „Sie hat Schaum vor dem Mund. Ihr Bauch ist ganz aufgedunsen und sie atmet ganz komisch“, flüsterte sie. Tränen rannen ihr über beide Wangen. Sie machte sich nicht mal die Mühe, sie abzuwischen.

Tini schwieg. Sie kniete sich neben Mila und nur das Zucken ihrer Schultern verriet, dass sie schluchzte. Immer wieder strich sie über Renates Fell.

„Wir müssen schnell handeln“, meinte Jan. Er

schien der Einzige zu sein, der einen halbwegs klaren Gedanken fassen konnte. „Ich befürchte, Renate hat irgendwas Giftiges gefressen."

Jan holte sein Handy hervor. „Ich rufe Doktor Rosenthal. Das ist doch auch der Tierarzt des Internats, richtig?"

Mila nickte. Sie war unendlich froh, dass Jan da war und die Sache in die Hand nahm. Sie selbst fühlte sich wie gelähmt und konnte nur durch einen dicken Nebel aus Angst und Sorgen denken. Während Jan mit Doktor Rosenthal sprach, streichelte Mila Renates Stirn. Aus Renates Maul hing eine halb zerkaute gelbe Blume! Mila zog sie zwischen den Zähnen hervor. „Jan, guck mal!", rief sie erschrocken „Weißt du, was das ist?"

Jan studierte die Pflanze sorgfältig. „Ich bin mir nicht ganz sicher. Das könnte eine Sumpfdotterblume sein." Unruhig drehte er die Blume in der Hand. „Ich muss dringend etwas nachsehen", meinte er dann. „Bleibt ihr bei Renate, bis der Tierarzt kommt. Versucht, ihr was zum Trinken zu geben. Das schadet auf keinen Fall."

Mila sah alle zehn Sekunden auf die Uhr. Wo blieb nur Doktor Rosenthal? Hoffentlich konnte er Renate helfen. Und wenn nicht? Renate war das verfressenste Pony, das die Welt je gesehen hatte. Wenn sie nun ganz viel von der giftigen Pflanze gefressen hatte. Zu viel …?

Nein, das konnte, durfte einfach nicht wahr sein. Mila warf einen Blick zu Tini, die immer noch schluchzend neben Renate saß.

Die bewegte sich kaum, nur ab und zu schnaubte sie leise. Der Schaum vor ihrem Maul wurde immer mehr.

„Magst du ihr einen Eimer Wasser holen?", fragte Mila, der die zitternde kleine Tini fast genauso leidtat wie Renate, leise. „Vielleicht hat sie Durst?"

„Wollen schon, aber ich kann nicht aufstehen. Meine Beine hören nicht auf mich", wimmerte Tini. Wieder wurde sie von einem Weinkrampf geschüttelt. Tini versuchte, Renate zu beruhigen, indem sie sich dicht an sie schmiegte und beschützend ihre Arme um den Ponyhals schlang. „Renate, ich hab dich so lieb", schluchzte sie. „Du darfst nicht sterben! Du bist doch mein Elfenpony …"

Renate versuchte, den Kopf zu heben, schaffte es aber nicht. Doch man merkte, wie sie sich entspannt hatte, seit Tini so dicht neben ihr lag.

Mila spürte den Doppelriss in ihrem Herzen ganz deutlich. Der eine kam von ihrer eigenen Angst um Renate. Der andere aber war eindeutig, weil sie Tini so leiden sah.

Sie beschloss, den Eimer Wasser selbst zu holen, auch wenn sie nicht gerne von Renates Seite wich. Doch als sie aufgestanden war, sah sie Doktor Rosenthal mit einer großen Ledertasche in der Hand über die Weide rennen. Und aus der anderen Richtung kam Jan mit ein paar gelben Blumen in der Hand.

Mila atmete auf. „Halte durch, meine Kleine!“, wisperte sie. „Jetzt kommt Hilfe.“

„Es tut mir so leid. Ich verstehe nicht, wie ich diese verdammten Sumpfdotterblumen übersehen konnte.“ Jan ließ sich auf eine kleine Bank im Stall sinken und vergrub das Gesicht in den Händen. „Ich suche die Weide immer nach Giftpflanzen ab und grabe sie aus.“

Mila setzte sich neben ihn. „Es war ein Unfall“, sagte sie. „Du kannst nichts dafür. Ich hätte mich selbst vergewissern müssen, dass Renate nichts passieren kann.“

„Es gibt nun mal Pferde“, sagte Doktor Rosenthal, „die sind einfach zu neugierig und zu hungrig für die Welt. Und so ein Exemplar ist eure kleine Renate. Sie hat nicht einmal vor den gefährlichen Sumpfdotterblumen haltgemacht und hat nun eine schwere Kolik.“

„Was ist das denn?“, fragte Tini mit verweinten Augen. „Ist das schlimm?“

„Eine Kolik, das sind heftige Bauchschmerzen“, erklärte Doktor Rosenthal. „Und ja, bei Pferden kann das auch gefährlich werden. Zum Glück habt ihr mich gleich gerufen.“

Der Tierarzt blickte in die Box, die Mila und Jan

schnell mit weichem Einstreu gefüllt hatten, damit Renate es bequem hatte. „Wir hatten Glück im Unglück, dass wir sofort wussten, was sie gefressen hat und sogar ungefähr wie viel davon. Ich habe sie gründlich untersucht und ihr ein entkrampfendes Mittel gegen die Koliken gespritzt. Sie wird wahrscheinlich ziemlich heftigen Durchfall bekommen. Aber es wäre gut, wenn sie in nächster Zeit nicht allein ist."

„Ich gehe keinen Schritt aus diesem Stall heraus, bis Renate wieder gesund ist", meinte Tini. Mila sah ihrer kleinen Cousine an, dass es ihr damit todernst war.

Anna Petersen, Jans Mutter, gab Doktor Rosenthal die Hand. „Das ist doch selbstverständlich", sagte sie. „Wir danken Ihnen, dass Sie so schnell gekommen sind."

„Das wiederum war auch selbstverständlich", meinte der Tierarzt. „Wenn die Krampfanfälle nicht zurückgehen sollten und sich weiterhin Symptome einer Kolik zeigen, rufen Sie mich bitte sofort an."

Dann wandte er sich an Mila und Tini. „Macht euch nicht zu viele Sorgen, ihr beiden. Renate ist zwar winzig, aber sie hat Kraft wie drei Hengste. Außerdem ist sie hier auf dem Hof der Petersens in den besten Händen."

„Ich weiß", antwortete Mila. „Renate ist die Allerbeste. Sie wird es schaffen."

Nachtwache

Kurze Zeit später traf Tante Caro auf dem Islandhof ein. Sie hatte einen großen Korb von Frau Käthe dabei, in dem belegte Brote, Pfannkuchen mit Marmelade und Saft, Wasser und sogar eine Flasche Orangenlimo steckten. Doch obwohl Frau Käthe nicht nur die besten Nudeln weit und breit kochte, sondern auch ganz hervorragende Pfannkuchen machte, hatte niemand Appetit.

Mila und Tini aßen gar nichts und Jan hatte einen Schokopfannkuchen halb aufgegessen auf einem Teller liegen lassen. Die Stimmung war gedrückt.

Renate ging es nicht besser – allerdings auch nicht schlechter.

Mila schlich sich zu Adesso, den sie in Fenjas Box gestellt hatte.

Die Islandpferde hatte Jan für die Nacht auf der Weide gelassen. Er hatte gründlich die Weide nach weiteren Giftpflanzen abgesucht und alle Sumpfdotterblumen mitsamt den Wurzeln entfernt.

Adesso schüttelte sich immer wieder nervös und knabberte an der Metalleinfassung der Holztür.

Mila öffnete den Riegel und strich Adesso mit sanftem Druck erst über die Kruppe, dann über Rücken und Hals. Es dauerte eine Weile, bis Mila das Gefühl hatte, dass Adesso sich entspannte. Aber das war ja schließlich kein Wunder. Er machte sich bestimmt schreckliche Sorgen um Renate und war auch noch in einer unbekannten Umgebung. Umso wichtiger, dass Mila ihm zeigte, dass sie für ihn da war. Auch wenn all ihre Gedanken im Moment ungefähr eineinhalb Meter weiter unten bei Renate waren.

„Es wird alles wieder gut", flüsterte Mila in Adessos Ohr. „Ganz bestimmt. Renate ist stark. Wir beide wissen das, nicht wahr?"

Anna streckte den Kopf über die Boxentür. „Ich bin von der ganzen Aufregung ziemlich müde. Wenn es okay ist, würde ich mich hinlegen. Falls sich Renates Zustand ändert, in welche Richtung auch immer, weckt mich bitte."

„Na klar. Schlaf gut, Anna." Mila ging in die Stallgasse zurück. „Tante Caro, Tini und Jan sind ja noch da."

„Pst", machte Tante Caro. Dann deutete sie auf Tini, die an ihrer Schulter lehnte und schlief. „Das war alles ein wenig viel für sie heute."

„Ich hole eine Decke, dann können wir sie auf die Strohballen dort drüben legen", schlug Jan vor.

Tante Caro war einverstanden. Jan hob Tini von der Bank und trug sie hinüber.

Auch Tante Caro nahm sich eine Decke und legte sich zu ihrer Tochter. Bald hörte Mila sowohl Tini als auch Tante Caro gleichmäßig und ruhig atmen.

„Sieht ganz gemütlich aus", meinte Mila. „Ich meine, für ein Notlager …"

Jan, der im Schneidersitz in Renates Box saß, klopfte mit der Hand auf den Boden. „Mein rechter, rechter Platz ist frei, ich wünsche mir die Mila herbei!" Dabei machte er einen Schmollmund wie ein Kindergartenkind und Mila musste trotz der Sorgensteine auf ihrer Seele lachen.

„Bin schon da!", wisperte sie und ließ sich dicht neben ihm nieder.

Eine Weile sagte keiner ein Wort. Mila spürte Jans Oberschenkel an ihrem. Schön. Fremd und doch vertraut. Noch nie war sie ihm so nahe gewesen. So nahe, dass sie seinen Duft riechen konnte. Jan roch nach Sonne, nach Salzwasser und nach einem fruchtigen Duschgel. Und dem würzigen Geruch der Pferde. Eine unschlagbar himmlische Mischung. Mila schloss die Augen. Diesen Geruch wollte sie festhalten. Sich immer daran erinnern und –

„Glaubst du, Renate wird es schaffen?", fragte Jan leise und unterbrach Milas Gedanken. Seine dunkelbraunen Augen ruhten auf ihr.

Mila schluckte. „Ich glaube schon. Zumindest hoffe ich es. Ich kann mir ein Leben ohne Renate gar nicht vorstellen. Seit ich denken kann, ist sie an meiner Seite. Auch wenn sie nicht die Schönste, Größte oder Geschickteste ist, ist sie einfach sie selbst. Gerade deswegen erobert sie alle Herzen im Sturm."

„Genau wie du."

Mila merkte, dass Jan sie immer noch ansah. So, als ob er ihre vielen Sommersprossen in ihrem Gesicht zählen wollte.

„Du bist auch immer du selbst", meinte Jan nach einer Weile. „Du bist lustig, wenn du lustig bist, und wütend, wenn du wütend bist, und du hast ein riesiges Herz. Für Pferde sowieso, aber auch für alle anderen. Was du für Nele und Fairy getan hast, war einfach klasse." Dann fügte er leise hinzu: „Ich weiß nicht, ob ich jemandem geholfen hätte, der mich so mies behandelt hat."

Plötzlich sah er richtig unglücklich aus. So unglücklich, dass Mila ihn sofort und auf der Stelle trösten wollte. Sie nahm seine Hand und drückte sie fest. „Natürlich hättest du! Keine Frage!" Obwohl sie kaum mehr atmen konnte, zog sie ihre Hand nicht weg. Kaum zu glauben. Jan und sie hielten Händchen! Ihr ganzer Körper kribbelte. Eine ganze Menge Seifenblasen blubberten durch ihren Kopf und ihren Bauch, zerplatzten und hinterließen ein kitzeliges und leichtes Gefühl.

Doch im nächsten Augenblick zog Jan seine Hand

zurück und runzelte die Stirn. „Du täuschst dich. Ich bin nicht wie dein Michel. Der macht solche selbstlosen Sachen“, sagte er ernst.

„Er ist nicht *mein* Michel!“, rief Mila lauter als sie gewollt hatte. Sie fuhr hoch und funkelte Jan böse an. Mila wusste nicht, ob sie sauer war, weil Jan die Hand aus ihrer gezogen hatte oder weil er anscheinend fest davon überzeugt war, dass zwischen Michel und ihr mehr als nur Freundschaft war.

„Na ja. Ich habe doch Augen im Kopf“, meinte Jan. „Ich sehe und höre da andere Dinge.“

Oh, wie unfair! Jetzt kam Milas Wut mit voller Wucht an die Oberfläche. Die Wut, gegen die sie so furchtbar machtlos war und die es irgendwie immer schaffte, einen Weg nach draußen zu finden. „Was fällt dir eigentlich ein? Deine beknackten Beobachtungen kannst du gerne für dich behalten!“, schimpfte sie los. „Ja, und wenn du dir das wünschst, gehe ich eben zu Michel. Der ist wenigstens erwachsen.“

Sie drehte sich schnell zu Renate um, damit Jan nicht sah, dass ihr Tränen in den Augen standen, und strich ihr über das scheckige Fell. Es war dunkel im Stall. Und ruhig. Plötzlich merkte Mila, wie fürchterlich müde sie war – so müde, dass sie sich wieder hinsetzte. Nach einer Weile fielen ihr die Augen zu und sie schlief neben Renate auf dem weichen Einstreu ein.

Mila erwachte, weil ihr jemand ins Gesicht schnaute. Warmer, weicher Pferdeatem. Sie schlug die Augen auf und streckte sich. Ah, zuerst musste sie sämtliche Knochen sortieren. Die Stellung, in der sie eingeschlafen war, war nicht sehr bequem gewesen. Renate lag zwar noch auf dem Boden, aber sie hatte die Augen offen und guckte Mila munter an. Dann wackelte sie mit den Ohren und versuchte, den Kopf zu heben. Erst nur ganz sachte, dann immer fordernder. Mila weckte Jan und hatte völlig vergessen, dass sie ja eigentlich megawütend auf ihn war. Jetzt war nur noch Renate wichtig. „Schnell, Jan, bitte hilf mir. Ich glaube, Renate will aufstehen!"

Sofort war Jan an Milas Seite und gemeinsam halfen sie Renate nach oben.

Das Mini-Pony stand zwar noch unsicher, aber es stand!

„Bleib bei ihr und biete ihr Wasser an", meinte Jan. „Ich wecke Frau Hofer und Tini."

Mila hielt Renate den randvollen Eimer hin. Tatsächlich. Renate trank und trank – fast den ganzen Eimer leer.

„Was machst du denn für Sachen, mmh?", wollte Mila wissen. „Das nächste Mal fragst du besser, ob ich nicht doch ein paar Karotten dabei habe, bevor du irgendwas anderes futterst." Sie wuschelte dem Pony glücklich durch die Mähne.

„Renate, du bist wieder auferstanden!" Tini riss die Boxentür auf und warf sich ungestüm auf Renate.

„Nicht so stürmisch", warnte Tante Caro. „Renate ist noch schwach. Sie ist gerade wieder auf*ge*standen – nicht auf*er*standen."

„Sag ich doch. Aufgestanden von den Toten. Wie Jesus. Nur mit Hufen!"

Tante Caro lachte. „Ich glaube, nachdem wir das hier überstanden haben, muss ich mal ein ernstes Wort mit deiner Reli-Lehrerin sprechen."

Alte Bekannte

„Wie geht es Renate?" Anna Petersen steckte den Kopf zur Stalltür hinein.

„Ich habe ihr meinen Spezial-Kräutersud gebraut. Der bringt jeden wieder auf die Beine. Auf zwei oder auf vier, je nachdem."

Jan verzog das Gesicht: „Normalerweise muss ich das stinkige Zeug trinken, wenn ich krank bin. Heute muss ich zum Glück nur den Geruch ertragen."

Es stimmte. Der Inhalt des Topfes, den Anna freudestrahlend präsentierte, stank bis zum Himmel und zurück. Mila wich zurück und hielt sich die Nase zu. Und das sollte helfen?

„Nun guckt nicht so. Ich habe diese Rezeptur von meiner englischen Großmutter. Und die wusste alles über Heilpflanzen."

„Wollen wir nicht erst Doktor Rosenthal fragen?", meinte Tante Caro zweifelnd. „Ich meine, was Menschen hilft, muss ja nicht unbedingt auch Tieren helfen, oder?"

„Ha, der bestellt genau diesen Sud seit Jahren bei ihr." Jan klopfte seiner Mutter auf die Schultern. „Also, keine Bange, Mama weiß schon, was sie tut."

„Na, dann." Tante Caro holte einen Eimer mit frischem Wasser und Anna schüttete eine Kelle des Kräutertranks dazu. „Wollen wir mal sehen, was die englischen Kräuterfrauen so alles können." Sie hielt Renate den Wassereimer hin.

Renate schnüffelte, rümpfte die Nüstern und wandte sich ab.

Dann drehte sie abrupt um und schnupperte ein zweites Mal. Sie schnaubte laut, als würde sie sich seufzend ihrem Schicksal fügen, und begann zu trinken.

Erst zögerlich, doch dann schlabberte sie den ganzen Eimer leer.

Anna bot Renate noch eine Karotte an. „Gegen den fiesen Geschmack", meinte sie. „Auch wenn ihr Pferde das anders empfindet als wir Menschen."

Renate ließ sich das nicht zweimal sagen. Die Karotte war mit einem Happs zerkaut und runtergeschluckt.

„Ruh dich noch ein wenig aus, du kleines Sorgenpony!" Renate stupste Anna mit dem Maul. „Nein, eine zweite Karotte habe ich nicht. Ich konnte doch nicht wissen, dass du schon wieder *so* hungrig bist, du kleine Süße", meinte Anna und wuschelte Renate durch die Mähne. „Sagt mal …" Sie sah auf die Uhr.

„Es ist schon zwanzig nach sechs. Müsst ihr euch nicht langsam für die Schule fertig machen?"

„Keine Panik, Mama. Alles geregelt", antwortete Jan. „Frau Hofer hat gestern Abend Frau Steinbach erzählt, was passiert ist. Sie weiß, dass wir heute später kommen."

Sobald Anna Petersen die Worte ihres Sohnes gehört hatte, passierte etwas Merkwürdiges. Sie wurde bleich und ihre Gesichtszüge gefroren zu Stein. Langsam nahm sie den Topf mit dem restlichen Kräutersud in die Hände und musterte Tante Caro von oben bis unten in Zeitlupe. „Caro Hofer? Sie heißen Hofer mit Nachnamen?"

Tante Caro nickte. „Ja, so wie Mila auch. Sie ist meine Nichte. Warum?"

„Die kleine Caro Hofer. Du warst sieben oder acht Jahre alt." Anna ließ sich auf die Holzbank sinken und sah Tante Caro weiterhin gedankenverloren an. „Die Schwester von Chris Hofer. Ich war damals sehr eng mit ihm befreundet. Wir waren Reitkollegen."

Tante Caros Gesicht hellte sich auf. „Anna? Du bist *die* Anna? Anna Lewis? Doch, ich erinnere mich gut. Ich habe dich damals so sehr bewundert. Du bist so toll geritten und du warst wunderschön ... äh, das bist du natürlich immer noch."

Anna winkte ab. Dann fiel ihr Blick auf Mila. „Dann bist du also Chris' Tochter? Deine Augen und die Sommersprossen kamen mir bekannt vor, aber ich kam nicht drauf, woher … Eigentlich wundert es mich gar nicht, dass du hier auf Marum aufgetaucht bist. Die Tochter des großen Chris Hofer muss natürlich auch Reiterfolge aufweisen. Und das hier", sie deutete auf Adesso, „ist wahrscheinlich der Sohn von Arduro, Chris' Pferd, oder?"

Mila hatte plötzlich das Gefühl, dass alle Wärme und alle Herzlichkeit aus Annas Worten wichen und sie sich in eine Art Eiskönigin verwandelte. Ihre Stimme war kalt, selbst ihre Blicke verströmten eine Kälte, die bei Mila Gänsehaut verursachte. Das schüchterte sie richtig ein. „Ja, Adesso ist der Sohn von Arduro", sagte sie leise. „Aber ich bin nicht wegen des Reitens hier, sondern weil meine Eltern …"

„… na ja, ist auch völlig egal, warum du da bist, mein Kind", fügte Anna schnell hinzu. Der frostige Unterton war plötzlich wieder weg. „Jetzt muss ich mich aber um unsere Feriengäste kümmern. Und die Pferde versorgen." Sie rang sich ein Lächeln ab, winkte kurz und schon war sie verschwunden.

Mila war verwirrt. Hatte sie sich Annas merkwürdige Reaktion nur eingebildet? Oder steckte da mehr dahinter? Sie musste es einfach wissen.

„Tante Caro, ist zwischen meinem Vater und Anna etwas passiert? Wenn sie so gut befreundet waren, warum hatten sie denn so lange keinen Kontakt mehr?"

Tante Caro zuckte mit den Schultern. „Ich hab keine Ahnung, mein Schatz. Ich mochte Anna damals, daran kann ich mich noch erinnern, aber ich habe mir keine weiteren Gedanken gemacht, als sie nicht mehr bei uns oder im Stall aufgetaucht ist."

„Hast du auch das Gefühl gehabt, dass da was nicht stimmt? Sie war plötzlich so komisch – so kalt, oder?"

„Ich fand sie ganz normal. Das hast du dir sicher nur eingebildet", entgegnete Tante Caro.

„Anna ist *nie* nicht nett", krähte Tini. „Die ist immer lieb und kann total guten Kakao machen."

„Mila hat schon recht. Die Erinnerungen, die da hochkamen, waren offensichtlich nicht nur angenehme", meinte Jan nachdenklich. „Ich vermute mal, meine Mutter war unsterblich in deinen Vater verknallt oder so. Unglücklich, versteht sich. Das würde ihre seltsame Stimmung auf jeden Fall erklären."

KLOINK! PENG! KLOINK!

Renate trat mit dem Vorderhuf gegen die Holzwand und schnaubte ungeduldig.

„Klein, aber wild – das ist meine Renate", stellte Tini zufrieden fest. „Ich übersetz mal für alle, die nicht renatisch sprechen. Sie sagt, sie fühlt sich viel besser und möchte jetzt schnurstracks nach Hause und einen großen Eimer Karotten futtern."

Gedankenkarussell-pferdchen

Sie waren pünktlich zur vierten Stunde auf *Inselglück* angekommen. Nur Tante Caro, die schon zur dritten Stunde Unterricht gehabt hatte, war mit dem Auto zum Internat vorgefahren. Tini hatte Renate das Stallhalfter übergezogen und sie am Strick Schritt für Schritt nach Hause geführt. Jan hatte ihr dabei geholfen. Es war langsamer gegangen, als Mila erwartet hatte. Als sie die Pferde in die Boxen gebracht hatten, schleppten sie sich zum Unterricht – alle bis auf Tini, die von Tante Caro für den Tag in der Grundschule von Ritteck entschuldigt worden war. Und der Unterricht zog sich wie ein gegrillter Marshmallow: klebrig und ewig lang.

Nach der Englischstunde wankte Mila aus dem Klassenzimmer und musste sich an Charly festhalten, sonst wäre sie wohl im Gehen eingeschlafen.

„Ich will aber jede Einzelheit wissen", schärfte Charly ihr ein, als sie Mila durch den Glasübergang schleppte, der das alte Backsteinschulhaus mit dem neuen modernen Schlaftrakt der Schüler verband. „Vergiss bloß nichts beim Schlafen."

„Jaja." Mila nickte willenlos und gähnte. „Alles, du erfährst alles. Später ..." Sie gähnte noch einmal.

Nele klackerte im Stechschritt an Mila und Charly vorbei. „Also, nur dass das klar ist. Ich kann und will auch keine Rücksicht darauf nehmen, dass du am Tag schlafen musst. Deine Sache, wenn du mal wieder zu Unzeiten Pferde retten musst, aber ich will Musik hören. Leider sind meine Kopfhörer kaputt. Pech für dich."

„Nele, dein Pferdegebiss ist schöner als dein zickiges Gemüt", meinte Charly gelassen. „Ich schenk dir meine, okay? Ich hab zwei Paar."

Nele kniff die Augen zusammen. „Gibt es auch irgendetwas auf der Welt, mit dem du nicht doppelt und dreifach ausgestattet bist? Das ist so was von nervig ..."

„Wer nicht will, der hat schon", antwortete Charly.

„Nele, warum bist du eigentlich so ... so ... so ...?" Mila war zu müde, um den Satz zu vollenden.

„So undankbar? Meinst du das?", patzte Nele zurück.

Mila nickte. Das Wort hatte sie gesucht und nicht gefunden.

„Das kann ich dir schon sagen! Weil es mich ankotzt, dass gewisse Menschen alles in den Hintern geschoben bekommen. Das ist einfach ungerecht und fies!“ Nele streckte Mila und Charly die Zunge raus und rannte, so gut es auf den hohen Klackerschuhen ging, davon.

„Die spinnt doch. Miss Oberzicke persönlich!“, kommentierte Mila Neles Abgang. Sie sah Charly an, der eine Träne über die Wange lief.

„Hey, du nimmst dir diesen Blödsinn doch nicht zu Herzen, oder?“, versuchte sie Charly zu trösten.

Charly wischte sich müde eine rote Locke aus der Stirn.

Mila sah, dass an ihren Wimpern kleine Tränentropfen hingen.

„Siehst du das auch so?“, fragte Charly unglücklich. „Ich meine, dass ich eine verwöhnte Luxus-Tussi bin?“

„Quatsch. Deine Eltern geben dir eben von allem das Beste, weil sie es sich leisten können und weil sie dich lieb haben.“ Mila umarmte ihre Freundin fest. „Aber du bist die großzügigste und unarroganteste Person, die ich je getroffen habe.“

„Danke.“ Charly schnäuzte sich in ein großes Seidentaschentuch, das sie aus ihrer Hosentasche zog. „Weißt du, das ganze Geld und die vielen Sachen, die können mir so was von gestohlen bleiben. Manchmal wünschte ich mir, ich hätte ganz normale Eltern. Mit normalem Einkommen.“

„Ich weiß“, sagte Mila und gähnte noch einmal herzhaft. „Ich weiß.“

Eine Minute später hatte Mila sich in ihr Bett gekuschelt und die Bettdecke über den Kopf gezogen. Nicht ohne zuvor noch schnell durch das Fenster neben ihrem Zimmer in den Stall zu blicken, ob es Adesso und Renate auch gut ging. Als sie jedoch gesehen hatte, dass Adesso Renate zärtlich am Hals knabberte, war sie beruhigt gewesen. Was für eine coole Idee, dass die Internatsschüler sich auf diese Weise stets vergewissern konnten, dass mit ihren Lieblingen alles in Ordnung war – und das, ohne den Stall betreten zu müssen.

Mila war unendlich müde und erleichtert, dass Renate die Sumpfdotterblumen-Vergiftung so prima überstanden hatte und schon wieder so guter Dinge war. Und trotzdem lag sie nun im Bett und konnte nicht einschlafen. Annas Verhalten, als sie erfahren hatte, dass Mila Chris Hofers Tochter war, ließ ihr keine Ruhe. So, als klammerte sich diese Erinnerung mit Widerhaken fest. Ob sie ihren Vater beim nächsten Skype-Telefonat danach fragen sollte? Auf der einen Seite wusste Mila, dass sie mit ihren Eltern über alles reden konnte, auf der anderen Seite hatte ihr Vater das letzte Mal so komisch auf ihre Springreit-Pläne reagiert … Manche Dinge konnte man offensichtlich nur persönlich klären, Skype hin oder her.

Vielleicht würde sie Anna einfach selbst darauf ansprechen, wenn sich die Gelegenheit ergab. Ja, so würde sie es machen, beschloss Mila für sich und war recht zufrieden mit dieser Idee. Ihr Kopf wurde schwer und ihr Körper drehte sich spiralförmig nach oben in die Luft und … im nächsten Moment saß sie auf Adesso und ritt mit ihm über den breiten Strand von Marum. Die Sonne schien, Adesso schnaubte zufrieden und Mila war überglücklich …

„Nicht so wild, Adesso, du spritzt mich ganz nass", murmelte Mila und wischte sich im Schlaf übers Gesicht.

„Hey, Mila, wach auf. Ich bin's, Charly!"

Mila schlug die Augen auf und sah den verschwommenen Umriss ihrer Freundin, die Neles kleine Blumengießkanne über sie hielt und gerade wieder losgießen wollte.

„Spinnst du?" Mila hob abwehrend die Hände nach oben. „Hör auf damit!"

„Ich hatte keine andere Wahl, glaub mir. Ich hab gerüttelt und dich in die Wange gepikt, aber nix hat geholfen. Nele wollte dich einfach pennen lassen. Ich hatte den Eindruck, ihr wäre es ganz recht gewesen, du hättest das Training verschlafen."

Mila trocknete sich das Gesicht ab. „Da hast du garantiert recht."

Sie krabbelte aus dem Bett und zog sich die alte, ausgebeulte Reithose an. Dann schlüpfte sie noch in ein fleckiges gelbes T-Shirt und sagte entschlossen: „Fertig. Es kann losgehen … äh, ich meine, wir können losreiten. Diesen Triumph gönne ich Nele nicht. Ich habe zwar überhaupt keine Lust auf Training, aber hier geht es ums Prinzip!“

„Jawoll, Frau Feldwebel“, antwortete Charly und lachte. „Ich habe verstanden: Es geht ums Prinzip.“

Sie waren wirklich spät dran. Windfuchs und Feuerfuchs, die Hengste von Jakob und Mark, standen schon gesattelt in der Stallgasse. Und auch die anderen waren mit den Vorbereitungen für die Springstunde bei Tamara fast fertig. Nur Franzi schlüpfte gemeinsam mit ihnen durch die Stalltür und murmelte etwas Unverständliches.

Mila bemerkte, dass Franzi einen rosafarbenen Stein an einer Kette um den Hals trug. Sie stieß Charly an. „Hast du das gesehen? Hihi. Unser schwarzer Schwan trägt seit Neuestem verliebtes Rosa.“

Charly guckte sie verständnislos an. „Was meinst du? Ich sehe nur Schwarz. Schwarze Haare, schwarze Klamotten, schwarzes Pferd, schwarze Augenringe …“

„Ein fetter Rosenquarz“, flüsterte Mila zurück. „Um den Hals, siehst du?“

Charly kniff die Augen zusammen und versuchte, einen Blick auf Franzis Hals zu erhaschen. „Stimmt.“ Sie grinste breit. „Was sollen wir denn davon halten? Franzi wird ihren heiligen unromantischen Modeprinzipien untreu. Holla, die Ponyfee! Die hat's aber ganz schön erwischt."

„Die Liebe!" Mila seufzte theatralisch. „Im Krieg und in der Liebe ist alles erlaubt. Sogar rosa Ketten."

„Tja, die Liebe ist eine Himmelsmacht und so weiter und so fort. Aber mal im Ernst: Franzi und Rosa? Das passt zusammen wie Vanillepudding und Blutwurst." Charly nahm Vanillas Putzbox aus dem Regal und ging zu ihrer Stute in die Box.

Charlys Vanillepudding-Blutwurst-Kommentar klang zwar nicht besonders lecker, aber er erinnerte Mila daran, dass sie heute noch kaum etwas gegessen hatte. Schnell biss sie einmal in die Karotte, die sie für Adesso dabeihatte. Adesso würde ihr die Halbierung seines Leckerlis hoffentlich nicht allzu übel nehmen.

Als Mila seine Box betrat, tänzelte Adesso unruhig auf der Stelle und drehte seine Ohren nervös in alle Richtungen. Mila hielt ihm die Karotte hin, die er zunächst einmal ausgiebig beschnupperte, bevor er sie fraß. Dann strich sie ihm über den weißen Stern an der Stirn.

„Alles gut, mein Großer. Das war alles ein bisschen viel gestern und heute, oder?" Adesso sah sie mit seinen großen braunen Augen treuherzig an. Anschließend stupste er sie zärtlich am Arm. Mila beschloss, Adesso und sich selber eine ausgiebige Portion Streicheleinheiten zu gönnen und ihn sorgfältig zu putzen und zu striegeln. Auch wenn das bedeutete, dass sie fünf Minuten zu spät zum Training kam. Das hier war wichtiger, eine der vielen Sachen, die sie von Aurelie, ihrer früheren Reitlehrerin, gelernt hatte. Tier und Mensch muss es gut gehen. Erst danach kam alles andere. Sie nahm die Kardätsche in die Hand und strich mit sanftem Druck über Adessos Hals. Er genoss die Pflege sichtlich, denn schon bald wurde er ganz ruhig, seine Muskeln entspannten sich und er schnaubte zufrieden.

„Wir lassen es heute etwas ruhiger angehen", versprach Mila. „Und ich werde besser auf dich aufpassen, als ich das die letzten Tage getan habe. Eine verschleppte Blockade im Zungenbein wird es nicht mehr geben, Ehrenwort."

Adesso knabberte als Antwort an Milas Reithelm und kitzelte sie dabei mit seinen Tasthaaren an der Wange. „Hey, nur nicht übermütig werden, du Frechdachs. Ein Reithelm schmeckt scheußlich, darauf kann ich dir ebenfalls mein Ehrenwort geben. Und eine Vergiftung am Tag reicht mir voll und ganz."

Mila kratzte Adessos Hufe aus und trenste ihn auf. Das Training konnte beginnen und jetzt freute sie sich sogar darauf.

Die Reitstunde war bereits in vollem Gang. Doch Tamara schien sich nicht daran zu stören, dass Mila und Adesso eine gute Viertelstunde zu spät in der

Reithalle eintrafen. Für den offenen Reitplatz, auf dem sie normalerweise trainierten, war es heute einfach zu heiß. Dazu kam, dass auch noch der angenehme Inselwind ausgeblieben war.

Tamara stoppte die Voltenübung, die die Reitschüler der siebten Klasse gerade ausführten, und bat Mila zu der Gruppe.

„Geht es Renate wieder besser?“, fragte sie einfühlsam. „Ich kann mir vorstellen, wie viel Angst du um sie gehabt haben musst.“

„Sie ist schon wieder fast die Alte“, versicherte Mila. „Hoffentlich hat sie gelernt, dass sie nicht alles fressen darf, was ihr vors Maul kommt.“

„Das kann ein Pferd oft gar nicht unterscheiden. Da darfst du ihr keine Vorwürfe machen“, erwiderte Tamara. Dann wandte sie sich an die gesamte Runde. „Ich würde Renates Unfall gerne zum Anlass nehmen, noch einmal die für Pferde giftigen Pflanzen und Bäume durchzugehen. Es ist sehr wichtig, dass ihr sie erkennt und euer Pferd davon abhaltet, sie zu fressen. Manche von ihnen sind so giftig, dass eine kleine Menge schon tödlich sein kann.“

Mila sah, dass Nele ganz blass um die Nasenspitze wurde und ihre Stute Fairy streichelte. Auch wenn sie alle wussten, wie gefährlich manche Pflanzen für Pferde waren, dachte man nicht ständig und überall daran.

Und Fairy war noch nicht in Topform – eine Vergiftung zu diesem Zeitpunkt würde ihr sicherlich sehr zu schaffen machen.

„Ich schlage vor, wir gehen heute alle die Koppeln unserer Pferde ab und gucken, ob wir vielleicht etwas übersehen haben“, meinte Nele leise.

„Wieso sollen *wir* das machen?“, regte Mark sich auf. „Dafür haben wir doch unseren Stallmeister und seinen Knecht.“ Er blickte Michel hochmütig an. „Wir bezahlen schließlich sehr viel Geld, dass so etwas hier nicht passiert, oder hab ich da etwas falsch verstanden? Also ich werde auf keinen Fall bei dieser Bruthitze über die vollgeäppelte Wiese laufen und irgendwelche Giftwurzeln ausbuddeln.“

Tamara warf Mark einen bitterbösen Blick zu und sagte dann freundlich: „Ich finde, es ist eine großartige Idee von Nele, die Weiden abzusuchen. Ich kann euch nicht dazu zwingen, aber es ist richtig und wichtig, dass ihr ebenfalls für die Sicherheit eurer Pferde sorgt. So wie es Herr Gründgen seit jeher tut. Und dass Herr Gründgen einen Knecht hat, war mir bislang nicht bekannt, Mark. Wenn du ihn siehst, dann richte ihm von mir schöne Grüße aus!“

Nun war es an Michel, Mark anzugrinsen. Tamara hatte ihm freundlich, aber bestimmt jeglichen Wind aus den Segeln genommen.

Mila sah, wie Mark wütend die Lippen aufeinanderpresste, Feuerfuchs’ Zügel enger nahm und angaloppierte.

„Von mir aus!“, rief Tamara mit einem Siegerlächeln auf den Lippen. „Dann reitest du eben als Erster, Mark.“

Das Training lief bei Mila heute super. Sie war weniger angespannt als sonst, seit Tamara ihr gesagt hatte, dass sie nicht störte, wenn sie die eine oder andere Frage mehr stellte und häufiger korrigiert werden musste als die anderen. Und es tat ihr gut, dass Michel mittrainierte, dem es ebenso ging wie Mila. Auch er machte noch grundsätzliche Fehler und Mila kam sich nun nicht mehr ganz so unbeholfen und ungeschickt vor.

Außerdem hatte ihr die vergangene Nacht gezeigt, was wirklich wichtig war. Nämlich, dass es Adesso und Renate gut ging und sie mit ihnen Spaß hatte. Was bedeutete da schon ein Turniererfolg mehr oder weniger? Es war schön, wenn es gut lief, aber sie würde sicher nicht ihre oder Adessos Gesundheit dafür aufs Spiel setzen.

Ob diese Gedanken dafür verantwortlich waren, dass heute alles wie am Schnürchen klappte? Oder Lukes tolles Pferde-Yoga? Egal. Jetzt war der Springparcours dran und sie wollte einfach nur mit Adesso losfliegen.

Und sie flogen …

Die beiden hatten exakt das richtige Tempo zwischen den Sprüngen, erwischten den optimalen Absprung und Mila ließ Adesso mit dem Zügel genau den Freiraum, den er für einen gelungenen Sprung brauchte.

Als Mila den Parcours beendet hatte, klatschte Tamara Beifall. „Mila, das war super. Hervorragend!“, rief sie begeistert.

Mila strahlte und wurde ein wenig rot. Ein solches Kompliment hatte Tamara ihr noch nie gemacht. Es fühlte sich toll an.

„Für ein E-Turnier vielleicht“, wandte Mark gehässig ein. „Nicht in unserer Turnierklasse. Das musst du schon dazusagen, wenn du Mila lobst. Sonst ist das unfair und wir anderen können unsere Leistung gar nicht mehr richtig einordnen.“ Mit einem hochnäsigen Blick machte er auf Feuerfuchs kehrt.

Tamara ging überhaupt nicht auf Marks Bemerkung ein.

Das war vielleicht auch besser so, dachte Mila. Marks Stänkereien wurden immer fieser. Und diesmal gelang es ihr sogar, die Gemeinheiten nicht persönlich zu nehmen. Mark war einfach ein richtiger Kotzbrocken und er ließ keine Gelegenheit aus, das zu beweisen.

„Ich möchte euch noch etwas sagen“, meinte Tamara. „Das nächste Turnier, auf das wir hinarbeiten, wird auf dem Festland sein. In Bolsenbüttel. Und bei diesem Turnier wird immer nach neuen Talenten für den zukünftigen Landeskader Ausschau gehalten.

Ich will euch nicht nervös machen und auch keinen Druck aufbauen, ich möchte nur, dass es euch bewusst ist und dass ihr euer Bestes gebt – so wie immer. Und jetzt ab in den Feierabend!"

„Haben wir denn heute kein Pferde-Yoga mehr?", fragte Franzi enttäuscht. „Die Übungen tun Black Velvet und mir so gut."

„Die Übungen? Es ist wohl eher Luke, der ihr guttut", flüsterte Charly so leise, dass nur Mila es hören konnte.

Mila kicherte und schwang sich von Adessos Rücken. Sie nahm seine Zügel und führte ihn zurück in den Stall. Vielleicht sollte sie Franzi vorschlagen, einen Club zu gründen: den Club der hoffnungslos Verliebten.

Eine Party für Renate

Nachdem sie die Pferde versorgt hatten, waren sie mit Harke und Spaten bewaffnet über die Koppeln gelaufen und hatten nach giftigen oder für Pferde ungenießbaren Pflanzen gesucht. Isa hatte als Einzige kein Werkzeug in der Hand, sondern lief mit ihrem Handy hinter den anderen her. Sie hatte eine App heruntergeladen, mit der man Pflanzen bestimmen konnte. Man musste sie nur fotografieren und ein paar Augenblicke später spuckte die App, begleitet von einem dramatischen Tusch, das Ergebnis aus. Immer wenn die Musik ertönte, juchzte sie froh auf und las lang und breit die Infos vor, die das Programm zu der jeweiligen Pflanze ausspuckte.

„Kannst du den Ton ausmachen?“, bat Charly Isa nach einer Weile. „Dieses Fanfarengetröte erinnert mich auf eine ungute Art an zu Hause.“

„Klar“, sagte Isa und schaltete den Ton ab. „Kein Problem. Sind deine Eltern Musiker?“

„Nein, das nicht“, antwortete Charly gedehnt.

Dann deutete sie schnell auf ein Büschel weißer Blumen. „Ah, was ist das denn? Schnell, Isa, mach mal ein Foto!"

Mila wunderte sich. Charly hatte schon wieder abgelenkt, als es um ihre Eltern ging. Sie machte um ihr Zuhause ein Mega-Geheimnis. Obwohl sie sich sonst alles erzählten, wusste Mila nur, dass Charlys Eltern sehr reich waren und ihre Tochter deswegen immer mit den teuersten Klamotten ausstatteten. Außerdem schickten sie ab und zu Fresspakete, die mit den feinsten Köstlichkeiten vollgestopft waren. Mila hätte zwar liebend gerne mehr gewusst, aber wenn Charly nun mal nicht darüber reden wollte, hatte sie sicher gute Gründe dafür. Und das musste Mila akzeptieren. Sie stapfte weiter. Puh, ihre Beine waren ganz schön schwer. Kein Wunder nach der langen Nacht und dem kurzen Nickerchen. Ob es den anderen wohl etwas ausmachte, wenn sie schon aufs Zimmer ging?

„Ich kann nicht mehr", gestand sie Charly. „Schafft ihr den Rest ohne mich?"

„Logo", meinte Charly. „Gib Renate und Adesso ein Küsschen und dann husch, husch ins Körbchen."

„Danke", sagte Mila und lief zum Internat. Die Dusche tat Mila richtig gut. Sie ließ den lauwarmen Strahl auf ihren Scheitel prasseln und sah zu, wie das Wasser in kleinen Rinnsalen von ihren langen braunen Haaren über ihren Körper in den Abfluss lief.

Als sie sich noch ein frisches T-Shirt und einen luftigen geblümten Sommerrock angezogen hatte, fühlte sie sich beinahe wie neugeboren.

Jetzt noch schnell in die Internatsküche – und hoffen, dass Frau Käthe sie nicht erwischte. Mal sehen, was man im Kühlschrank an leckeren Resten rauben konnte.

„Du kommst mir gerade recht", sagte Frau Käthe, als Mila leise in die Küche schleichen wollte. Mila blieb ertappt auf der Stelle stehen.

Der ganze schöne Plan knallte auf den Boden und zersprang in tausend Stücke. Pech gehabt.

„Ich … ich … wollte …", stotterte Mila.

„Mir helfen?", fragte Frau Käthe und deutete auf die Tabletts mit belegten Broten und einen 10-Liter-Kochtopf, aus dem Dampf aufstieg. Erst jetzt bemerkte Mila, wie gut es in der Küche roch. Nach Erbsensuppe und Würstchen und frisch aufgeschnittenem Brot.

„Hat dir Nele etwa nicht Bescheid gesagt?", wunderte sich Frau Käthe. „Ich habe euch allen etwas zurechtgemacht. Zur Feier des Tages – weil es Renate wieder gut geht. Jan ist natürlich auch eingeladen. Alles ist fertig und du kannst es mit in euren Gemeinschaftsraum nehmen!"

„Ich sterbe vor Hunger … Darf ich vielleicht jetzt schon? ", fragte Mila vorsichtig.

„Greif zu", lachte Frau Käthe. „Was möchtest du?

Käsebrot mit Senfgürkchen oder Eiersalat oder einen Gemüsespieß?“

„Wenn Sie schon fragen: Käsebrot mit Senfgürkchen *und* Eiersalat *mit* Gemüsespieß“, sagte Mila und umarmte die Köchin fest. „Danke, danke, danke.“

Mila stellte die letzten laminierten Bilder der giftigsten Giftpflanzen als Abschreck-Deko auf den Tisch im Gemeinschaftsraum und hängte eine Piratenflagge mitsamt Totenkopf darüber auf.

„So. Damit wäre der Lernteil für den heutigen Abend beendet“, meinte Mila. „Nie werden wir diese Monsterpflanzen je wieder vergessen!“

„Jawohl“, hauchte Franzi. „Goldregen, Heckenkirsche, Sumpfdotterblume, Buschwindröschen. Schon allein bei diesen ‚gruseligen‘ Namen gefriert mir das Blut in den Adern.“

„Wenn du erlebt hättest, was diese Sumpfdotterblumen mit Renate gemacht haben, würdest du nicht so reden“, wies Mila sie zurecht. „Auch wenn ich zugeben muss, dass die meisten Giftpflanzen ziemlich harmlos klingen.“

„Hast ja recht. War nicht so gemeint. Sorry“, entschuldigte sich Franzi und stopfte sich ein Leberwurstbrot in den Mund. Dabei rutschte der weite Ärmel ihrer schwarzen Tunika zurück und Mila erhaschte einen Blick auf das selbst gemalte Kugelschreiber-Tattoo auf ihrem Unterarm: *Luke* und *Love* und irgendwas wie *Karpfen* konnte sie lesen, bevor Franzi den Einblick in ihr gekritzeltes Gefühlsleben bemerkte und den Stoff schnell wieder über den Arm streifte.

„Wehe, du sagst ein Wort!“, warnte sie Mila.

„Ich schweige wie eine deiner Grab-und-Friedhof-Bands“, versicherte Mila.

Franzi verdrehte die Augen. „Die schweigen doch nicht“, sagte sie genervt. „Die singen!“ Dann sah sie sich um, um sich zu versichern, dass niemand die ganze Sache mitbekommen hatte. „Darf ich dich etwas fragen? Ich meine, jetzt, wo du mein Geheimnis kennst … Du kennst dich doch in so Liebessachen aus, oder?“

Oh nein, dachte Mila. Da wendest du dich gerade genau an die Richtige.

Doch sie wollte Franzi nicht enttäuschen und nickte ihr aufmunternd zu. „Was gibt's?“

„Nicht hier!“ Franzi führte Mila aus dem Raum, den Flur entlang und in ihr Zimmer, das sie als einzige Internatsschülerin ganz für sich allein hatte.

Mila hatte das Gefühl, eine Höhle zu betreten. Die Vorhänge an den Fenstern waren zugezogen und Franzi hatte schwarzes Transparentpapier an die Scheiben gehängt, sodass nur sehr wenig Licht hineindrang. Die Wände waren komplett mit Band-Postern zugekleistert. Die Musiker darauf waren alle schwarz gekleidet und schienen aus einem anderen

Jahrhundert zu stammen. Die Frauen trugen schwarze Spitzenkleider und die Männer hatten dunkle Kutten an. *Black Night*, konnte Mila lesen. Und *Sisters of Raven*. Meine Güte, war das unheimlich! Wie konnte Franzi sich hier nur wohlfühlen? Mila war sich sicher, dass sie hier kein Auge zumachen könnte, ohne dass nicht zumindest eine der Rabenschwestern sie in ihre Träume verfolgen würde.

Zu allem Übel schloss Franzi nun auch noch ihr Handy an den Lautsprecher an und eine quietschende Geige begann, eine düster-traurige Melodie zu spielen.

„Ich weiß nicht mehr, was ich tun soll", jammerte Franzi und ließ sich mit einem Plumps auf ihr Bett fallen. Dann schob sie den Ärmel der Tunika hoch. „Da, schau es dir in Ruhe an. Und dann gib mir einen Rat …"

Mila betrachtete Franzis Arm. Zwei steigende Pferde, die mit ihren Vorderhufen ein Herz formten. In dem Herz stand: *Luke und Franzi, forever in love.* Also hatte sie richtig gesehen! Nur der Karpfen war doch kein Karpfen, sondern *Carpe diem.* Die Worte schlängelten sich in schnörkeligen Buchstaben in den Mähnen der Pferde.

„Du kannst ja richtig gut zeichnen", meinte Mila anerkennend. „Cool!"

„Kann schon sein", antwortete Franzi. „Bloß nützt mir das absolut gar nichts. Wie soll ich Luke denn klarmachen, dass wir füreinander bestimmt sind? Ich würde *alles* für ihn tun. Er ist einfach der wunderbarste, hübscheste und klügste Mann auf der ganzen Welt!“

„Du hast die Wurzel des Problems genau erkannt“, sagte Mila und strich über Franzis Hand. „Luke ist ein *Mann* und kein Dreizehnjähriger.“

Franzi sah Mila an, als hätte die sich gerade ihre Unterhose verkehrt herum auf den Kopf gesetzt. „Glaubst du im Ernst, ich würde mich in einen Dreizehnjährigen verlieben? Schau dir die Jungs aus unserer Klasse doch bitte mal an. Die sind alle voll kindisch! “

Mila dachte an Jan, an seine blonden Strubbelhaare und an seine braunen Augen. Franzis Ansage war ganz schön hart und ungerecht. „Na komm, nicht alle!“

„Also für mich ist die Sache klar. Mein Herz gehört Luke. Fünfzehn Jahre sind doch nichts. Meine Mutter ist auch zehn Jahre jünger als mein Vater. Und das Coolste ist: Black Velvet und Jolly Jumper verstehen sich supergut. Sie sind beste Freunde. Das merke ich genau.“ Franzi lächelte glückselig. „Wir sind Traumpaare. Das steht fest. Nur weiß ich eben nicht, wie ich Luke davon überzeugen kann, dass ich seine Traumfrau bin. Ich habe ein Lied für ihn geschrieben. Meinst du, ich sollte es ihm vorspielen?“

Mila wusste nicht so recht, was sie sagen sollte. Wie würde wohl ein musikalisches Liebesgeständnis nach Franzi-Art klingen? Und wie würde es heißen? *Ein Kuss von dir vorm Friedhofstor?* Oder *Schwarz, schwarz, schwarz sind alle meine Kleider*?

„Magst du es erst einmal mir vorsingen?", fragte Mila vorsichtig.

Franzi holte eine schwarz lackierte Gitarre hinter ihrem Bett hervor.

„Gute Idee." Sie stimmte die Saiten und legte los:

„Sacht wie der Wind
Mein Herz wird munter
Sacht wie der Wind
Mein Leben bunter
Lalalalalala, lala, lala.

Du hältst mich warm
Im Hier und Jetzt
In deinem Arm
Lebendig, endlich
Eins mit mir
Und eins mit dir?
Lalalalalala, lala, lala."

Wow. Mila war wie gebannt. Das hatte sie nicht erwartet: Franzi hatte eine warme und tiefe Stimme. Und die Melodie, die sie sich ausgedacht hatte, war einfach wunderschön. Fröhlich und romantisch zugleich und mit echtem Ohrwurm-Potenzial!

„Franzi, du singst unglaublich gut! Und der Song ist einfach klasse. Ich wusste gar nicht, dass du so eine tolle Musikerin bist."

„Echt? Findest du?" Franzis Wangen wurden so rosa wie der Rosenquarz um ihren Hals. „Du denkst also, ich soll Luke das Lied vorspielen?"

Mila überlegte fieberhaft, wie sie Franzi beibringen konnte, dass das keine gute Idee war. Trotzdem wollte sie Franzi nicht enttäuschen. Aber hier war nun mal ihre ehrliche Meinung gefragt. Das war sie Franzi schuldig, schließlich war sie ihre Freundin.

„Der Song ist mega. Und ich denke, er würde Luke auch gefallen. So rein musikalisch. Ich denke aber, du solltest abwarten. Ihm deine Gefühle nicht zu offen sagen. Selbst wenn er dich auch toll fände – er dürfte sich gar nicht in dich verlieben, Franzi. Er ist dein Lehrer. Er würde sich strafbar machen!"

Franzi sah Mila erschrocken an. „Mist. Du hast recht. Daran habe ich noch gar nicht gedacht. Ich will ihm auf keinen Fall Ärger machen."

Puh. Ein Glück! Mila war froh, dass sie Franzi ohne größeren Nervenzusammenbruch ihrerseits von dem Vorhaben hatte abbringen können.

„Komm, lass uns wieder rübergehen", schlug Mila vor. „Und nimm deine Gitarre mit. So, wie ich die anderen kenne, haben die nichts gegen ein bisschen

Lagerfeuer-Gesang ohne Lagerfeuer. Motto der Veranstaltung: Lieder mit Pferd!"

Franzi lachte und hakte Mila unter. Dann sang sie: „Hoppe, hoppe, Reiter ..."

Mila grinste. „Hey, schon das zweite Lied ohne Todessehnsucht! Ich staune, ich staune."

Schreie auf dem Hof

Mila sah auf den Kalender, der über ihrem Schreibtisch hing. Der Tag des Turniers war dick und rot eingekringelt. Sie zählte die Tage. Nur noch eine gute Woche bis zum Turnier in Bolsenbüttel.

Sie fühlte sich mehr als gut vorbereitet. In den letzten beiden Wochen hatten sie abwechselnd Springtraining und Pferde-Yoga gehabt. Auch würde sie zusammen mit Michel in einer niedrigeren Springklasse antreten, das nahm den Druck etwas raus. Anders als bei Nele. Die konnte schon seit Wochen nicht mehr richtig schlafen. Mila hatte ab und zu gehört, wie sie sich nachts hin und her gewälzt hatte. Außerdem war sie fast so wortkarg wie vor ein paar Wochen. Mila schwankte zwischen Mitleid, weil sie Neles Situation nun besser kannte, und einem Selber-schuld-Gefühl. Sie verstand einfach nicht, warum Nele so oft die Oberzicke spielte, obwohl Charly und sie vor ein paar Wochen Neles Pferd Fairy gerettet hatten. Aber darauf ansprechen wollte sie Nele nicht. Mila hoffte, dass sich die Situation irgendwann ganz von alleine entspannen würde. Vielleicht, wenn das Jahresabschlussturnier vorbei war?

Sie warf einen Blick zu ihrer Mitbewohnerin, die mit gerunzelter Stirn auf dem Bett lag und Pferdekunde lernte.

„Soll ich dich abfragen? Wir müssen erst in zwanzig Minuten zum Training“, startete Mila einen Annäherungsversuch.

Nele schüttelte den Kopf. „Kein Bedarf.“ Sie vertiefte sich wieder in das aufgeschlagene Buch.

Mila klappte ihren Laptop auf. Sofort erschienen drei Bilder als Desktophintergrund. Ein Bild von Renate und Tini als Marsmännchen verkleidet, ein Bild von Adesso, der am Strand entlanggaloppierte, und ein Bild von Fenja, der schwarzen Isländerstute, die neugierig genau im Moment der Aufnahme ihr Maul in Richtung Kamera gestreckt hatte.

Versonnen blickte Mila Fenja an. Die Stute war ihr richtig ans Herz gewachsen. Jedes Mal, wenn sie bei Jan zur Probe gewesen war, noch ein Stückchen mehr. Mittlerweile konnte sie die Faszination, die diese Pferde mit dem lustigen Charakter ausübten, gut verstehen. Mehr als nur verstehen, wenn sie ehrlich war. Immer öfter träumte sie davon, mit einem der Ponys durch die Dünen zu tölten, näher am Boden und dennoch schnell wie der Wind. Die Isländer liebten ihre Freiheit und konnten ganz wunderbar fast ohne Menschen klarkommen. Mit ihrem dichten Fell und ihrer Geduld trotzten sie Wind und Regen. Und trotzdem waren sie sehr menschenbezogen und verbrachten gerne Zeit mit den Zweibeinern. Je mehr Zeit sie mit den Isländern verbrachte, desto mehr konnte sie auch Jans Abneigung gegen den Pferdesport verstehen. Auch wenn auf *Inselglück* sehr viel Wert darauf gelegt wurde, dass es den Vierbeinern prächtig ging und Reiter und Pferd als Team zusammenarbeiteten, mussten sich die Pferde doch dem Willen der Reiter unterordnen. Mila wusste und spürte, dass Adesso Spaß hatte, deswegen war das Springreiten für sie in Ordnung. Doch sie wusste auch, dass es vielen Pferden nicht so gut ging wie Adesso. Pferde, die Reiter hatten, denen es einzig und allein um den Sieg ging.

Mila hatte aber nicht nur die Zeit mit den Islandpferden genossen. Sie hatte in den letzten Wochen auch Jan viel besser kennengelernt. Er war zwar nicht der Fels in der Brandung wie Michel, doch er steckte voller Ideen und lustiger Einfälle. Sobald sie sich trafen, war Quatschmachen angesagt! Über die Nacht im Stall hatten sie allerdings nicht mehr gesprochen. Es hatte sich einfach nicht die passende Gelegenheit geboten. Schon allein, weil Tini und Renate bei den meisten Proben mit dabei waren. Manchmal fand Mila das schade, aber auf der anderen Seite hätte es möglicherweise nur die leichte und lustige Stimmung während der Proben zunichtegemacht.

Plötzlich drangen vom Innenhof laute Stimmen durch das gekippte Fenster. Mila sah von ihrem Bildschirm auf und lauschte, doch sie konnte nichts verstehen. Irgendwas war passiert! Hoffentlich ging es den Pferden gut ... Sie musste nachsehen, ob sie helfen konnte.

Nele schien den gleichen Gedanken gehabt zu haben, denn sie war aufgesprungen und lief mit sorgenvollem Gesicht zur Tür hinaus.

Mila rannte den Gang entlang und warf dabei einen Blick durch die Fenster zum Stall. Zum Glück! Den Pferden ging es gut! Adesso und Renate standen ruhig in ihrer Box und kauten Heu. Auch den anderen Pferden, soweit Mila das im Vorbeigehen erkennen konnte, war nichts geschehen.

Als sie die Tür zum Hof aufstemmte, hatte sich bereits eine ganze Menge an Schaulustigen versammelt. Ansonsten war alles ruhig. Mila wandte sich an Elisa, eine der älteren Reitschülerinnen, die Mila schon mal Springreit-Nachhilfe gegeben hatte. „Was ist denn los?"

Elisa zuckte mit den Schultern. „So genau weiß ich das gar nicht. Herr Gründgen und Michel haben sich total gezofft und Michel ist voll ausgerastet. Und dann war Stille."

Michel und ausgerastet? Das passte überhaupt nicht zu ihm. Da musste etwas Fürchterliches geschehen sein!

„Weißt du, wo Michel jetzt ist?", fragte Mila.

Elisa schüttelte den Kopf. „Nö, keine Ahnung."

Mila stand etwas verloren neben ihr und überlegte: Wo konnte Michel hin sein? Zu Pferdinand? Das war sicher sein erster Impuls gewesen, aber im Stall war auch sein Vater. Und dem wollte er nach einem Streit sicher nicht über den Weg laufen.

Na klar! Plötzlich wusste Mila, wo sie Michel suchen musste. In dem kleinen Wald hinter den Stallungen, dort, wo sie Michel kurz nach ihrer Ankunft im Internat zum ersten Mal gesehen hatte!

Mila bahnte sich ihren Weg durch die sich auflösenden Grüppchen und lief den kleinen Feldweg entlang, der in das Wäldchen führte.

Sie musste sich die Hand vor die Augen halten, denn die Sonne blendete. Schnell legte sie die letzten Meter zurück, um im Schatten der Bäume zu laufen. Ah, hier war es schon bedeutend kühler.

Mila ging langsam weiter und sog den Duft der trockenen Erde und der Blätter ein. „Michel?", rief sie leise. „Bist du da?"

Anstatt einer Antwort hörte sie ein leises Schluchzen.

Oh nein, Michel weinte!

Unter ein paar jungen Buchen, deren Kronen eine

Art Höhle bildeten, konnte sie eine zusammengekauerte Gestalt erkennen.

„Michel?“, fragte Mila noch einmal.

„Hau ab!“, zischte die Gestalt. „Oder willst du dich etwa mit einem Pferdequäler abgeben?“

Ein unglaublicher Verdacht

Mila hielt erschrocken inne. „Was meinst du damit? Du bist doch kein Pferdequäler!“

„Tja, für Frau Steinbach und für meinen Vater bin ich das wohl!“, rief Michel. Sein Gesicht war so verzerrt, dass Mila ihn kaum wiedererkannte.

Langsam und ganz sachte kam sie näher.

„Michel, bitte. Was ist denn passiert?“

„Wenn ich das nur wüsste!“, presste Michel hervor. „Kann ich dir vertrauen?“

Mila nickte. „Das weißt du doch. Du bist mein bester Freund!“ Mila durchfuhr das schlechte Gewissen wie ein Blitz. Stimmte das überhaupt noch? Seit sie so viel Zeit mit Jan verbrachte, hatten Michel und sie sich voneinander entfernt. Egal. Michel war auf jeden Fall ein guter Freund. Ob er nun der beste war, spielte in diesem Moment überhaupt keine Rolle. „Du kannst mir alles anvertrauen. Und ich verspreche, niemandem ein Wort davon zu erzählen.“

Michel sah sie unglücklich an.

„Ich verstehe meinen Vater sogar. Alles spricht gegen mich. Nur, dass er es gleich der Steinbach melden muss? Warum redet er nicht zuerst mit mir?" Michel seufzte. „Aber das hätte sicher auch nichts genützt. Ich würde mir selber auch nicht glauben an seiner Stelle."

„Vielleicht erzählst du mir erst einmal, was eigentlich los ist. Ich verstehe nämlich, ehrlich gesagt, immer nur Pferdeapfel", meinte Mila.

„Gestern hat sich mein Vater um Pferdinand gekümmert, weil ich nach Ritteck musste", begann Michel. „Er hat ihn bewegt und hinterher abgesattelt und versorgt. Und eben auch die Sprungglocken angelegt. Die neuen, die Pferdinands Beine besser schützen sollten. Dabei hat er bemerkt, dass Pferdinands Fesseln heiß sind und seltsam riechen. So …" Michel stockte. „… als ob ihn jemand mit Rheumacreme eingerieben hat."

„Rheumacreme? Wieso denn das?", fragte Mila verwirrt.

„Diese Creme macht die Beine eines Pferdes so empfindlich, dass es Schmerzen hat, wenn es eine Stange reißt", erklärte Michel. „Das Pferd springt beim nächsten Mal aus Angst vor dem Schmerz höher. Mein Vater denkt jetzt, dass ich das aus Ehrgeiz gemacht habe, um schneller die schwereren Turniere reiten zu dürfen."

„Das würdest du doch niemals machen! Das ist furchtbare Tierquälerei", empörte sich Mila weiter. „Das schiebt dir jemand in die Schuhe! Pferdinand steht für alle frei zugänglich im Stall. Die Salbe hätte jeder auf seine Fesseln schmieren können. Wieso denkt dein Vater denn, dass du das gewesen bist? Er kennt dich doch!"

Michel sackte noch ein Stückchen weiter in sich zusammen. „Das ist nicht das Einzige. Ich war total empört über seinen Vorwurf und habe meinen Spind aufgesperrt, damit er ihn durchsuchen kann. Ich wusste ja, dass ich unschuldig bin. Doch damit habe ich natürlich nicht gerechnet ..." Michel zuckte mit den Schultern.

„Jemand hat das Beweismittel in deinen Spind gelegt?", fragte Mila schockiert.

„Bingo. Und ich habe einfach keine Ahnung, wie die Creme dahin gekommen ist, ich schwöre es. Sie war auch noch so schön versteckt im hintersten Winkel, so, als ob ich sie tatsächlich hätte verbergen wollen."

„Oh nein. Und dann war die Sache für deinen Vater klar?"

Michel nickte. „Sonnenklar. Ich allein habe einen Schlüssel zu dem Spind. Und dazu kommt noch, dass ich wohl in letzter Zeit tatsächlich ein paar Sprüche losgelassen habe, die ziemlich ehrgeizig geklungen haben müssen, wie ‚Die steck ich locker in die Tasche' und so. Da hat er eins und eins zusammengezählt."

Mila sah Michel an. „Und du bist dir ganz sicher, dass die Creme nicht von dir ist?"

„Glaubst du mir jetzt etwa auch nicht?" Michel sah Mila gekränkt an. „NEIN. Ich habe diese Tube noch nie gesehen! Und ich habe keine verdammte Ahnung, wie sie in meinen Spind gekommen ist. Ich habe mit dieser ganzen Dopingnummer nichts zu tun!"

„Ja, klar. 'tschuldige ... Und jetzt?"

„Jetzt bin ich bis auf Weiteres vom Training ausgeschlossen und darf Pferdinand nicht mehr reiten." Michel lief eine dicke Träne über die Wange. „Weißt du, auf die Turniere und das Springreiten könnte ich locker verzichten. Aber Pferdinand nicht mehr reiten zu dürfen und mich nicht einmal um ihn kümmern zu können, macht mich total fertig. Ich habe so lange darauf gehofft und gefiebert, ein eigenes Pferd zu haben. Ich weiß natürlich, dass Pferdinand nicht mir gehört, sondern dem Internat. Doch irgendwie hat es sofort KLICK gemacht zwischen uns – wir gehören zusammen."

Mila überlegte nicht lange. Michel tat ihr so leid, dass sie ihn einfach in den Arm nehmen musste – ganz fest. Sanft strich sie ihm über den Rücken, bis er sich wieder beruhigt hatte.

„Du bist unschuldig. Und das werden wir beweisen. Ich habe zwar noch keinen blassen Schimmer wie, aber das schaffen wir schon", sagte Mila. „Das, was dir hier passiert ist, ist kriminell. Wir müssen den wahren Täter finden."

Michels Augen waren vom Weinen feuerrot. Er sah Mila an und lächelte.

„Es ist wirklich nett, dass du helfen willst. Aber lass mal lieber. Das ist viel zu gefährlich. Da will mich jemand ganz gezielt fertigmachen. Und er ist sicher kein Anfänger, wenn er Spinde knacken kann, ohne die geringste Spur zu hinterlassen."

„Sag mal, so kenne ich dich gar nicht! Willst du einfach so aufgeben? Das kommt doch überhaupt nicht in die Tüte!" Logo, dass Michel traurig und enttäuscht war. Aber Mila konnte es doch nicht zulassen, dass er einfach die Flinte ins Korn warf!

„Jetzt wird gekämpft und nachgedacht!", forderte Mila mit fester Stimme. „Na los. Was passiert in einem Krimi immer als Erstes?"

„Jemand entdeckt eine Leiche?"

„Haha, sehr witzig." Mila knuffte Michel in die Seite und zog die Nase kraus. „Obwohl …", überlegte sie. „Wir haben es hier auch mit Mord zu tun. Rufmord! Dein Vater und Frau Steinbach denken, dass du dein Pferd manipulierst, um mehr Erfolg zu haben, richtig?"

Michel nickte.

„Wer hat am meisten davon, wenn du nicht mehr

reiten darfst?“ Mila trommelte mit den Fingern auf ihrem Knie herum. „Das ist die Frage, die wir uns stellen müssen, um eine Liste der Verdächtigen erstellen zu können.“

„Eigentlich hat niemand etwas davon“, meinte Michel nach einer Weile. „Frau Steinbach hat nun wieder das Problem, keinen Reiter für Pferdinand zu haben und die anderen aus der Klasse … denen kann es doch egal sein, ob ich reite oder nicht.“

„Du bist gut. Und du wirst immer besser, vergiss das nicht. Außerdem bist du der Sohn des Stallmeisters. Das hat natürlich Vorteile, die nicht jedem gefallen. Vielleicht möchte jemand ganz gezielt einen Keil zwischen dich und deinen Vater treiben?“ Mila stützte den Kopf in die Hände. „Könnte es jemand aus unserer Klasse sein? Möglich. Aber auch die höheren Klassen beobachten unser Training – das habe ich schon bemerkt. Wirklich ausschließen können wir also fast niemanden.“

„Du willst dich also umhören, ob jemand heimlich, still und leise gegen mich gewettert hat?“, fragte Michel und in seinen Augen konnte Mila neben der Enttäuschung nun wieder ein bisschen Mut erkennen.

„Oder auch unheimlich schrill und laut. Wer weiß? Aber das kannst du natürlich nicht selbst übernehmen. Du tust die nächste Zeit einfach so, als würdest du dich deinem Schicksal fügen, alles klar? Und

Charly und ich werden uns einen Mega-Super-Detektivplan ausdenken, um den wahren Übeltäter zu finden."

Mila hatte sich richtig in Fahrt geredet. Am liebsten hätte sie sofort loslegen wollen. Verdächtigenlisten schreiben, Leute beschatten und verhören und auf Adessos Rücken die wildesten Verfolgungsjagden reiten. Ha! Der Täter sollte nur aufpassen! Nun hatte er es mit Special Agent Mila und ihrem Spürhengst Adesso zu tun!

Fünf Spürnasen für Michel

Tini knallte einen Stapel Zeitschriften auf Milas Schreibtisch. „Können wir auch sicher sein, dass wir hier ungestört sind?“, flüsterte sie verschwörerisch in die Runde.

Sie hatten sich heute zum ersten geheimen Rettet-Michel-Treffen zusammengefunden. Die Nachricht von Michels Suspendierung hatte sich im Internat wie ein Lauffeuer verbreitet und spaltete die Schüler in zwei Lager.

Die einen hielten zu Michel und verkündeten, sie wüssten genau, dass Michel so etwas niemals machen würde. Die anderen posaunten überall herum, dass sie Michel schon immer ziemlich komisch gefunden hätten und dass es gut sei, dass er nun aus dem Verkehr gezogen worden war.

Mila war das ganze Gequatsche zuwider. Weder die einen noch die anderen kannten Michel wirklich.

Michel hatte seine Sachen gepackt und war bei einem Freund in Ritteck untergekommen, dessen Eltern nichts dagegen hatten, dass Michel eine Zeit lang bei ihnen wohnte.

Mila fand die Entscheidung prima – so bekam Michel von dem blöden Gerede nichts mit. Und sie und ihre Freundinnen konnten in aller Ruhe die Ermittlungen starten …

„Ja. Nele hat einen Extra-Termin bei Luke. Thema: Loslassen“, beruhigte Mila sie. „Die kommt frühestens in einer Stunde zurück.“

„So wie ich Nele kenne, braucht sie dafür wohl eher eine Woche“, kicherte Charly. „Die ist so krass verbissen und ehrgeizig wie sonst niemand.“

„Doch! Mark kann da locker mithalten“, meinte Mila.

„Okay“, zischte Tini. „Lasst uns beginnen. Haben wir alles nach Wanzen abgesucht?“

„Wanzen? Igitt. Hier gibt es doch keine Wanzen.“ Mila schüttelte sich.

„Was seid ihr denn für Detektive? Wanzen sind kleine Abhörgeräte!“ Tini schlug eine der Zeitschriften auf. Erst jetzt bemerkte Mila, dass ihre Cousine überall knallrote Notizzettel mit Ausrufezeichen geklebt hatte. Tini deutete auf eine Seite, die sie zusätzlich in Giftgrün umkringelt hatte. „Sicherheitsmaßnahmen für Detektivinnen“ lautete die Überschrift.

„Hier steht alles, was man vorher checken muss. Also bevor die Hauptermittlung beginnt“, sagte Tini und machte sich daran, die Lampen im Zimmer nach Mikrofonen abzusuchen.

Mila nahm die Zeitschrift und betrachtete das Cover. *Cindy – Tatort Reiterhof.* War das *die* Cindy, von der Tini und Isa sich immer die neuesten Schminktipps holten? Die Comic-Cindy, die süße Pferdegeschichten auf dem Gestüt *Ackerwinde* erlebte? Mila wedelte mit der Zeitschrift in der Luft herum. „Seit wann ist Cindy denn Detektivin? Wusste ich noch gar nicht …"

„Ungefähr ein Jahr schon", antwortete Tini vollkommen ernst. „Seit bei ihr im Gestüt die merkwürdigsten Betrügereien und Diebstähle passieren. Furchtbar nicht? Dabei war es da früher immer so ruhig und friedlich. So wie auf *Inselglück*. Hoffentlich wird es hier nicht so schlimm wie bei Cindy auf dem Reiterhof."

Mila konnte nicht anders. Ein Grinsen machte sich auf ihrem Gesicht breit. Bei Tini vermischten sich mal wieder Geschichten und die Wirklichkeit. Doch Mila beschloss, ihre kleine Cousine besser nicht aufzuklären, dass es Cindy gar nicht wirklich gab und der Zeitschriftenverlag die „sensationellen Fälle" auf *Ackerwinde* nur erfunden hatte, weil er damit eine Menge Exemplare verkaufte.

„Die Bude ist sauber", verkündete Tini, nachdem sie auch noch unter Milas Matratze gesucht hatte. „Es kann losgehen." Sie zog eine karierte Schirmmütze aus ihrem Rucksack, setzte sie auf und zückte einen Block und einen Bleistift.

„Tatsache ist, dass jemand Michel die Sache in die Schuhe schieben will. Die große Frage ist nun: Wer? Und warum?", fragte Charly.

Tini kritzelte etwas auf den Block. „Ich mache mal eine Spalte für die Verdächtigen und eine Spalte für die Motive."

„Das bringt doch nichts. Im Grunde ist das Motiv klar. Jemand möchte Michel als Konkurrenz ausschalten. Jemand hat mitbekommen, dass er sehr schnell lernt und bald zur Gefahr werden könnte. Damit sind fast alle verdächtig, weil jeder das Ziel hat, so gut wie möglich zu springen. So gut, dass man irgendwann im Olympiakader reiten darf. Richtig?"

„Wir können ja schlecht alle beschatten", meinte Tini und faltete ein Zeitungsblatt mit zwei Beobachtungs-Gucklöchern zusammen. „Außerdem wird der Täter ja nicht so blöd sein, Pferdinand noch mal einzucremen. Jetzt, wo Michel weg ist. Das hieße ja, dass Michel unschuldig ist. Nee, Beschatten können wir vergessen."

„Uns muss etwas anderes einfallen", überlegte Charly. Gedankenverloren spielte sie mit einer kleinen Dose, die an einer der Zeitschriften befestigt war. „Fingerabdruckpulver", las sie vor.

„Genau", quiekte Tini los. „Charly, du bist ein Genie! So machen wir es!"

„Aha", sagte Mila und guckte Tini verständnislos an. „Das musst du uns erklären."

„Ein Genie ist so 'ne Art Superhirn mit Supergedanken, weißt du das nicht?" Nun sah Tini sie verständnislos an.

„Doch, das weiß ich. Aber was sollen wir machen? Und wie?"

„Na, wir nehmen Fingerabdrücke! Und wo finden wir die? An Pferdinands Springglocken! Da müssten Michels Abdrücke, die von Herrn Gründgen und natürlich von demjenigen, der das mit der Rheumacreme war, sein. Dann müssen wir nur noch an das Putzzeug von allen Schülern. An den Kardätschen und an den Striegeln müssten von jedem gut erkennbare Abdrücke zu finden sein." Tini stellte sich breitbeinig und mit überkreuzten Armen hin. „Der Rest ist Fleißarbeit … Vergleichen, vergleichen, vergleichen – bis wir den Täter haben."

Mila sprang auf und knutschte Tini einen Kuss auf die Wange.

„*Du* bist das Genie", sagte sie. „Wenn das klappt, können wir beweisen, dass Michel unschuldig ist. Wann legen wir los?"

Fingerspitzengefühl

„Wann hast du es geschafft, dich und Renate auch noch zu verkleiden?“, fragte Mila und strich dem Mini-Pony über das weiche Maul.

Um Renates Hals baumelte Tinis Digitalkamera und zwischen den Ohren prangte – genau wie bei Tini – eine karierte Detektivschirmmütze.

Tini hatte zusätzlich einen viel zu großen beigefarbenen Trenchcoat ihrer Mutter um sich herumgewickelt und Renate eine karierte Satteldecke besorgt.

„Darf ich vorstellen? Sherlock“, Tini zeigte erst auf sich und dann auf Renate, „und sein treues Spürpferdchen Watson. Wir sind nicht verkleidet. Wir sind Detektive.“ Sie kramte eine Weile einhändig in ihrem Herrentäschchen, das sie ums Handgelenk trug.

„Hier“, sagte sie stolz und überreichte Mila zwei weitere Döschen, auf denen *Fingerabdruckpulver* stand. „Die Schreibwaren-Frau in Ritteck hatte noch zwei Ausgaben der *Cindy* mit diesem Extra. Da hatten wir wirklich Glück."

„Tini, du bist die Beste!"

Tini legte den Zeigefinger über die Lippen. „Pst. Leise. Wir wissen ja nicht, ob wir hier im Stall nicht belauscht werden."

Sie hielt ihre Armbanduhr nach oben. „Wir treffen uns um elf Uhr nachts genau an diesem Ort wieder. Uhrenvergleich!"

Mila wunderte sich. Tini hatte es irgendwie geschafft, sich an ihrer Mutter vorbeizuschleichen und pünktlich im Stall zu sein. Und das, obwohl Tante Caro sicher noch nicht geschlafen hatte.

„Tarnung ist alles", sagte Tini und deutete auf ihre schlammbraune Hose. „Hat fast die gleiche Farbe wie unser Parkett. Ich bin einfach vorbeigerobbt."

Mila gähnte. „Wie machst du das nur? Ich meine, so furchtbar wach zu sein. Ich bin total müde."

Adesso und Renate hingegen waren genauso wach wie Tini. Und sie freuten sich ziemlich geräuschvoll, Charly, Mila und Tini so spät noch zu sehen. Renate scharrte mit dem Huf am Holz der Boxentür und Adesso schubberte sich ausgiebig an der Heuraufe.

„Hey, ihr beiden!" Charly öffnete die Tür der Box und hielt jedem einen schrumpeligen Apfel hin. „Hier habt ihr einen Bestechungsapfel. Aber dann schön leise sein. Verstanden?"

Adesso sah Charly aufmerksam an und rieb seinen Hals an ihrem Arm. Renate knabberte an Charlys Hosentasche. Es konnte ja schließlich sein, dass darin noch ein Apfel auf sie wartete.

Charly lachte und ließ Renate schnuppern. „Alles weg, meine Kleine. Ich veräpple dich nicht. Ihr müsst jetzt ganz brave Pferde sein. Tini, Mila und ich müssen Michel retten."

Adesso nickte mit dem Kopf, so als wolle er sagen: Na, dann macht doch endlich. Los geht's!

„Wir müssen mit den Springglocken von Pferdinand beginnen", wies Tini an. „Und dann herausfinden, welche der Fingerabdrücke nicht von Michel oder Herrn Gründgen stammen."

Die erste Herausforderung war, Pferdinands Springglocken überhaupt zu finden. Herr Gründgen hatte sie in sein Büro gelegt, wahrscheinlich, weil er sie gründlich reinigen wollte, vermutete Mila.

Zum Glück hatte er es noch nicht getan.

„Das riecht ganz schön übel", meinte Tini und verzog das Gesicht.

„Und brennt wie Hölle. In der Creme ist Chili drin. Also der Wirkstoff. Tut bei Rheuma gut, aber wenn man gesund ist, macht es die Haut einfach nur superempfindlich und heiß", erklärte Charly.

„Chili? Echt? Was du alles weißt!" Mila sah ihre Freundin bewundernd an.

Charly winkte ab. „Das weiß doch jeder, der schon

etwas länger mit dem Springreiten zu tun hat. Ist eine echt üble Sache, dieses chemische Barren – so nennt man das nämlich."

„Hoffentlich hat der Täter keine Handschuhe getragen", kam es Mila plötzlich in den Sinn. „Die Creme brennt doch auch an der Hand."

Tini holte das Fingerabdruckset und bestrich die Glocke mit dem grauen Grafitpulver. „Bingo", sagte Tini zufrieden. „Hier wimmelt es von erstklassigen unterschiedlichen Fingerabdrücken. Und jetzt geht die Arbeit erst so richtig los!"

Mila sah auf die Uhr. Halb drei Uhr nachts. Tini hatte recht behalten, das Fingerabdrucksammeln war richtig viel Arbeit gewesen. Tini hatte die Fingerabdrücke gesichert und Charly und Mila hatten abwechselnd mit der Taschenlampe geleuchtet und die Putzboxen jedes einzelnen Reitschülers angeschleppt.

Nun saßen sie in einem Chaos aus einzelnen Blättern, auf denen Namen und erbeutete Fingerabdrücke – mit durchsichtigem Klebeband gesichert – notiert waren.

Tini hatte wie in einem Rausch gearbeitet, doch als Mila die letzte Putzbox ins Regal zurückstellte, war sie ganz blass im Gesicht und rieb sich müde die Augen.

„Ich kann nicht mehr", fiepte sie leise. „Können wir den Täter bitte morgen weiter überführen?"

„Na klar! Du warst großartig. Aber für heute Nacht ist es echt genug“, meinte Mila und half ihrer kleinen Cousine aufzustehen. Dann stapelte sie die losen Blätter zu einem Haufen. „Jetzt wird erst mal geschlafen.“

Fleißarbeit

„Hast du die Beweise dabei?", fragte Charly am nächsten Morgen auf dem Weg ins Klassenzimmer. Sie waren mal wieder ziemlich spät dran und rannten durch den gläsernen Übergang, der den Schlaftrakt der Internatsschüler mit dem Altbau des Internatsgebäudes verband.

Dann quer durch die große Aula in die dunklen langen Flure, von dem die Klassenzimmer abgingen.

„Natürlich nicht!", antwortete Mila entrüstet. „Ich hab die Sachen unter meinem Kopfkissen versteckt. Keine Panik, ich habe deswegen nicht schlecht geträumt."

„Ich hab mir weniger Sorgen um deinen Schlaf gemacht als um unsere Fingerabdrücke. Hoffentlich ist nichts verwischt." Charly seufzte.

„Auch da kann ich Entwarnung geben. Als Nele weg war, hab ich alles kontrolliert. Was haben wir als Erstes?"

„Englisch", meinte Charly. „Und dann Pferdekunde. Pegasus, du Himmelspferd, sei mir gnädig und erspar mir eine Abfrage! Ich fürchte, ich bin in beiden Fächern völlig blank."

„Me too." Jetzt war es an Mila zu seufzen.

„Du siehst dermaßen fertig aus. Ich überlege schon die ganze Englischstunde, an wen du mich erinnerst: an ein sehr lebendiges Faultier oder an ein Wiesel im Tiefschlafmodus." Jan setzte sich zu Mila und grinste breit.

„Danke für das Kompliment. Ich dachte an irgendwas dazwischen. Ein Tapir kurz nach dem Aufstehen?", schlug Mila vor.

„Einverstanden." Jan knuffte Mila in den Oberarm.

Mila hatte nicht mit dem Stoß gerechnet und konnte sich gerade noch am Tisch festhalten. „Hey, ich bitte um Rücksicht, ich hatte eine sehr kurze Nacht."

„Was war denn los?", fragte Jan besorgt.

„Hast du das von Michel gehört? Charly, Tini und ich haben nach dem wahren Täter gesucht." Mila strich sich durch die langen braunen Haare, aber kam nicht weit. Mist. Alles verknotet. In der Eile heute Morgen hatte sie vergessen, sich zu kämmen.

„Mila, warum mischst du dich denn da ein? Es ist doch überhaupt nicht sicher, dass Michel nichts mit der Sache zu tun hat. Oder glaubst du ihm etwa blind?"

Mila nickte. „Michel ist unschuldig, das weiß ich einfach."

Jan stemmte sich vom Tisch weg. „Ich schätze mal, dann wird aus unserer Theaterprobe heute Nachmittag nichts, oder? Schließlich hast du ja was viel Besseres vor. Also: Happy Detektivspielen wünsch ich", sagte Jan schnippisch und fuhr sich durchs Haar. „Morgen brauchst du dann auch nicht anzutanzen. Glaubst du, ich habe nichts Besseres vor, als zu warten, bis du mal wieder Zeit für mich hast?"

Shit. Die Theaterprobe, die sie für heute ausgemacht hatten, hatte sie vor lauter Michel-Stress total vergessen. Sofort hatte Mila ein schlechtes Gewissen. Trotzdem brauchte Jan sie doch nicht so anzuschnauzen. Was bildete er sich eigentlich ein! Hatte sie nicht das Recht, einem guten Freund zu helfen? Doch der Zorn, der sonst beinahe automatisch in ihr hochkochte, blieb diesmal weg. Stattdessen fühlte sie sich ganz ruhig.

„Es tut mir echt leid, dass ich das mit der Probe verbummelt habe", sagte sie. „Das hätte nicht passieren dürfen. Aber manchmal gibt es Dinge, die einfach wichtiger sind. Einem Freund aus der Patsche zu helfen, gehört für mich definitiv dazu. Und wenn du jetzt für alle Ewigkeiten sauer bist, kann ich auch nichts machen. Falls du deine Meinung aber ändern solltest, sag Bescheid, wann die nächste Probe ist."

BÄM! Das fühlte sich gut an. Zum ersten Mal war sie in einem Streit ruhig geblieben.

Jan schien alles erwartet zu haben, nur keine vernünftige Mila. Verdattert blickte er sie an. Er sackte in sich zusammen, wie ein Gummitier, aus dem man die Luft herausließ. Dann ging er ohne ein Wort aus dem Klassenzimmer.

Jan hatte auch den ganzen Schulvormittag nichts mehr gesagt. Nicht im Unterricht und erst recht nicht zu Mila. Immer wenn Mila zu ihm nach hinten lugte, starrte er grimmig ins Leere und schien zentnerschwere Gedanken zu wälzen.

Doch Mila hatte vor allem ein Ziel: nicht einzuschlafen. Die superkurze Nacht rächte sich mit schweren Klappaugenlidern und zähem Nebel im Kopf. Wie es wohl ihrer kleinen Cousine in der Grundschule in Ritteck ging? Wahrscheinlich hatte sie sich in ihrem Sherlock-Kostüm in die Leseecke verzogen und plante den nächsten Schritt. Mila lächelte, als sie an Tini dachte. Wie gut, dass es die kleine Detektiv-Elfe gab!

DINGDANGDONG! Endlich war Schulschluss. Und die Jagd auf den Täter konnte weitergehen.

Mila deutete auf das kleine, karierte Bündel, das vor ihrer verschlossenen Zimmertür saß und fest schlief. „Unsere Chefdetektivin ist fix und fertig. Und das so knapp vor dem Durchbruch der Ermittlungen."

„Kein Wunder“, meinte Charly. „Die ist völlig am Ende. Lassen wir sie noch ein bisschen schlafen.“

Mila sperrte die Tür auf und zusammen hoben sie Tini auf Milas Bett.

Tini murmelte etwas von „Renate … schnüffelt … weiter …“, aber mehr konnten sie nicht verstehen.

Mila zog die Papiere mit den Fingerabdrücken unter dem Kopfkissen hervor. „Dann fangen wir mal an.“

Charly nickte. Mit einem Mal war alle Müdigkeit aus ihrem Blick verschwunden.

„Zuerst müssen wir untersuchen, welche der Fingerabdrücke auf den Springglocken vom Täter sind und welche von Michel oder von Herrn Gründgen stammen“, sagte Charly und griff nach den beiden Zetteln, auf denen die Fingerabdrücke von Herrn Gründgen und Michel gesichert waren.

Schnell war klar, dass es Abdrücke gab, die weder von Michel noch von seinem Vater stammten.

„Und jetzt müssen wir vergleichen. Wir gehen am besten systematisch vor.“ Mila musterte ein Blatt nach dem anderen. Als Erstes hatte sie Isas Fingerabdrücke in der Hand.

„Nein, Isa können wir ausschließen. Ihre Rillen sind viel geschwungener.“

„Und Franzis viel runder“, meinte Mila und legte auch das zweite Blatt zur Seite. „Die war es auch nicht.“

Sie verglichen noch zwanzig weitere Fingerabdrücke miteinander, doch kein Treffer.

„Langsam sehe ich nur noch Spiralen und Rillen und Wirbel und Schnörkel", seufzte Charly. „Wie viele haben wir denn noch?"

Mila zählte die verbleibenden Papiere. „Im schlimmsten Fall noch so fünfzig."

„Im schlimmsten Fall?", fragte Charly.

„Wenn der Letzte erst der Täter ist. Ist doch logo."

Charly grinste und zog das letzte Papier unter dem Stapel hervor. „Damit uns *das* nicht passiert."

„Äh, deine Taktik ist, tja … wie soll ich sagen? Ungewöhnlich? Piep, piep, piep." Mila tippte sich lachend an die Stirn.

Charly blickte auf das Blatt in ihrer Hand. „Ungewöhnlich, aber möglicherweise funktioniert sie gerade deshalb. Schau mal, wen ich hier habe! Mark Timmermann. Und wenn ich das Ganze richtig sehe …" Sie nahm Tinis große Lupe in die Hand und blickte vom Blatt zur Vorlage und von der Vorlage zum Blatt. Dann reichte sie Mila die Lupe. „Haben wir hier einen Volltreffer gelandet."

„Echt jetzt? Mark? Jemand aus unserer Klasse? Es lag nahe, aber irgendwie hab ich es ihm doch nicht zugetraut", raunte Mila. Obwohl sie zu Beginn doch etwas skeptisch war, dass es funktionieren würde, hatten sie mithilfe des Fingerabdruckpulvers tatsächlich den Schuldigen gefunden!

„Wir hätten gleich an ihn denken sollen. Überleg doch mal, wie angespannt er die letzten Wochen war. Und wie oft er Michel angepflaumt hat."

„Aber so was? Das ist doch kriminell! Ich dachte immer, Mark ist so ein ‚Bellende-Hunde-beißen-nicht-Fall'. Ich komm gar nicht damit klar, dass er so was wirklich gemacht hat", meinte Mila nachdenklich.

In diesem Moment wachte Tini auf. Sie streckte die Arme nach oben und rekelte sich ausgiebig. „Es kann losgehen!", rief sie fröhlich. „Gebt mir die Lupe! Dann fass ich den Täter."

Showdown

„Das war nicht fair!“, schrie Tini und warf ein Kopfkissen nach Mila. „*Ich* wollte den Täter fassen. Und jetzt ist schon alles erledigt. Ach menno, menno, menno. Ihr seid als Assistenten gefeuert!“ Sie zog sich die Decke über den Kopf.

„Wenn du nicht so eine tolle Chefdetektivin gewesen wärst und nicht so eine super Ausbildung bei Cindy auf dem Reiterhof gemacht hättest, hätten wir den wahren Täter nie finden können“, sagte Charly. „Komm her und sei uns nicht böse, bitte!“

Tini hob die Bettdecke einen Spaltbreit und linste hervor. „Findest du das echt?“, fragte sie ungläubig. „Ohne mich hättet ihr das nicht geschafft?“

„Niemals“, versicherte Mila.

Tini krabbelte aus dem Bett und ihre Wangen leuchteten vor Freude rot wie Erdbeerkaugummi. Dann lief sie zu Mila und kuschelte sich auf ihrem Schoß ein. „Kommt Mark jetzt ins Gefängnis?“

Gute Frage, darüber hatte Mila noch gar nicht

nachgedacht. Nun wussten sie zwar, dass Mark Michel die Doping-Sache in die Schuhe geschoben hatte, aber Mila hatte keine Ahnung, was sie mit dieser Information machen sollten.

„Ich glaube, dazu ist er noch zu jung."

„Aber er hat was richtig, richtig Schlimmes gemacht, oder? Er hat Pferdinand wehgetan *und* er hat Michel so richtig in die Scheiße geritten." Sie ballte die Fäuste.

„Hey, das sagt man aber nicht", ermahnte Mila sie. „Woher kennst du denn solche Ausdrücke?"

Tini zuckte mit den Schultern. „Wenn es doch stimmt", meinte sie. „Und glaubst du, ich würde mir immer die Ohren zuhalten, wenn die Neuntklässler reden? Ich hab noch viel Schlimmeres auf Lager. Soll ich mal …?"

Mila und Charly winkten gleichzeitig ab. „Nee, lass mal", sagte Mila schnell. „Was machen wir denn jetzt?"

„Wir müssen zu Michel und ihm Bescheid sagen", überlegte Charly.

„Ich weiß nicht. Michel ist wütend und enttäuscht. Irgendwie hab ich das ungute Gefühl, er würde einfach auf Mark losgehen und ihn vermöbeln. Auch wenn das sonst so gar nicht seine Art ist."

„Dann müssen wir eben Frau Steinbach informieren. Die weiß bestimmt, was da zu tun ist."

Mila dachte nach. „Ja, das ist die beste Lösung",

meinte sie nach einer Weile. Sie nahm noch einmal das Blatt mit Marks Fingerabdrücken und verglich sie mit denen an den Springglocken. „Wenn wir ihn ans Messer liefern, müssen wir uns ganz sicher sein, dass er es auch wirklich war."

Charly drehte und wendete die Lupe. „Da gibt es keinen Zweifel. Das war Mark." Sie packte den Stapel Beweisblätter und die Lupe und stand auf. „Los, Frau Steinbach ist um diese Uhrzeit meistens im Büro. Bringen wir die Sache hinter uns."

Sie gingen durch den Glasgang, der in den alten Gebäudeteil führte, und traten in die Aula des Internats.

Als sich Milas Augen an den viel dunkleren Raum gewöhnt hatten, sah sie eine Gestalt, die gerade den Deckel einer der Glasvitrinen, in denen die Schleifen und Pokale des Internats ausgestellt waren, anhob. Mila bedeutete Tini und Charly, leise zu sein, und zog sie hinter eine der dicken Steinsäulen.

Langsam wurde die Gestalt deutlicher. Es war Mark!

„Was macht er da?", flüsterte Tini.

Aber Mila legte nur den Zeigefinger auf die Lippen.

Mark hatte sie nicht bemerkt. Er holte eine der Schleifen aus der Vitrine und betrachtete sie. Dann strich er ehrfürchtig über das goldene seidige Band und hielt es sich an die Brust. Er ging zu einem der

Spiegel und betrachtete sich von allen Seiten. Danach legte er die Hand an eine nicht vorhandene Reitkappe, grüßte ein nicht vorhandenes Publikum und verbeugte sich.

Charly krallte sich an Milas Oberarm fest und rollte mit den Augen, wie um ihr zu sagen: Der hat sie doch nicht mehr alle! Was fällt dem denn ein?

Mila wurde heiß und kalt zugleich. Sie fasste einen Entschluss. Sie würde Mark mit seinen Taten konfrontieren und es war ihr egal, ob sie gerade den größten Mist ihres Lebens baute. Es war *die* Gelegenheit! *Die* Chance! Sie trat hinter der Säule vor und ging rasch auf Mark zu.

Der zuckte zusammen, blickte erschrocken erst zu Mila und dann zur Schleife. „Verdammt, warum schleichst du hier herum?“, pflaumte er sie an. Dabei versuchte er, die Schleife unauffällig hinter seinem Rücken zu verbergen.

„Warum nimmst du dir Siegerschleifen, die nicht dir gehören?“, pflaumte Mila zurück. „Wenn es nur das wäre, würde ich gar nichts sagen ...“ Wütend kam sie ganz nahe an Mark heran und zischte: „Was mich noch viel mehr interessiert: Warum bist du der größte Mistkerl im ganzen Internat? Die mieseste, heimtückischste Schleimkröte, die ich je kennengelernt habe? Kannst du mir das verraten?“

„Hau ab, Mila, ich warne dich. Komm mir ja nicht in die Quere! Sonst ...“ Mark hob drohend die Hand.

„Sonst was? Schmierst du dann auch auf Adessos Bandagen ein bisschen Rheumacreme und behauptest, ich wäre es gewesen?"

Mark wurde mit einem Mal bleich wie die gekalkte Wand, vor der er stand. Trotzdem hatte er sich erstaunlich schnell wieder gefangen. „In welchem Film lebst du denn? *Verfolgungswahn Deluxe* Teil 2? Schon vergessen? Das mit der Creme war dein lieber Michel." Mark lachte heiser auf. Er versuchte, locker und entspannt zu wirken, aber das Geräusch, das da aus seinem Hals kam, erinnerte Mila an einen Gockel, der sich verzweifelt bemühte zu krähen.

„Michel, der Große. Michel, der Unfehlbare. Tja, damit ist es nun vorbei. Diesen Doping-Ruf wird er nie mehr los. Pech gehabt", höhnte Mark weiter.

„*Du* hast Pech gehabt", sagte Mila. „Wir können beweisen, dass das dein Werk war. Und weißt du was? Wir sind gerade auf dem Weg zu Frau Steinbach, um ihr unsere Beweise zu übergeben und von unseren Ermittlungen zu berichten. Wir haben dich nämlich durchschaut!"

In diesem Augenblick trat auch Tini hinter der Säule hervor.

Marks Grinsen verschwand. Wie ein wildes Tier in der Falle sah er sich gehetzt um. Sein Blick blieb an den Blättern in Tinis Hand hängen. Er ließ die Siegerschleife fallen und sprintete los.

Mila verstand sofort, was Mark vorhatte: Er wollte die Beweise an sich nehmen und vernichten.

„Tini! Lauf!", schrie Mila. „Zu Frau Steinbach! Und schrei so laut du kannst!"

Tini sah sie einen kurzen Augenblick verwirrt und ängstlich an. Sie konnte weder schreien noch weglaufen. Oh nein. Mark kam immer näher! Doch plötzlich konnte Tini ihre Beine wieder bewegen und flitzte wie ein Wiesel mit lautem Alarmgebrüll in Richtung Direktorbüro. Zuerst schien es so, als wäre Mark schneller und würde sich auf Tini stürzen, aber als er an der Säule ankam, fiel er gestreckt zu Boden.

„Ahhhhh!", brüllte Mark und hielt sich das linke Schienbein. „Du hast mein Bein gebrochen!" Dabei blickte er sich fuchsteufelswild um.

„Du musst halt schauen, wo du hinläufst", flötete Charly. „In diesem Fall war es mein wertes Bein, das ein wenig ungünstig in deinen Weg ragte." Sie hob die Hand und Mila klatschte ab. „Heute ist echt nicht Marks Glückstag."

„Hervorragende Teamarbeit", meinte Mila.

In diesem Augenblick betrat Frau Steinbach zusammen mit einer atemlosen Tini die Aula.

„Kann mir mal jemand in Ruhe erzählen, was hier eigentlich los ist?", fragte die Direktorin beunruhigt und steckte eine lose Haarnadel zurück in ihren Dutt.

„Tini war so aufgeregt, dass ich nichts verstanden

habe, außer dass irgendwas in der Aula passiert ist. Und tatsächlich …“ Sie musterte den am Boden liegenden Mark, der sich immer noch mit schmerzverzerrtem Gesicht das Bein hielt. „… die Situation hier bedarf tatsächlich einer Erklärung.“

„Na, dann fange ich wohl besser mal mit dem Erklären an“, sagte Mila. „Ich glaube, es ist besser, Sie setzen sich.“

Vater-Stress

Als Mila geendet hatte, war es ganz still in der Aula. Frau Steinbach sah Mark traurig an. „Wenn das, was Mila mir eben erzählt hat, wahr ist –"

„Es ist wahr", unterbrach Mark sie überraschend leise. „Alles." Offensichtlich war ihm klar, dass es keinen Sinn mehr hatte, sich herauszureden.

„Dann werde ich deinen Vater informieren müssen, Mark. Ich wollte sowieso mit ihm reden, weil sowohl Luke als auch Tamara sich in letzter Zeit sehr über dein Verhalten beschwert haben …"

„Kann ich irgendetwas tun, damit Sie meinen Vater nicht anrufen?"

Hoppla, so zerknirscht hatte Mila Mark noch nie erlebt. Das waren ja ganz neue Töne!

„Nein", meinte Frau Steinbach entschlossen. „Das hättest du dir früher überlegen müssen. Ich kann und will so ein Verhalten nicht dulden. Kannst du dir vorstellen, was Michel deinetwegen durchmacht? Er wurde von vielen zu Unrecht verdächtigt, sein

Pferd gedopt zu haben. Deine Tat war total niederträchtig."

Mark schlug die Augen nieder.

„Ich habe immer gedacht, dass wir euch hier auf *Inselglück* nicht nur das Reiten beibringen, sondern auch, wie ihr ehrliche und verantwortungsbewusste Menschen werdet", fuhr sie fort. „Aber bei dir ist uns das nicht einmal im Ansatz geglückt. Tut mir leid, ich kann nichts mehr für dich tun. Diese Lage hast du dir ganz und gar selbst zuzuschreiben."

Mark nickte, stützte sich mit den Händen an der Säule ab und zog sich nach oben. „Dann werde ich jetzt in den Stall gehen, um mich von Feuerfuchs zu verabschieden", sagte er und humpelte mit hängendem Kopf aus der Aula.

„Das ist soooo krass", meinte Tini, nahm sich ein Tablett und versuchte, sich in der Schlange nach vorne zu drängeln.

„Ja, es sind immer zu wenige Portionen Pasta da. Und heute gibt es auch noch Veggie-Bolognese. Da stehe ich besonders drauf." Mila schnappte sich ebenfalls ein Tablett, stellte sich aber ordnungsgemäß an. „Leider bin ich nicht so klein und süß wie du, dass mich jeder vorlässt."

„Boah, Mila! Ich bin nicht süß. Die Leute haben Respekt vor meiner Detektiv-Uniform. Deswegen darf ich vor", antwortete Tini.

„Ach so. Deswegen." Mila grinste.

„Aber das hab ich grad gar nicht gemeint. Es ist so krass, dass ich mit dem miesen Mark jetzt Mitleid habe. Das hat der überhaupt nicht verdient … Nur gut, dass jetzt alle Bescheid wissen, dass Michel unschuldig ist."

Tini streckte Frau Käthe ihren Teller hin. „Extra-Parmesan, bitte!"

Frau Käthe lachte laut und tat Tini Extra-Nudeln, Extra-Bolognese und Extra-Käse auf den Teller. „Als ob ich das nicht wüsste, du kleiner quirliger Pferdefloh." Dann wandte sie sich an die restlichen Wartenden. „Pasta ist aus! Ab jetzt habe ich nur noch Gemüseauflauf."

Mila seufzte. Nun gut. Nach den letzten Tagen waren ein paar Vitamine sicher nicht verkehrt.

Sie setzten sich zu Charly, Franzi und Isa an den großen Tisch in der Ecke des Speisesaals.

Isa hatte eine grüne Rüschenbluse an und einen breiten Reif mit einer riesigen rosa-weiß gestreiften Schleife ins Haar gebunden. Sie erinnerte Mila sehr stark an ein Osterei, das man im Gras versteckt hatte. Und zwar neben einem frisch umgegrabenen Blumenbeet, denn Franzi hatte den Rosenquarz abgelegt und war wieder zu ihrem Total-schwarz-Look übergegangen.

Schlürf! Franzi zog ein paar Spaghetti ein und kaute genüsslich und zufrieden. Mila war beruhigt.

Trotz des Liebeskummers konnte sie das Leben offensichtlich genießen – oder zumindest das Essen.

Tini hingegen guckte noch immer ein wenig verloren drein. Machte sie sich wirklich Gedanken um Mark?

Mila legte ihr die Hand aufs Knie. „Hey", sagte sie. „Es ist doch in Ordnung, wenn er dir leidtut. Nun tanzt sein Vater an und vor dem scheint er einen Riesenschiss zu haben. Der muss ein echtes Scheusal sein, wenn sich jemand wie Mark vor ihm in die Hose macht."

Mila sah aus dem Augenwinkel, dass eine vertraute Gestalt durch die Flügeltür kam. Sie sprang sofort auf.

„Michel!", rief sie und winkte. „Michel!"

Michel blickte in Milas Richtung, winkte zurück und strahlte übers ganze Gesicht.

Bevor Mila einen weiteren Gedanken fassen konnte, war Michel schon bei ihr und umarmte sie stürmisch. „Danke, danke, danke", stieß er hervor. „Du bist meine Retterin."

Mila dauerte die Umarmung einen Tick zu lange und sie war auch ein wenig zu fest. Über Michels Schulter konnte sie sehen, wie Jan die Umarmung mit versteinerter Miene beobachtete. Oh nein! Seinem Gesicht nach zu urteilen hatte er seine eigenen Schlüsse gezogen …

Vorsichtig befreite sie sich und sagte: „Ich war das

eigentlich gar nicht. Tini hat dich gerettet. Und zwar mit ihrer Pferdedetektiv-Spezialausbildung. Charly und ich waren lediglich ihre Assistentinnen."

„Echt? Tini, du warst das? Das ist ja cool." Michel setzte sich. „Ihr müsst mir alles haargenau erzählen, okay?"

„Das machen Charly und Tini sicher sehr gerne", meinte Mila. „Ich muss jetzt erst mal was klären." Damit stapfte sie hinüber zu Jan.

Michel sah ihr enttäuscht nach. Doch dann gab er sich einen Ruck: „Dann stoßen wir jetzt auf meine Rückkehr an. Und ich will ALLES über Fingerabdrücke, Fingerabdruckpulver und so weiter wissen, klar?"

Jan saß mit Jakob am Tisch und lachte gerade übertrieben laut, als Mila an den Tisch trat. Jakob stimmte aber nicht mit ein, sondern guckte Mila ernst an. Auf seinem Tablett lag nur ein angebissenes trockenes Brötchen. Die Sache mit seinem Bruder war ihm wohl auf den Magen geschlagen.

„Jan, kann ich dich mal kurz sprechen?", fragte Mila.

Es war Jan unangenehm, dass sie so offen auf ihn zukam, das spürte sie deutlich. Umständlich wischte er mit der Serviette an seinem Mund herum und murmelte Jakob etwas zu, was Mila nicht verstand. Dann stand er auf.

„Lass uns nach draußen gehen. Da ist es ruhiger."

Schweigend liefen sie nebeneinanderher und Mila wurde bewusst, dass sie beide ganz automatisch den Stall ansteuerten. Mit Pferden in der Nähe war einfach alles eine Spur leichter, sogar eine Aussprache. Obwohl Mila sich alles andere als sicher war, dass das Ganze hier überhaupt eine werden würde.

„Vorsicht!“, schrie Jan auf einmal und zog Mila am Arm zur Seite. Ein rotes Jaguar-Cabrio preschte auf den Innenhof und hielt mit quietschenden Reifen direkt vor ihnen an.

„Hier dürfen keine Autos fahren!“, fuhr Mila den Fahrer wütend an. „Das ist ein reiner Pferdebereich. Können Sie nicht lesen?! Steht überall auf den großen Schildern am Eingang!“

Ein großer, breitschultriger Mann mit einer ledernen Schirmmütze stieg aus. „Wie sprichst du denn mit mir? Weißt du nicht, mit wem du es hier zu tun hast? Wer genug Kohle in diesen Laden pumpt, der darf auch mit dem Auto vorfahren. So sind die Regeln, Schätzchen, auch wenn es dir nicht gefällt.“

„Ich bin nicht Ihr Schätzchen“, pampte Mila den Mann an. „Und mir ist es völlig egal, wer Sie sind. Anstand hat Ihnen offensichtlich niemand beigebracht.“

„Psst, Mila“, flüsterte Jan. „Sei bloß leise. Das ist Herr Timmermann, der Vater von Mark und Jakob.“

„Ja und? Deswegen darf er hier tun und lassen,

was er will? Dem muss doch mal jemand die Meinung sagen!"

„Vielleicht sagst du mir deine Meinung einfach später, Fräulein. Ich habe ...", Herr Timmermann blickte auf die goldene Angeber-Uhr am Handgelenk, „*Jetzt* eine Verabredung mit Frau Steinbach." KLICK! PIEP! drückte er auf seinen Autoschlüssel, schnappte sich seine dicke Aktentasche und lief die Treppen zum Hauptgebäude hinauf. Dabei nahm er immer zwei Stufen auf einmal.

„Oh Mann. Das glaube ich jetzt nicht. Das darf doch nicht wahr sein! Der ist tatsächlich noch großkotziger als sein Sohn."

„Er ist vor allem reicher. Ohne seine Geldspenden wäre *Inselglück* nicht das, was es heute ist."

„Arme Frau Steinbach. Ich möchte jetzt nicht in ihrer Haut stecken und diesem Ekel sagen müssen, dass der Apfel nicht weit vom Stamm fällt."

Nachdenklich gingen Mila und Jan in den Stall.

Adesso stand in seiner Box. „Na, ist es dir auch zu heiß, mein Schöner?", sagte sie und steckte ihm ein Leckerli zu, das noch von irgendwann in ihrer Hosentasche steckte.

„Also schieß endlich los. Worüber willst du mit mir reden?" Jan sah Mila an. Dann schien er eine Vermutung zu haben und fragte ganz unvermittelt: „Du willst aber jetzt nicht proben oder so? Ich hab meinen Text nämlich nicht dabei."

„Äh, nein ...?“ Was war das denn jetzt? Meinte er das ernst? Proben? War Jan wirklich so begriffsstutzig oder tat er nur so? „Ich will mit dir reden, weil ich etwas ein für alle Mal klarstellen will. Und ich in Zukunft weder blöde Bemerkungen noch rollende Augen oder sonst was hören oder sehen will. *Also*: Keine Ahnung, ob Michel in mich verliebt ist. Kann sein, kann aber auch nicht sein. Im Grunde ist das aber auch ganz egal. Denn ich habe keine solchen Gefühle für ihn. Ich bin nämlich ...“

Mila stockte. Sollte sie Jan nun sagen, dass sie in *ihn* verliebt war? *Ihn* und nur *ihn*? Dass sie sich wünschen würde, er nähme sie so in den Arm, wie Michel das eben getan hatte? Besser nicht.

„... in jemand anderen verliebt“, fuhr sie fort. Obwohl sie keinen Namen genannt hatte, merkte sie, wie ihr Gesicht rot leuchtete. Lieber schnell wieder zu einem unverfänglichen Thema, dachte sie. „Für mich ist Michel ein guter Freund. Ich bin superfroh, dass ich ihn habe. Kannst du dir vorstellen, wie es ist, mit lauter Springprofis in der Gruppe zu sein und immer die Einzige zu sein, die etwas falsch macht und der alles noch einmal erklärt werden muss? Nee, kannst du ja auch nicht wissen. Du hast keine Ahnung, was für ein Druck ...“

Jan knibbelte am Reißverschluss seiner Umhängetasche.

„Um was genau geht es jetzt eigentlich?“, fragte

er. „Hey, alles easy. Okay, ich habe verstanden. Du heulst dich am liebsten bei Michel aus, wenn etwas nicht passt und du …", Jan schluckte hörbar, „… liebst einen anderen. Außerdem hattest du recht. Glückwunsch. Michel hatte mit der Sache wirklich nichts zu tun. Beneidenswert, der Junge, er hat dich als beste Freundin!"

Schon wieder diese schneidende Kühle in Jans Stimme. Verdammt. Irgendwie hatte dieses Gespräch nicht den Ausgang genommen, den sie sich gewünscht hatte.

„Soll ich morgen zu dir zum Proben kommen?", fragte Mila zögernd.

„Musst du nicht trainieren? Schließlich ist am Samstag das Turnier in Bolsenbüttel", wandte Jan ein.

Oh, mistiger Mist. Das verflixte Turnier! Die Michel-Geschichte hatte wirklich alles überschattet. An das Turnier hatte sie überhaupt nicht mehr gedacht.

„Stimmt", gab Mila zerknirscht zu. „Ich habe heute und morgen Intensiv-Springtraining. Aber danach? Am Sonntag?"

Jans Miene entspannte sich. Er lächelte sogar fast. „Okay, dann Sonntag. Ich geh dann mal."

Mila atmete auf. Jan war nicht mehr so sauer wie vor dem Gespräch. Zwar war noch nicht alles wieder gut, aber der Rest musste warten. Immer schön eins nach dem anderen. Und jetzt stand erst einmal das

Reitturnier an. Unter den kritischen Augen der Talentsucher … Puh! Sie ging zu ihrem Spind und holte noch ein paar Leckerli für Adesso.

„Na, mein Schöner", sagte sie und hielt Adesso die braunen Knusperbrocken hin. „Zum Glück bist du bei mir. Wer braucht denn schon Jungs, wenn er Pferde um sich hat, stimmt's? Pass auf, ich verlass mich am Samstag ganz auf dich, ja? Du hast die Sprünge im Kopf und vor allem: in den Beinen! Zusammen werden wir das schaffen, da bin ich ganz sicher. Ich und du und du und ich – für immer!" Sie schmiegte ihre Stirn an seinen Stern und genoss das weiche Gefühl seines Fells und nahm eine Nase von dem warmen Pferdegeruch.

Adesso jedoch wedelte mit dem Schweif und pupste dann laut und kräftig.

Mila lachte. „Auch eine Antwort", meinte sie. „Du findest also, ob jemand unser Talent erkennt oder nicht, darauf lassen wir einen!"

Tour de Bolsenbüttel

„Nele, du machst mich ganz wuschig. Du hast nichts vergessen! Du hast höchstens vergessen zu schlafen." Mila nahm Nele bei den Schultern und zwang sie, auf ihrem Schreibtischstuhl Platz zu nehmen. „Hier: Feenduft von Fairy schnuppern und beruhigen." Sie hielt Nele deren schmutzige Reitklamotten unter die Nase.

„Iiiiigitt. Sag mal, spinnst du? Die Klamotten sind aus der Schmutzwäsche." Nele nahm das Bündel und warf es auf den Boden.

„Ich hab es nur gut gemeint. Mich beruhigt Adessos Geruch immer." Mila zuckte mit den Schultern. Doofe Ziege. Dann eben nicht.

„Also, ich weiß nicht, was genau bei dir schiefläuft, aber *ich* mag nicht an kaltem Pferdeschweiß riechen. Das finde ich widerlich. Und nur zu deiner Info: Ich habe nicht vor Aufregung wegen dieses Baby-Turniers nicht geschlafen, sondern weil ich gestern Abend ein bisschen zu viel Cola getrunken habe.

Kapiert? Ich bin koffeinwach. Meine Nerven sind angeregt, aber ich bin nicht *aufgeregt*!“ Das letzte Wort hatte Nele beinahe geschrien.

Mila rollte die Augen.

„Jaja, schon klar, Miss Nervenstark“, antwortete Mila gelassen. „Und deswegen motzt du auch wegen ein bisschen Wäsche und gut gemeinter Hilfe rum. Weißt du was? Ich lass dich mal lieber allein. Ich muss sowieso noch zu Charly, um mir ein Turnieroutfit auszusuchen.“

Mit dem neuen Jackett unter dem einen Arm und Charly am anderen eingehakt, betrat Mila den Innenhof des Internats. Sie mussten sich allerdings gleich loslassen, denn der Platz wimmelte nur so von Pferdeanhängern und aufgeregten Reitschülern, die noch letzte Dinge in die Autos packten.

„Das ist immer ein ganz schönes Durcheinander, so ein Turnier auf dem Festland. Da ist die Fähre voller Pferdeanhänger“, meinte Charly. „Ich hoffe, Vanilla wird nicht nervös.“

„Wir laden Vanilla und Adesso in einen Anhänger, würde ich sagen. Die beiden kennen sich doch inzwischen recht gut. Das beruhigt Adesso bestimmt. Schließlich können wir Renate diesmal nicht mitnehmen. Tini, Renate und Tante Caro machen heute einen Ausflug an den Strand“, erzählte Mila. Da fiel ihr noch eine ganz andere Sache ein: „Hast du Vanilla eigentlich komplett eingeflochten?“

Charly nickte. „Ich habe mir sogar goldene Bänder von Tini ausgeliehen. Sieht echt gut aus."

„Adesso ist auch komplett eingeflochten. Mit dunkelroten Bändern. Das sieht zu seinem Schwarz total edel aus. Und dazu dein rot-schwarzes Jackett ... optisch ist die Sache eingetütet." Sie lächelte. Dann stupste sie Charly an und deutete auf etwas großes Rosafarbenes, das sich gerade aus dem Stall bewegte. Isa und ihre Stute Melodie. Isa hatte einen knallrosa Reitdress an. Sogar ihre Reitstiefel waren mit Glitzerspray besprüht.

„Sag mal, was hat die denn vor? So darf man doch gar nicht antreten." Mila runzelte die Stirn.

„Aber anreisen schon. Isa zieht sich immer noch mal kurz vor dem Start um. Auf der Reise möchte sie eben schön aussehen."

„Ja, eben. Schön! Aber das ...?"

„Lass sie", verteidigte Charly ihre Zimmergenossin. „Sie findet das wirklich toll. Sie tut doch niemandem weh."

Mila verzog das Gesicht. „Und was ist mit meinen Augen?"

Plötzlich fiel ihr ein, dass sie Charly noch gar nicht gefragt hatte, ob es etwas Neues von Mark gab. Bisher war nur das Gerücht umgegangen, dass sein Vater ihn wutentbrannt nach dem Gespräch über den Hof geschleppt hatte und mit ihm im Jaguar davongedüst war.

„Glaubst du eigentlich, dass Mark wiederkommt?“, fragte Mila.

„Ach, du weißt es noch gar nicht? Nee. Erst mal nicht. Frau Steinbach hat ihm Schulverbot erteilt. Bis auf Weiteres. Er wohnt jetzt bei seinen Eltern und geht dort zur Schule. Feuerfuchs musste er allerdings hierlassen. Keine Ahnung, wer sich in der Zwischenzeit um ihn kümmert. Vielleicht Jakob?“

„Bestimmt. Er kennt Feuerfuchs gut. Und ich finde es richtig, dass Mark gehen musste. Es war einfach viel zu heftig, was er sich da geleistet hat. Stell dir vor, Michel und er hätten gleich wieder miteinander trainieren müssen … das wäre doch für uns alle eine Katastrophe geworden.“

Charly nickte. „Komm, wir holen unsere besseren Hälften aus dem ganzen Trubel. Ich will noch ein bisschen schmusen, bevor es richtig losgeht.“

Auf dem Festland führte Mila erst Vanilla und dann Adesso aus dem Anhänger. Die Überfahrt und die Anreise hatten gut geklappt. Und heute war es zum Glück auch nicht so heiß. Der Himmel war mit Wolken überzogen, trotzdem sah es nicht nach Regen aus. Für die Pferde das optimale Wetter. Auch Adesso war gut gelaunt. Offensichtlich hatte er sich mit Vanilla nett unterhalten, denn auch Charlys weiße Stute war vollkommen ruhig und ausgeglichen.

Bolsenbüttel war größer, als Mila erwartet hatte. In der Mitte der kleinen Stadt mit hübschen Reetdachhäusern ragte sogar ein Hochhaus heraus. Der Reiterhof, auf dem das Turnier stattfinden sollte, lag allerdings etwas außerhalb, sodass Mila nun nichts mehr von den schnuckeligen Häusern sehen konnte. Nur das Hochhaus und der Kirchturm waren noch zu erkennen.

„Da drüben ist der Turnierplatz“, sagte Charly. „Den können wir uns ja später anschauen. Jetzt will ich erst mal wissen, welche Startnummer ich habe.“

Luke kam ihnen mit zwei Zetteln entgegen. „Zu spät, die Damen. Der exklusive Turnierservice ist schon unterwegs. Bitteschön. Die Zwei ist für Mila und die Zweiundzwanzig für Charly.“

„Logo“, meinte Charly und zwinkerte. „Zweimal die Zwei, weil ich doppelt so gut bin.“

„Zum Glück tritt Mila in einer anderen Klasse an. Der Druck, den du aufbaust, wäre sonst unermesslich hoch“, bemerkte Luke ironisch und grinste. Dann wandte er sich direkt an Mila. „Beeil dich und reite Adesso schon mal warm. Du bist bald dran. Und noch ein kleiner Tipp: Immer schön lächeln, wenn du einen Mann im grünen Pullover siehst.“

Ah, der Talentsucher trug also Grün, schlussfolgerte Mila. Na, ein Lächeln konnte ja sicher nicht schaden …

Mila fühlte sich schrecklich. Als Nächstes waren Adesso und sie an der Reihe. Warum war sie denn plötzlich so aufgeregt? Wegen der vielen unbekannten Gesichter? Der ungewohnten Umgebung? Oder doch wegen des Talentscouts? Sie kapierte das einfach nicht. Hatte sie sich die Gelassenheit, die sie vorher empfunden hatte, nur eingebildet? Adesso tänzelte unruhig hin und her. Spürte er, dass Mila wie ein Fremdkörper auf ihm saß – unbeweglich und ängstlich? Sie hörte Charly neben sich raunen: „Mila, alles okay? Du hältst die Zügel viel zu fest. Du reißt Adesso im Maul. Lass locker!"

Erschrocken gab Mila die Zügel nach. Es stimmte. Sie war so verkrampft, dass sie gar nicht gemerkt hatte, dass sie Adesso wehgetan hatte. Sie musste sich jetzt zusammenreißen.

Mila sah zu den Reihen der Zuschauer, die sich auf der Tribüne niedergelassen hatten. Je länger ihr Blick verweilte, desto mehr verschwammen sie zu undeutlichen Farbklecksen – grünen Farbklecksen. Na toll, dann musste sie wohl alle anlächeln. Irgendeiner war dann schon der Richtige.

Aber zunächst musste sie den Ameisenhaufen, der sich in ihr breitgemacht hatte, zur Ruhe bringen. Hier ist es auch nicht anders als in der Pferde-Yoga-Stunde, sagte sie sich. Was schon einmal geklappt hat, wird doch wohl auch wieder klappen. Sie legte ihren Oberkörper auf Adessos Hals und atmete tief ein. Sie spürte das regelmäßige Auf und Ab ihres Bauches auf Adesso. Seine Wärme. Sein Vertrauen, das er in sie hatte. Und mit einem Mal fiel die Nervosität von ihr ab, floss heraus und stattdessen breitete sich ein wohliges, zuversichtliches Gefühl in ihr aus. Das Springen konnte beginnen – Mila war bereit.

„Und hier sehen Sie Mila Hofer auf Adesso, *Pferdeinternat Inselglück*", hörte Mila die Stimme aus dem Lautsprecher über den Platz schallen. Mila grüßte die Jury und galoppierte an. Adesso lief geschmeidig und sicher, genau im richtigen Tempo. Die Triplebarre nahm Adesso mit links, er sprang weich ab und flog weit und hoch. Mila lächelte. Zuneigung und tiefe Dankbarkeit zu Adesso durchfluteten sie wie eine Welle und gaben ihr einen unglaublichen Energiekick. Weiter so, Adesso!, feuerte sie ihren braunen Hengst in Gedanken an. Und Adesso lief weiter. Galoppierte. Sprang über den Oxer, die Mauer und über den Wassergraben, als hätte er nie etwas anderes getan. Er leistete sich nicht den kleinsten Fehler. Und er war schnell, sehr schnell.

Als sie den Parcours durchritten hatten, klatschten die Zuschauer laut. Mila sah, dass in der zweiten Reihe zwei Menschen aufgestanden waren und nicht nur klatschten, sondern sogar vor Begeisterung stampften. Wahnsinn! Sie kniff die Augen zusammen, um besser erkennen zu können, wer ihnen da so kräftigen Applaus spendete. Eine zierliche Frau mit roten Locken und ein Junge mit blonden Wuschelhaaren. Wie cool! Mila freute sich so sehr, dass sie fast vergessen hätte, noch einmal an der Jury vorbeizureiten. Das waren Anna und Jan! Dann war Jan also nicht mehr böse auf sie. Im Gegenteil: Er hatte seine Mutter überredet, nach Bolsenbüttel zu kommen, um sie reiten zu sehen. Mila winkte ihnen zu und rief „Hallo!“. Erst hinterher wurde ihr klar, dass das möglicherweise gegen die strengen Turnier-Benimmregeln verstoßen hatte …

„Mila, du bist Erste!“, grölte Charly. „Bestzeit! Und Michel war Zweitschnellster! Das ist total spitze! Da will ich eigentlich gar nicht mehr selbst reiten, sondern mich lieber in eurem Erfolg sonnen und eure Managerin werden.“ Sie drückte erst Mila und dann Michel, der mit Pferdinand neben Mila auf dem Abreitplatz stand.

„Ob wir uns dich wohl leisten können?“, überlegte Michel lachend.

„Bevor eure neue Managerin beschließt, die Trainerin zu wechseln, möchte ich euch gratulieren.“ Tamara strahlte Mila und Michel an. „Das war eine tolle Leistung von euch. Und Herr Erpenbeck sah ziemlich interessiert zu.“

„Herr Erpenbeck?“, fragte Mila. „Wer ist das denn?“

„Der Talentscout vom Landeskader. Er hat sich eifrig Notizen gemacht. Und das ist immer ein gutes Zeichen. Bin gespannt, ob er sich bei uns melden wird.“

„Wäre cool, aber es ist mir echt nicht so wichtig", meinte Mila und besah sich die goldene Schleife mit der Münze in der Mitte, die ihr die Jury bei der Siegerehrung überreicht hatte.

„Hey. Sei nicht so megabescheiden. Also *ich* hätte auf jeden Fall nichts dagegen, mit dir zu den Olympischen Spielen zu fahren." Michel zwinkerte ihr zu. „Aber zunächst würde es mir schon ausreichen, mit dir zusammen die nächsthöhere Springklasse anzusehen."

Michel war alles andere als begeistert gewesen, als sich Anna und Jan neben sie auf die Tribüne gesetzt hatten, das konnte Mila ihm deutlich anmerken. Trotzdem hatte er sich eine freundliche Begrüßung abgerungen und die Glückwünsche der beiden entgegengenommen.

Nele und Jakob waren bereits geritten. Jakob war trotz der Sache mit seinem Zwillingsbruder wie immer brillant gewesen. Für Nele war es nicht so gut gelaufen. Sie war unkonzentriert geritten und hatte fünf Stangen gerissen. Als Mila Neles verzerrtes Gesicht gesehen hatte, musste sie den Blick abwenden und schaute erst wieder hin, als der nächste Reiter von der Jury vorgestellt wurde.

„Ich finde es toll, dass du gekommen bist", flüsterte Mila Anna, die neben ihr saß, zu. „Obwohl du Pferdesport doch nicht so magst."

„Es war toll, dich und Adesso zu erleben", flüsterte sie zurück. „Ich habe den Spaß in Adessos und deinen Augen gesehen. Sie sprühten nur so vor Freude. Da hat sich seit meiner Jugend tatsächlich ganz schön viel getan."

„Mila hat allerdings auch einen ganz besonderen Draht zu Adesso", schaltete sich Jan ein, „vergiss das nicht, Mama! Es gibt immer noch viele schwarze Schafe, die erst mal nur ihre Interessen durchsetzen und danach kommt irgendwann das Wohl des Pferdes."

„Trotzdem", wandte Anna ein. „Es hat mir gutgetan, Mila und Adesso zu sehen. Das klingt in euren Ohren wahrscheinlich ziemlich dramatisch, aber das hat in meinem Inneren etwas repariert, von dem ich geglaubt habe, dass es auf ewig kaputt sein würde. Danke."

Mila musterte Anna, deren Augen ganz feucht waren. „Gern geschehen", sagte sie zögernd. „Auch wenn ich nicht wirklich verstehe, wofür. Aber das muss ich gar nicht, oder?"

Anna strich Mila über die langen braunen Haare und lächelte traurig und ein wenig geheimnisvoll. „Nein, das musst du nicht, my dear."

Jan stieß seine Mutter am Oberschenkel an. „Still, ihr beiden. Jetzt ist Charly dran."

In diesem Moment schob sich die Sonne durch die Wolkendecke und schickte helle Strahlen auf den Turnierplatz hinab. Mila hielt den Atem an. Charly sah beinahe unwirklich schön auf Vanilla aus. Wie eine Prinzessin in einem Märchen. Die goldenen Seidenbänder in Vanillas Mähne und Schweif glitzerten und glänzten im hellen Licht. Obwohl Charly kein Kleid trug, sondern ihre cremefarbene Reithose, erwartete Mila, dass jeden Augenblick ein Prinz um die Ecke geritten kam und Charly mit in sein Schloss nahm.

Das Bild in Milas Kopf zersprang, als der Lautsprecher losknarrte und Pferd und Reiterin vorstellte.

Charly galoppierte an und Mila fragte sich, ob Vanilla und Adesso heute im Pferdeanhänger abgemacht hatten, heute ihr Allerallerbestes zu geben. Vanilla nahm die Hindernisse elegant und zügig, es sah so aus, als hätte Charly nicht die geringste Mühe.

„Fehlerfrei und eine Wahnsinnszeit!", rief Michel begeistert. „Das war sensationell!" Er stand auf und klatschte.

„Es macht richtig Spaß, den Schülern von *Inselglück* beim Springen zuzusehen. Dieser Luke – so heißt euer Natural-Horsemanship-Lehrer doch, oder?"

Mila nickte.

„– leistet tolle Arbeit", sagte Anna anerkennend. „Vielleicht lade ich ihn mal auf den Isländerhof ein. Dann können wir uns austauschen."

Jan sah seine Mutter erstaunt an. „Hey, das nenn

ich aber mal einen Meinungsumschwung. Ist mir richtig unheimlich." Er zwinkerte Mila zu.

„Rubbish", brummelte Anna. „Im Reitsport läuft immer noch viel zu viel falsch und nicht so, wie es sollte – sieht man ja zum Beispiel an Nele oder diesem Mark. Mit dem Druck können manche einfach nicht umgehen. Aber ich muss sagen, dass *Inselglück* auf einem guten Weg ist und Wert auf die wichtigen Dinge legt. Und ja, da war ich früher anderer Meinung. So, basta!" Sie blickte auf den Zettel mit der Startaufstellung. „Jetzt sehen wir uns noch ganz in Ruhe die nächsten Reiter an."

„Ach Mensch, schade, dass dieser Julius vom Gestüt Bolsenbüttel noch einen Tick schneller war. Vanilla und du, ihr hättet den Sieg wirklich verdient." Mila pinnte Charly die silberne Schleife an das Jackett.

„Stimmt, Gold hätte auch viel besser zu Vanillas Haarschmuck gepasst." Charly grinste und brummte mit verstellter Stimme: „Leider kann ich den zweiten Platz aus optischen Gründen nicht annehmen, denn die Farbe der Schleife harmoniert nicht mit den Accessoires meines Pferdes." Sie band die Schleife wieder an Vanillas Trense und klopfte ihr zärtlich an den Hals. „Na, so weit kommt's noch. Ich bin total glücklich über den zweiten Platz. Das ist doch super gelaufen. Überleg mal, ich war heute besser als Jakob. Was will man mehr?"

„Das ganze Internat war heute richtig erfolgreich. In der M-Klasse hat auch eine von uns gewonnen. Elisa. Die hat es echt verdient“, meinte Mila.

„Kennst du die? Die ist doch schon in der Zehnten oder so.“ Charly sah Mila erstaunt an.

„Sie ist meine Nachhilfereitlehrerin gewesen“, sagte Mila. „Ich gratuliere ihr später. Jetzt lass uns zu den anderen gehen. Da gibt es Bratwurstbrötchen und Siegerlimo zum Anstoßen.“

Herzgalopp

Seit dem Turnier auf dem Festland hatte auch das Wetter auf Marum umgeschlagen. Immer wieder stürmte und gewitterte es, vom Dauerregen ganz zu schweigen. Mila ärgerte sich, dass sie nicht so oft an den Strand reiten konnte, wie sie wollte. Aber dass die Proben für ihr *Romeo und Julia zu Pferd* nun statt auf der Weide in der gemütlichen Küche des Isländerhofs stattfinden mussten, fand Mila dagegen alles andere als schlimm. Sie liebte es, wenn im Kamin ein Feuer brannte und Anna oder Jans Vater Philipp ihnen eine dampfende Tasse englischen Tee mit extra viel Milch servierte.

Natürlich mussten sie auch noch mit den Pferden üben, das war ja gerade der Clou an der Aufführung ... Spätestens bis Donnerstag sollte der Regen aufhören. Dann hätten sie noch drei Tage bis zur Premiere, zu der sie die ganze Englischklasse (natürlich inklusive Mister Green) auf den Hof eingeladen hatten.

Das schlechte Wetter der letzten Woche hatte noch weitere Vorteile gehabt. Sie hatte lange mit Franzi und Charly über ihr Jan-Gefühlschaos gesprochen. Beide hatten ihr zwei Ratschläge gegeben: erstens, Michel – trotz seiner Annäherungsversuche – eine gute Freundin zu bleiben und zweitens, bei Jan die Theatervorstellung abzuwarten. Mit diesem Rat hatte Mila sich wohlgefühlt. Sie war vor allem froh, dass Jan sich ihr gegenüber wieder ganz normal verhielt.

Nur Nele machte Mila Sorgen. In Bolsenbüttel hatte sie den letzten Platz belegt und seitdem war völlige Funkstille zwischen ihnen beiden. Es fehlte nur noch die Trennmauer durchs Zimmer und alles wäre wieder genau wie am Anfang gewesen. Diesmal jedoch gelang es Mila viel besser, Neles sumpftrübe Laune nicht persönlich zu nehmen. Wenn sie gemeinsam mit Nele im Zimmer war, skypte sie oft mit ihren Eltern, um sich abzulenken. Von Anna erzählte sie ihnen aber nichts. Irgendetwas war da seltsam und sie wollte nicht wieder so eine merkwürdige Stimmung riskieren. Denn Mama und Papa waren wieder ganz die Alten. Gut gelaunt machten sie viel Quatsch und erzählten witzige Geschichten, die sie im Alltag in Kenia erlebt hatten. Mila berichtete von ihrem Sieg in der E-Klasse und dass bereits ein Talentscout vom Landeskader ihre Lehrerin kontaktiert hatte. Diesmal kamen keine merkwürdigen Bemerkungen. Im Gegenteil. Die Gesichter ihrer Eltern verrieten, dass sie sehr, sehr stolz auf sie waren. Nur auf Milas Frage, wann sie sich endlich wieder sehen würden, drucksten sie ausweichend herum: die viele Arbeit, der lange Flug und natürlich das schreckliche Wetter auf Marum …

Mila hatte enttäuscht ihren Laptop zugeklappt und aus dem Fenster geguckt, an dem die Regentropfen herunterrannen. Irgendwie konnte sie ihre Eltern sogar verstehen. Im Ernst. Wer würde schon kenianischen Sonnenschein gegen das Mistwetter auf Marum eintauschen?

Adesso zuckte zusammen und wieherte erschrocken. Mila konnte ihn gerade noch vom Steigen abhalten. Vorsichtig tastete sie nach dem Bündel, das sie in eine der Satteltaschen gestopft hatte. Zum Glück, die Requisiten waren unversehrt!

„Tini, Renate!“, rief Mila dann böse. „Kommt aus eurer Verkleidung heraus! Du weißt doch genau, dass Adesso jedes Mal erschrickt, wenn er nicht weiß, dass ihr unter diesem Busch steckt. Und ganz ehrlich, so ganz geheuer ist es mir auch nicht, wenn ich plötzlich vor einem schnaubenden und wiehernden Gestrüpp stehe.“

Der „Busch“ öffnete seine Zweige und darunter kamen eine zerknirscht aussehende Tini und eine Gras mampfende Renate zum Vorschein.

„'tschuldigung“, nuschelte Tini. „Ich find das einfach prima! Die perfekte Tarnung und eine lustige

Pferde-Erschreckung. Klappt fast bei allen – außer bei Pferdinand. Den kann nichts aus der Ruhe bringen."

„Heißt das, du hast allen Pferden hier im Stall schon so einen Schrecken eingejagt?", fragte Mila und zog nicht gerade begeistert die Stirn in Falten.

„Na ja. Nicht jedes hat so viel Schiss wie Adesso", meinte Tini gedehnt. „Nur Vanilla …"

Mila stöhnte. „Versprich mir, dass du damit aufhörst, okay?"

„Ja … gut … Darf ich gleich mit zu den Petersens? Du bist doch auf dem Weg dahin, oder? Bestimmt kann ich dir helfen."

Mila nickte. Jan und sie konnten beim Aufbau für die Theaterpremiere tatsächlich noch Hilfe gebrauchen. Die Stühle waren noch nicht aufgestellt und die Tische für die Getränke mussten noch aus der Garage getragen werden.

Mit den ersten Gästen erschien auch die Sonne am Himmel. So selbstverständlich, als wäre sie die letzten Wochen nicht komplett verschwunden gewesen.

„Toi, toi, toi", sagte Jan und spuckte Mila dreimal über die Schulter.

„Pfui", kreischte Tini, die das beobachtet hatte. „Ohne Spucke bei mir!"

„Alles klar. Du kriegst nur das Toi, toi, toi!" Jan grinste.

Mila warf Jan einen belustigten Blick zu und nahm

Tini bei der Schulter. „Komm, wir müssen uns jetzt umziehen. Dabei erklär ich dir dann mal die Theaterbräuche, okay?“

Mila war kein bisschen aufgeregt und ließ die Augen über die Koppel, auf der sie nachher auftreten wollten, schweifen. Die Bühne, die sie gebaut hatten, war eigentlich gar keine richtige Bühne. Also keine mit gemalten Kulissen, wie Mila das sonst von ihrer alten Theatergruppe kannte. Sie hatten nur ein paar Whiteboards aus der Schule ausgeliehen und sie mit weißem und schwarzem Stoff behängt. Die Zuschauer würden ihre ganze Fantasie brauchen, um sich Verona, die italienische Stadt, in der *Romeo und Julia* spielte, vorzustellen.

In einigem Abstand zu den Whiteboards standen drei lange Reihen Stühle. Sie hatten in der Aula von *Inselglück* ein paar Plakate aufgehängt. Und die hatten offensichtlich Wirkung gezeigt, denn Mila konnte auch einige Schüler aus den höheren Klassen unter den Gästen erkennen. Über Elisa freute sie sich ganz besonders.

Aber jetzt war es wirklich Zeit, sich zurückzuziehen und für den großen Auftritt bereit zu machen.

Nachdem sich alle Zuschauer gesetzt hatten, ritten sie zu dritt auf die Koppelbühne. Zwei Reiter und ein grünes puscheliges Blätter-Etwas. Nur Mila und Jan wussten, dass sich unter den Zweigen und Blättern Renate und Tini befanden. Mila galoppierte einen weiten Bogen, ihre langen braunen Haare flatterten mit Adessos Schweif um die Wette. Sie hatte ein langes weißes Kleid an und hatte sich die Lippen und die Wangen rosig geschminkt – wie eine echte Julia.

Jan trug eine Lederhose und eine geschnürte Weste, darunter ein weites weißes Hemd. Mila sah ihn immer wieder verstohlen an. Das Kostüm passte zu Jan. Sie fand ihn so beinahe doppelt so süß wie sonst.

Tini war als Erste dran. Sie stellte sich – als Busch – auf die Bühne und nahm langsam den Zweig weg, der ihren Kopf verdeckte.

„Ich erzähle euch jetzt, was am Anfang passiert", sagte sie mit lauter Stimme. „Die Geschichte ist schon lange her und spielt in Verona. Das ist …", sie sah Mila an, die ihr aufmunternd zunickte, „… glaub ich zumindest, in Italien. Da gibt es zwei Familien, die sich nicht leiden können. Und es gibt Romeo und Julia, die finden sich ganz supernett und sind auch echt verliebt und so, doch die kommen eben dooferweise aus diesen Familien. Die sollten sich also eigentlich *nicht* leiden können, aber weil sie sich verliebt haben, können sie sich eben *doch* leiden, und das ist dann schwierig und sogar ein bisschen verboten." Die Zuschauer lachten und klatschten. Tini verbeugte sich leicht. „Mila und Jan spielen euch jetzt auf Englisch die Szene vor, in der sie sich kennenlernen. Viel Spaß."

Mila ließ an Adessos Seite ein Leintuch herunter, auf das ein Balkon gemalt war. Sie stellte sich auf Adesso, konzentrierte sich und los ging's.

Die Balkonszene hatte ohne jeden Patzer geklappt. Milas Wangen waren nun statt rosa ganz dunkelrot vor Freude und Aufregung. Das machte richtig viel Spaß. Gerade erklärte Tini, der Busch, was nach der Balkonszene so alles passierte. Und nun kam die schwierigste Stelle. Die mit dem Vogel. Sie hatten sie so oft geübt, aber immer, wenn Tini den Gesang nachmachte, freute sich Renate so sehr, dass an Stillstehen nicht mehr zu denken gewesen war.

Mila begann: *„Wilt thou be gone? It is not yet near day: It was the nightingale, and not the lark …"*

Tini zwitscherte und Renate wurde unruhig. Dann trabte sie mit so viel Schwung los, dass die meisten Blätterbüschel von ihr abfielen.

„Huch – Brrrr!", rief Tini und versuchte verzweifelt, Renate zum Anhalten zu bringen. „Sie kann das Gezwitscher nicht leiden." Sie zuckte entschuldigend mit ihren Schultern Richtung Publikum.

„Es war Renate und nicht die Lerche!", johlte einer der Zuschauer und alle lachten aus vollem Hals.

Nun war Renate überhaupt nicht mehr zu stoppen. Sie galoppierte und galoppierte immer im Kreis herum. Und sie steckte Adesso und Fenja an. Plötzlich galoppierten drei Pferde munter mitsamt Reitern über die Koppel und Mila und Jan mussten so sehr lachen, dass sie sich gerade noch auf den Pferderücken halten konnten.

„Bravo!“ und „Zugabe!“, riefen die Leute, klatschten noch lauter, johlten und stampften mit den Füßen auf.

„Ich kann nicht mehr“, japste Jan. „Komm, wir machen einfach unseren Schlusstanz auf den Pferden.“

Mila nickte und holte ein zusammengerolltes rotes Stück Stoff aus Adessos Satteltasche. Jan und sie galoppierten aufeinander zu und dann nebeneinanderher.

Jan nahm das eine Ende der Stoffrolle und Mila das andere. Sie entfaltete sich zu einem großen roten Herz, auf dem in goldenen Buchstaben „R & J“ geschrieben stand. Ein begeistertes Raunen ging durch die Zuschauerreihen und dann brandete der Schlussapplaus auf.

Die Vorstellung war ein voller Erfolg gewesen. Mister Green hatte beteuert, noch niemals eine so kreative und lustige Version von *Romeo und Julia* gesehen zu haben. Und Mila musste Charly hoch und heilig versprechen, dass sie beim nächsten Pferdetheater mitmachen durfte.

„Hast du kurz Zeit?“, fragte Jan und Mila wunderte sich, dass er nun aufgeregter wirkte als vor der Vorstellung. „Ich würde dir gerne etwas geben.“

„Klar.“ Mila folgte Jan in eine stillere Ecke.

Jan holte eine rote Papierrolle, die mit einer goldenen Kordel zugebunden war, aus dem Wams und gab sie Mila. „Ich will, dass du das weißt“, sagte er. Seine Stirn und seine Wangen waren feuerrot. „Auch wenn dein Herz vergeben ist.“ Dann machte er kehrt und verschwand im Getümmel.

Mit zitternden Händen löste Mila den Knoten und rollte das Papier auf. Ein Herz – genau wie das, was sie eben im Theaterstück hatten flattern lassen. Nur stand nicht „R & J“ darauf, sondern „M & J“. Milas Herz blieb für einen Moment stehen und nur die vielen kleinen Ameisen, die plötzlich durch ihre Adern sausten, konnten es wieder zum Schlagen bringen. M & J – Mila & Jan? Ach, du heilige Pferdekacke, sollte das etwa heißen, dass es Jan genauso ging wie ihr? Wo steckte er bloß …? Sie musste ihm unbedingt sagen, dass …

„Mila?“, hörte sie mit einem Mal eine vertraute Stimme rufen.

Hä? Moment mal, das konnte nicht sein … Mama und Papa waren weit weg in Kenia. Sie blickte sich suchend um. Mitten auf der Wiese, mitten auf Marum, standen Mama und Papa und strahlten sie an.

„Du warst großartig, mein Schatz!“

„Papa! Mama!“ Mila steckte schnell das rote Herz weg und rannte auf ihre Eltern zu. „Ihr seid da? Aber ich dachte –“

„Du dachtest, wir lassen uns die weltbeste Aufführung von *Romeo und Julia* entgehen? Niemals!", lachte Mama und umarmte Mila so fest, dass ihr fast die Luft wegblieb.

Mila zwickte erst sich in den Arm und dann ihren Papa.

„Hey!", sagte Chris.

„Ich muss doch sehen, ob ihr wirklich echt seid." Mila grinste.

„Geht es dir gut, meine kleine Mila?", fragte Chris und hob Mila ein Stück nach oben.

Mila tastete nach dem Papierherz und strahlte erst ihre Mutter und dann ihren Vater an. „Ich war noch niemals so glücklich wie jetzt. Pferdehufeisenehrenwort."

Ein Sommer mit Herz

Und ständig klopft das Herz

„Lauf, Adesso, lauf!“, flüsterte Mila und genoss den kühlen Wind, der ihr beim Galopp um die Ohren pfiff. Strandritte waren einfach wundervoll. Und wenn man dabei noch so ein tolles Ziel hatte wie sie, klopfte das Herz gleich doppelt so schnell.

Kurz darauf zügelte sie den dunkelbraunen Hengst und lenkte ihn nach links, um auf dem Dünenweg ins Dorf zu reiten. Adessos Hufe klackerten auf den Holzbohlen. Als Mila den Garten der kleinen Pension *Strandmuschel* erreichte, stieg sie ab und führte Adesso zu dem Wassereimer, den die nette Besitzerin für ihn schon bereitgestellt hatte.

„Ach, hallo, Mila“, rief Frau Ahmsen ihr entgegen. „Deine Eltern sitzen auf der Terrasse. Ich bring dir gleich auch noch zwei, drei Möhren für dein Pferdchen.“

Mila bedankte sich und wickelte eilig die Zügel um den Holzzaun. Sie fand es zu komisch, dass Frau

Ahmsen immer „Pferdchen“ sagte – schließlich war Adesso ein groß gewachsener Oldenburger, zu dem das „…chen“ so gar nicht passte.

Dann hastete sie zu ihren Eltern. Chris und Bella Hofer saßen auf der Terrasse und frühstückten in der warmen Morgensonne. Mila umarmte sie stürmisch.

„Hi, ihr beiden! Zum Glück seid ihr schon wach!“

Bella lachte. „Guten Morgen, mein Schatz. Was dachtest du denn? Wir schlafen doch nicht aus, wenn wir stattdessen Zeit mit dir verbringen können! Wie nett von Frau Steinbach, dass sie dich heute vom Unterricht freigestellt hat. Schließlich ist es unser letzter gemeinsamer Tag.“

Mila nickte und ihr Magen zog sich ein wenig zusammen. Der letzte Tag. Morgen schon würden ihre Eltern wieder nach Afrika fliegen, wo sie als Ärzte ein Jahr arbeiteten. Im normalen Internatsalltag hatte sich Mila daran gewöhnt, ohne ihre Eltern zu sein, aber jetzt, nach ihrem Besuch, konnte sie sich nicht vorstellen, dass sie bald schon wieder fort sein würden. Mila kuschelte sich traurig in die Arme ihres Vaters.

„Kopf hoch, Mäuschen“, sagte er leise. „Die letzten Wochen bis zu den Ferien werden dich auf Trab halten, da ist für Sehnsucht gar nicht so viel Platz.“ Mila lächelte tapfer und wischte sich die Träne ab, die sich auf ihre Wange geschlichen hatte. Chris schmunzelte. „Und gibt es da nicht auch noch diesen einen Jungen, der dafür sorgen wird, dass du gar nicht unglücklich sein kannst?"

Mila wurde rot. „Ähm, ja …", nuschelte sie.

Bella lachte. „Chris, ärgere sie nicht damit. So etwas möchte man still genießen."

Mila warf ihr einen dankbaren Blick zu.

„Aber er ist wirklich nett", fand Chris. „Ich würde gern mal mit ihm angeln gehen."

Milas Augen wurden schlagartig größer. Leicht panisch quiekte sie: „Was?"

Ihre Mutter lachte. „Keine Angst, dafür ist sowieso keine Zeit mehr. Heute haben wir doch noch jede Menge vor, oder nicht?"

Mila nickte erleichtert. In der Tat hatte sie sich viel überlegt, um jede Minute der wenigen Tage, die sie mit ihren Eltern hatte, auszukosten. Natürlich hatte sie ihnen das gesamte Internat gezeigt und all ihre Freunde vorgestellt. Und alle Pferde. Sie hatten im Speisesaal gegessen und im Gemeinschaftsraum einen Film gesehen. Mila hatte sie sogar durch den kleinen Inselort Ritteck geschleift und mit ihnen eine Kutterfahrt gemacht. Da der Sommer in diesem Jahr früh begonnen hatte, waren sie natürlich auch schon im Meer baden gewesen und hatten lange am Strand gelegen. Für heute standen noch zwei Möglichkeiten zur Auswahl: Entweder sie konnten Jan auf dem Isländerhof besuchen, der am Ende der Insel lag, oder sie würden eine Wattwanderung machen. Und Mila hatte sich soeben entschieden: Auf keinen Fall wollte sie peinliche Situationen vor Jan – deshalb würden sie wattwandern.

„Genau, wir haben jede Menge vor! Wir wandern nämlich heute durchs Watt", sagte Mila entschlossen.

Bella seufzte. „Oh, ich erinnere mich, dass wir das früher auf einer Klassenfahrt mal gemacht haben." Sie runzelte die Stirn. „Ich glaube, ich fand es schrecklich!"

Doch die gemeinsame Wattwanderung war überhaupt nicht schrecklich. Nachdem Mila Adesso mit den leckeren Möhren von Frau Ahmsen gefüttert hatte, war sie zunächst zum Internat zurückgeritten und hatte ihn versorgt. Kurz darauf traf sie sich mit ihren Eltern beim Kurhaus, wo die Wanderung starten sollte. Der Wattführer war ein waschechter Friese und plapperte lustig vor sich hin. Mila lief zwischen ihren Eltern und genoss es sehr, sie bei sich zu haben. Immerhin war sie in den letzten Monaten sehr selbstständig geworden und brauchte niemandem mehr zu beweisen, dass sie auch ohne ihre Eltern klarkam.

Fröhlich und bis zu den Knien voller Schlick, erreichten sie nach zwei Stunden wieder das Kurhaus. Während sie an einem Wasserhahn versuchten, den hartnäckigen Schlamm abzuspülen, meldete sich Milas Magen erneut.

„Jetzt sind es nur noch eineinhalb Stunden, bis die Fähre geht“, seufzte Mila.

Ihre Mutter drückte sie stumm an sich. Mila merkte, wie schwer auch ihr der Abschied fiel. Bella schob sie von sich und sagte: „Eineinhalb Stunden traurig oder fröhlich verbringen, was meinst du?“

„Fröhlich“, entschied Mila. Gemeinsam holten sie die Koffer aus der Pension und setzten sich dann ins Hafencafé, wo es die allerbesten Windbeutel der Welt gab. Sie nannten sich Zuckerbrise und machten süchtig – fand zumindest Mila.

„Mmh, ich könnte glatt noch einen dritten verdrücken“, seufzte sie.

Chris stöhnte. „Auf keinen Fall. Ich platze gleich. Nicht nur, dass das Essen im Internat verflixt gut ist, nein, du kannst hier auch noch solch leckere Dinge bekommen – ich beneide dich.“

Bella stieß ihm den Ellbogen in die Seite. „Soll das heißen, du magst meine Kochkünste nicht?“

Chris lachte. „Ja, Schatz, du kochst fürchterlich. Aber zum Glück werden wir in Kenia gut versorgt, ohne dass du dich darum kümmern musst …“ Er küsste sie quer über den Tisch hinweg.

Mila kicherte. Kochen gehörte wirklich nicht zu den Stärken ihrer Mutter.

„Schade, dass wir nicht mehr von deinen Reitkünsten bewundern konnten“, meinte Bella.

„Ja, bis auf das eine Training war keine Gelegenheit mehr, dir beim Springen zuzuschauen", ergänzte Chris.

„Aber ihr habt gesehen, wie gut ich war", sagte Mila stolz.

„Und wie", gab Bella zu. „Obwohl ich anfangs ja nicht sehr glücklich war, dass du Springreiten lernen willst." Sie zog die Nase kraus. „Aber das haben wir uns wohl selbst zuzuschreiben – wenn man sein Kind auf ein Reitinternat mit super Ruf schickt, muss es früher oder später vom Ehrgeiz ergriffen werden."

„Warum wart ihr eigentlich so entsetzt darüber?", wollte Mila es nun genauer wissen.

Chris zögerte. „Na ja, Springreiten ist einfach ..."

„... gefährlich", fuhr Bella fort.

Mila schüttelte den Kopf. „Aber nein. Hier ist noch nie was passiert."

„Das kann schneller geschehen, als man denkt", murmelte ihr Vater gedankenverloren.

Mila sah ihn verwirrt an. Wollte er ihr das Springreiten nun doch wieder madigmachen? Oder sogar verbieten? Dieser schreckliche Gedanke ließ sie erschrocken zusammenzucken.

Bella griff beruhigend ihre Hand. „Keine Angst, du darfst weiterreiten. Nur achte darauf, dass der Ehrgeiz nicht die Zügel in die Hand nimmt, okay?"

Mila nickte.

„Warum hast du damals eigentlich aufgehört zu reiten, Papa?", fragte sie.

Chris schwieg.

Stattdessen antwortete Bella: „Weißt du, irgendwann ist es einfach an der Zeit, sich dem Beruf zu widmen. Gerade als Arzt …“ Sie verstummte.

Mila spürte zwar die seltsame Stimmung, die nun zwischen ihnen herrschte, wusste aber nicht, woher sie so plötzlich gekommen war.

„Ist denn mal was passiert? Ich meine, weil du doch eben gesagt hast, dass so was schneller geschehen kann, als –“

„Die Fähre“, rief ihr Vater auf einmal und sprang auf. „Kommt, wir müssen los. Ich geh mal zahlen.“

Verwirrt ließ Mila sich von der Hektik anstecken und raffte Jacken, Koffer und Taschen zusammen.

Und dann ging alles ganz schnell: Mila umarmte ihre Eltern und drückte sie fest an sich, aber da zogen und schoben die vielen anderen Tagesgäste sie schon mit sich auf das Schiff, das wenige Minuten später ablegte. Mila winkte ihnen lange nach, während die Fähre Kurs aufs Festland nahm.

„Das war jetzt irgendwie seltsam“, murmelte sie leise vor sich hin. Dann zuckte sie mit den Schultern. Sicher war das nur dem Abschied geschuldet. Sie drehte sich um und lief zurück zum Internat, das inzwischen ihr neues Zuhause geworden war.

Nach einiger Zeit erreichte Mila den gepflasterten Weg, der zum Internat führte. Das große Schild mit der verschnörkelten Aufschrift „Willkommen im

Pferdeinternat Inselglück" löste den Knoten in ihrem Magen ein wenig. Und als sie entdeckte, wer auf der Bank am Wegesrand auf sie wartete, war endgültig jedes trübe Gefühl verschwunden.

„Jan", rief sie strahlend und lief auf ihn zu.

Nach dem Theaterstück vor ein paar Tagen, in dem sie beide Romeo und Julia gespielt hatten, hatte Jan ihr in einem Brief seine Liebe gestanden. Doch im nächsten Augenblick waren Milas Eltern überraschend zu Besuch gekommen und seitdem hatten sie sich kaum gesehen. Jetzt fühlte sich ihr Magen an, als ob tausend kleine Luftbläschen darin umherwirbelten. Wie würde Jan sich verhalten, nun, da sie das erste Mal allein waren?

Jan breitete im Sitzen seine Arme aus. Mila setzte sich zuerst etwas verlegen neben ihn – doch als er sie in die Arme schloss und seine Wange gegen ihre lehnte, war sie nur noch glücklich. Tief sog sie seinen Duft ein.

„Was machst du denn hier?", fragte sie.

„Auf dich warten", antwortete Jan. „Ich weiß doch, wann die Fähre fährt."

Ach ja, natürlich. Das hatte Mila nicht bedacht. „Wie lieb von dir", flüsterte sie.

„Hm, nett von mir, dass ich dich über deinen Abschiedsschmerz hinwegtrösten will", grinste Jan. „Vielleicht ist auch ein ganz klein wenig Eigennutz dabei, denn ich habe dich in den letzten Tagen kaum zu Gesicht bekommen." Er hob die Hand und strich Mila sanft über die Wange. „Du hast mir gefehlt."

Milas Magen schlug Purzelbäume. „Du mir auch."

Jan beugte sich vor und Mila schloss die Augen. Oh, jetzt würde er sie küssen …

„Hey, ihr Turteltauben", unterbrach sie plötzlich eine energische Stimme.

Erschrocken zuckte Mila zusammen und sah auf. Es war Nele. Mila seufzte. Nele war – speziell. Am Anfang hatte sie Mila das Leben im Internat zur Hölle gemacht – bis Mila geholfen hatte, Neles Pferd Fairy ins Internat zu holen. Inzwischen war sie eigentlich ganz nett zu Mila, aber manchmal kam die alte Nelezicke wieder hervor. Meistens, wenn sie neidisch war.

„Hi, Nele", grüßte Mila sie.

„Hi", sagte auch Jan und stand auf. „Du Arme, so viele Papiertüten – soll ich dir tragen helfen?"

Hektisch zog Nele die Tüten zur Seite. „Nein danke", zischte sie, warf ihm einen bösen Blick zu und wandte sich in Richtung Internat. „Ich gehe."

Jan fing an zu kichern.

„Ich gehe", wiederholte er mit heller Stimme. „Wie eine Prinzessin, die ihren Untergebenen eine Ankündigung macht. Nele ist echt eine Marke."

Jetzt musste auch Mila lachen. „Warum hat sie sich bloß so erschreckt, als du das mit den Tüten gesagt hast?", fragte sie.

Jan grinste. „Ich hab sie schon öfter dabei ertappt, wie sie tütenweise Süßigkeiten in Ritteck einkauft. Sehr vernascht, die liebe Nele", erzählte er.

„Ach, dann hat sie also doch eine Schwäche?", staunte Mila. Nele war sonst stets perfekt.

„Hm", murmelte Jan. Dann zog er sie von der Bank hoch und legte ihr den Arm um die Schultern. „Komm, wir gehen auch. Bald gibt es Abendessen bei euch und ich muss auch zurück zum Hof."

Mila kuschelte sich an ihn. Schade. Einen Kuss bekam sie vermutlich heute nicht mehr. Dabei hätte sie zum Abendessen nichts anderes gebraucht …

Training ist das A und O

Am nächsten Morgen schlüpfte Mila als Letzte durch die Speisesaaltür und setzte sich rasch auf ihren Platz. Ihr Magen knurrte. Doch er würde sich gedulden müssen, denn in der Mitte des Raumes stand Frau Steinbach und bat um Ruhe.

„Was ist denn?“, fragte Mila ihre beste Freundin Charly, die neben ihr saß. Doch die zuckte mit den Schultern.

„Liebe Schülerinnen und Schüler“, begann die Direktorin. „Bald beginnen die großen Ferien, dann könnt ihr mal so richtig entspannen und durchatmen. Noch aber haben wir drei ereignisreiche Wochen vor uns. Nach dem letzten offiziellen Turnier in Bolsenbüttel stehen nun noch die schulinternen und individuellen Reit-Abschlusstests an. Wie ihr wisst, sind diese nicht zeugnisrelevant. Dennoch möchte ich alle darauf hinweisen, dass bei diesen Prüfungen auch schon Eltern anwesend sein werden sowie neue

Schüler und Interessenten. Daher bitte ich euch im Namen der Schule, euch anzustrengen und gute Leistungen zu präsentieren." Frau Steinbach blickte streng in die Runde. Dann hielt sie einen Zettel hoch. „Außerdem möchte ich euch noch zwei Neuigkeiten mitteilen. Zum einen habe ich Nachricht von Herrn Erpenbeck. Wie ihr alle wisst, ist er der Talentscout vom Landeskader und hält regelmäßig auf Turnieren nach Reittalenten Ausschau. In diesem Jahr vermittelt seine Organisation zwei Plätze für ein ganz besonderes Reittrainings-Wochenende in den Sommerferien an Schüler, die eine außergewöhnliche Begabung aufweisen. Die Auswahl bezog sich ausschließlich auf den siebten Jahrgang. Und auserwählt hat er ..." Frau Steinbach machte eine kurze Pause und lächelte. „Jakob und Charlotte!"

Alle Schüler jubelten. Jakob und Charly waren allen so sympathisch, dass es ihnen jeder gönnte. Jakob lächelte schmal und winkte kurz. Charly hielt den Atem an und starrte ungläubig in die Runde. Ihr war vor Überraschung die Kinnlade heruntergefallen. Nele übrigens auch – allerdings vor Eifersucht.

Mila nahm Charly begeistert in den Arm. „Mensch, Charly, das ist der Hammer!"

Charly drückte sie glücklich. Sie strahlte. „Meine Güte, ausgerechnet ich – wer hätte das gedacht?"

„Na, ich nicht", zischte Nele. Normalerweise war *sie* das Ausnahmetalent, auf das jedes Scheinwerferlicht fiel. Doch beim letzten Turnier hatte sie keine besonders gute Leistung gezeigt – Charly hingegen schon.

„Timing ist alles“, konnte Mila sich nicht verkneifen zu sagen.

Nele warf ihr einen giftigen Blick zu – und verließ den Speisesaal.

„Aber deswegen sollte doch keiner sauer sein“, sagte Charly bekümmert.

„Jetzt genieß mal dein Glück“, rief Franzi.

„Ja, freu dich einfach“, meinte auch Isa.

Die beiden Freundinnen lächelten Charly aufmunternd zu.

Charly beugte sich vor und wandte sich an Jakob. „Freust *du* dich?“

Jakob blickte nur kurz auf. „Es gibt nichts zum Freuen“, sagte er knapp. Dann stand auch er auf und ging.

Charly seufzte. „So macht das echt keinen Spaß.“

Mila strich ihr mitfühlend über den Arm. Sie konnte Jakob allerdings gut verstehen. Vor einigen Wochen hatte sein Zwillingsbruder Mark das Internat verlassen müssen, weil er aus Neid und Hass ein Pferd schlecht behandelt hatte. Seitdem war Jakob nicht mehr derselbe. Sonst lachte er stets, machte viele Scherze und heiterte alle auf. Doch nun schlich er stumm durch die Gänge und war extrem verschlossen.

„Wie eine Auster", murmelte Mila leise.

„Was?", fragte Charly. *„Du* magst Austern? Die sind doch total glibberig und schmecken nur nach der Zitrone, die man drüberkippt."

Mila sah sie verwundert an. „Also, äh, keine Ahnung – woher weißt du denn, wie die schmecken? Ich hatte noch nie welche. Schmecken die nicht nach Fisch?"

Charly wurde rot. „Ach, da gab's mal so eine Gelegenheit ... ist ja auch egal. Sag mal, ist es nicht schade, dass nicht wir zwei das Wochenende gewonnen haben? Das wäre doch supercool geworden."

Mila nickte. Das wäre natürlich das Genialste gewesen.

Charly stieß ihr in die Seite. „Die Steinbach hat noch was."

Die Direktorin hatte gewartet, bis sich die allgemeine Aufregung gelegt hatte. Nun räusperte sie sich und fuhr fort: „Dann wollte ich nur noch kurz verkünden, dass bereits in wenigen Tagen eine neue Schülerin für die siebte Klasse eintreffen wird. Sie übernimmt den freien Platz von Mark, der uns vor Kurzem verlassen hat. Ich erwarte, dass ihr sie freundlich aufnehmt – wie immer. Vielen Dank und guten Appetit." Sie lächelte und setzte sich.

Endlich! Mila griff sich zwei Brötchen auf einmal. „Hunger!", quietschte sie.

„Warum kommt die Neue denn jetzt noch?", fragte Franzi. „Das lohnt doch nicht mehr so kurz vor den Sommerferien."

Isa zuckte mit den Schultern. „Vielleicht war es ja so eine Schnell-schnell-Entscheidung wie damals bei Mila." Sie biss in ihr Brötchen. Dann grinste sie und nuschelte mit vollem Mund: „Dir isch schon klar, dasch die auf dein Tschimmer kommt, oder? Ischa 'n Mädschen."

Franzi starrte sie entgeistert an. „Zu mir?"

Mila lachte. „Vielleicht mag sie Rosa, wie Isa. Das würde dein Zimmer ganz schön aufpeppen, was?"

Franzi war das komplette Gegenteil von Isa. Während bei Isa alles rosa, plüschig und voller Glitzer war, hüllte Franzi sich stets in Schwarz. Nicht nur ihre Kleidung, auch ihr Zimmer war düster – ebenso wie ihr Musikgeschmack.

„Na, da wird die Neue vielleicht nur kurz bleiben – dann muss sie mit Depressionen in eine Klinik", ärgerte Charly Franzi, die ihre Augen immer noch weit aufgerissen hatte.

Da lachte Franzi laut auf und hob ihre Kakaotasse. „Auf eine lustige Restzeit in der siebten Klasse."

„Prost!"

Ein paar Stunden später stand Mila bei Adesso im Stall und striegelte ihn kräftig.

„Steh still, Süßer", mahnte sie. „Du bist heute ein echter Zappelphilipp. Das wird ja eine lustige Trainingsstunde." Nachdem sie ihm mühsam die Hufe ausgekratzt hatte, führte Mila den Hengst zum Reitplatz, auf dem ein neuer Parcours aufgebaut war. Die meisten anderen Schüler ritten ihre Pferde schon warm.

„Hallo, Mila", rief Tamara, ihre Springreitlehrerin. „Fehlt nur noch Jakob. Hat ihn jemand gesehen?"

„Da kommt er", sagte Charly und wies in Richtung Stall, von wo Jakob mit hängendem Kopf herüberschlich.

Mila beobachtete, wie Tamaras Gesicht vor Sorge ganz ernst wurde. Schon in den letzten Trainingsstunden hatte Jakob stark nachgelassen, er tat Mila wirklich sehr leid. Normalerweise wurde trotz Tamaras strenger Art immer viel gelacht und gewitzelt. Aber inzwischen schwiegen alle lieber – als fürchteten sie, das Lachen könne Jakob noch trauriger machen.

In dieser Stunde widmete Tamara sich ganz den Paraden. Zuerst ritten Michel und Nele, bei ihnen klappte alles gut. Mila jedoch war etwas nervös – und bekam prompt die Quittung.

„Mila, achte bitte auf deine Haltung. Erst den Rücken aufrichten. Wie soll Adesso denn reagieren, wenn du dich so verkrampfst?"

Mila richtete sich auf. Sie versuchte, durch tiefes Atmen ihren Oberkörper zu stabilisieren.

„Nicht die Schultern versteifen. Du zerrst am Zügel. Miiila!" Tamara klang genervt. Mila fühlte sich fürchterlich. Je mehr sie sich bemühte, desto mehr verkrampfte sie sich.

„Genug für dich, danke“, seufzte Tamara.

Mila stöhnte. „Verdammt“, murmelte sie, als sie zurück zur Gruppe kam.

„Mach dir nichts draus, nächstes Mal klappt es besser“, tröstete Charly sie.

Nun war Jakob dran. Er ritt lustlos zu Tamara und gehorchte zwar ihren Anweisungen, zeigte aber keinerlei Motivation, sich besonders anzustrengen.

„Komm, Jakob, das kannst du besser“, rief Tamara. „Du bist auch Vorbild für die anderen, die sollen von dir lernen. Also noch mal.“

Jakobs Blick wurde grimmiger.

„Jakob“, fuhr Tamara fort. „Seit wann hebst du denn das Knie? Aus der Hüfte“, schimpfte sie.

Da lenkte Jakob seinen Fuchs einfach zur Seite und verließ den Platz.

Tamara sah ihm nach – wieder mit einem sehr ernsten Gesichtsausdruck.

Mila kaute auf einer Haarsträhne. „Verflixt, ist das furchtbar.“

„Ja, man kann gar nicht hinsehen, er tut mir so leid!“, meinte Charly.

Tamara brach das Training ab. „Das genügt für heute“, sagte sie. „Die Pferde werden nervös. Vielleicht reiten diejenigen, die jetzt nicht dran waren, ein bisschen aus und üben allein.“

„Und Charly muss nicht?“, fragte Nele empört.

Tamara schüttelte den Kopf und ging Jakob hinterher.

„Na, das war ja klar“, zischte Nele sauer. „Erst das Wochenende gewinnen und dann hier auch noch Extrawürste bekommen.“

Mila runzelte die Stirn. Wenn Nele schlecht gelaunt war, sagte sie zu anderen oft verletzende Dinge, und Mila wollte nicht, dass sie mies zu Charly war. „Jetzt mach mal halblang, Nele“, sagte sie mahnend.

Nele schnaubte. „Von wegen. Andere müssen sich quälen und hart trainieren, aber manche Leute bekommen alles in den Hintern geschoben. Ist ja kein Wunder bei dem Stammbaum, was?“ Aufgebracht trieb sie Fairy an und nahm Kurs auf den Reitweg, der hinter dem Internat entlangführte.

„Was hat sie denn?“, fragte Mila verwundert.

Charly hob die Schultern. „Ach, wer weiß das schon. Vermutlich wegen des Reittraining-Wochenendes.“

Mila schmunzelte. „Vielleicht aber auch, weil du mit deinem gestreiften T-Shirt hier die perfekte Zielscheibe bist!“

Na endlich, Charly grinste. Mila seufzte erleichtert, dann brachten sie gemeinsam ihre Pferde in den Stall.

Dort hockte Milas Cousine Tini vor ihrem Lieblingspony Renate und fummelte an seinem Maul herum.

„Was machst du denn da?“, fragte Mila.

Tini stand auf und stemmte die Hände in die Hüften. Das sah so niedlich aus, dass Mila sie hätte küssen können. Sie hatte wirklich die putzigste Cousine der Welt.

Tini schaute Renate streng an und schüttelte den Kopf. Sie liebte das gescheckte Pony über alles. Was für ein Glück, dass Mila es bei ihrer Ankunft im Internat mitgebracht hatte, um Adesso zu beruhigen. Dass Renate dann wirklich auf *Inselglück* hatte bleiben dürfen, verdankte sie Tini, deren innige Liebe auch Frau Steinbach gerührt hatte. Tinis liebste Freizeitbeschäftigung war es, Renate zu verkleiden und kleine Theaterstücke mit ihr einzustudieren.

„Denkt ihr, man kann einem Pony mit viel Training beibringen, das Maul immer auf- und zuzumachen?“, fragte Tini.

„Kein Problem“, meinte Charly.

„Echt?“ Tini strahlte sie an.

Charly reichte Mila Vanillas Zügel und griff in ihre Tasche. Sie holte einen Apfel hervor, legte ihn sich auf die flache Hand und hielt diese vor Renates Nase, die sofort brav das Maul öffnete. Dann zog Charly ihre Hand zurück. Überrascht schloss Renate ihr Maul wieder. Erneut schob Charly ihre Hand vor – und das Pony öffnete die Lippen.

Mila lachte laut los.

„Sehr witzig", maulte Tini. Sie nahm Charly den Apfel aus der Hand und reichte ihn Renate.

„Warum soll sie denn das Maul abwechselnd öffnen und schließen?", fragte Mila neugierig.

Tini zögerte. „Na … sie soll blubbern. So, als ob sie unter Wasser ausatmet. Unser nächstes Theaterstück spielt nämlich im Meer!"

Nun konnten Mila und Charly nicht mehr an sich halten vor Lachen.

Beleidigt hob Tini den Kopf und führte Renate die Stallgasse entlang. „Pah, ihr Banausen", sagte sie.

Mila hätte ihr gern nachgerufen, dass es nicht böse gemeint war, aber sie konnte einfach nicht aufhören zu lachen – selbst als Tini den Stall schon längst verlassen hatte.

Die Neue

Mitten im Unterricht von Herrn Green klopfte es.

„Come in", rief der freundliche Englischlehrer.

Die Tür öffnete sich und ein Mädchen trat ein, das Mila noch niemals gesehen hatte. Ob die aus den höheren Jahrgängen kam? Sie sah älter aus und sollte sicher etwas holen. Mila beugte ihren Kopf wieder über ihr Buch.

„Guten Morgen, ich bin Yasmin. Die Neue", sagte das Mädchen laut und selbstbewusst.

Mila sah erneut auf. Yasmin strahlte und sah gewinnend von einem zum anderen. Ihr Lächeln war so ansteckend, dass bald die ganze Klasse zurückgrinste.

Herr Green schmunzelte. „Na, dann such dir einen Platz, Yasmin. Vielleicht ganz hinten neben Jakob?"

Mila sah, wie Jakob zusammenzuckte. Sein Blick verdüsterte sich. Oh nein, dachte sie. Jetzt sitzt die Neue auch noch auf Marks altem Stuhl. Rasch stand sie auf. „Hier ist auch noch Platz!“ Sie deutete auf den Tisch links neben sich.

Yasmin sah kurz von Jakob zu Mila und entschied sich dann offenbar für die fröhlichere Variante. Jakob warf Mila einen dankbaren Blick zu.

Mister Green fuhr mit seinem Unterricht fort und so konnte Mila ihre neue Mitschülerin verstohlen betrachten. Yasmin hatte blonde, sehr geschickt hochgesteckte Haare. Sie war leicht geschminkt – aber man sah es kaum. Sie trug schlichte Kleidung in pastelligen Farben. Gewiss Markensachen, Mila kannte sich da nicht so aus. Aber es wirkte alles recht teuer. Dennoch steckte Mila sie gedanklich noch nicht in die „Reiches-Modepüppchen-Schublade“, denn sie strahlte eine ungeheure Offenheit aus. Mila kam es vor, als könnte sie die positiven Schwingungen geradezu spüren.

Und wirklich, gleich in der nächsten Pause nahm Yasmin alle für sich ein.

„Was für eine tolle Stimmung hier herrscht – ich bin ganz überrascht“, plauderte sie unbeschwert drauflos. „Natürlich habe ich gehofft, auf nette Leute zu treffen, aber ihr wirkt echt wie eine super Klasse. Wer von euch ist denn von der Insel?“

Charly und Mila sahen sich überrascht an. Die Neue hatte ja überhaupt keine Startprobleme! Charly deutete mit dem Kopf zur Seite und Mila folgte ihr zu einer Bank, die in der Sonne stand.

„Unglaublich, so ein Selbstbewusstsein möchte ich auch mal haben", meinte Mila. Sie schloss die Augen und reckte ihr Gesicht in die warmen Sonnenstrahlen.

Charly kicherte. „Das ist das Lächeln der Adligen."

Mila öffnete ein Auge. „Was?"

„Na, so selbstsicher kann nur jemand sein, der immer alles kriegt – ob es nun Klamotten oder Freunde oder Einsen sind."

Jetzt sah Mila ihre Freundin irritiert an. „Wie meinst du denn das?"

Charly wurde rot. „Fies, glaub ich", gab sie zu. „Yasmin ist reich, das sieht man ja sofort. Und die haben es eben meist leicht."

„Aber du doch auch", warf Mila ein. Charly hatte stets teure Klamotten und die besten Pferdeutensilien. Mila hatte kein Problem damit, aber wie konnte Charly über das meckern, was sie selbst betraf?

Charly musste lachen. „Ja, ich auch." Sie atmete tief durch. „Ich glaube, es nervt mich, dass es bei Yasmin zu Selbstbewusstsein geführt hat, bei mir aber nicht."

Mila grinste. „Ich find's gut, wie du bist", sagte sie. „Nett und überhaupt nicht eingebildet. Ein bisschen dumm vielleicht …" Sie stand rasch von der Bank auf und lief langsam rückwärts. „… aber das macht mir nichts."

„Na warte", rief Charly und rannte los.

Glücklich lachend kamen sie in die Klasse zurück. Und Mila war wieder einmal sehr froh, so eine tolle beste Freundin zu haben.

Nach der Schule nahmen alle die Neue in Beschlag. Im Stall staunten sie über ihr Pferd, einen großen braunen Hannoveraner. Natürlich hieß er Goldfever, wie eines der erfolgreichsten Springpferde der Geschichte.

„Boah, ist der schön", staunte Mila neidlos. Es war ein makelloses Pferd mit wunderbar glänzendem Fell.

Yasmin bedankte sich für all das Lob und ging dann von Box zu Box, um die Pferde der anderen Schüler kennenzulernen. Mila bewunderte, wie leicht sie zu allen etwas Positives sagen konnte. Am Ende war jeder überzeugt, das beste Pferd des Internats zu besitzen.

Bei Charlys Pferd hielt Yasmin kurz inne und betrachtete die wunderschönen Stickereien auf der Decke, die über der Boxentür hing. Sie drehte sich zu Charly. „Das ist dein Pferd? Irgendwie habe ich das Gefühl, dich zu kennen. Du mich auch?"

Charly verneinte. „Nicht, dass ich wüsste."

Yasmin nickte nachdenklich und wandte sich nun Tini zu, die natürlich gleich Renate geholt hatte, um sie stolz vorzuzeigen. Wie zu erwarten, war auch sie bald begeistert von Yasmin.

„Die scheint doch gut zu uns zu passen", flüsterte Mila ihrer Freundin zu.

„Abwarten", meinte Charly nur.

Es war ein so wundervoller Tag, dass sie Luke dazu überreden konnten, statt der Reitstunde am Nachmittag einen Ausritt an den Strand zu machen. Der Reitlehrer stimmte zu, dass es allen sicher guttun würde, einmal den stressigen Alltag hinter sich zu lassen.

So trabten sie langsam hintereinander die Dünenwege entlang bis ans Meer.

„Wie wundervoll", rief Yasmin, als sie die rauschenden Wellen erblickte.

Mila lenkte Adesso zu Black Velvet hinüber. „Franzi", sagte sie leise. „Wie ist es denn so mit der Neuen in einem Zimmer?"

Franzi lächelte. „Total nett. Ich habe nur die schwarze Folie von den Fenstern genommen, damit mehr Licht reinkommt. Das ganze andere schwarze Zeug habe ich gelassen. Ich dachte, dass ich zumindest die dunklen Poster der Death-Metal-Bands abhängen muss, aber für Yasmin ist das gar kein Problem. Sie kannte sogar zwei davon!"

Mila hob erstaunt die Augenbrauen. Franzis finsterer Musikgeschmack trieb allen anderen hier die Tränen in die Augen und ganz sicher hatte niemand jemals einen Namen dieser Bands gehört – außer von Franzi selbst.

„Sie ist echt sympathisch“, schwärmte Franzi. Auf einmal richtete sie sich auf. Mila bemerkte die Anspannung in ihrem Körper und folgte Franzis Blick. Ganz vorne ritt Yasmin jetzt neben Luke. Der Natural-Horsemanship-Reitlehrer war Franzis heimlicher Schwarm und vermutlich schlich sich gerade ein kleiner eifersüchtiger Gedanke in ihren Kopf ein.

„Franzi, er muss sie kennenlernen“, versuchte Mila, ihre Freundin zu beruhigen. Franzi nickte, aber ihr Blick blieb weiter starr nach vorne gerichtet.

Mila ließ sich wieder zurückfallen, bis sie neben Charly reiten konnte.

„Herzschmerzalarm?“, fragte Charly.

Mila nickte.

„Na, das kann ja heiter werden“, meinte Charly. „Sicher wird jedes Mädchen der Schule eifersüchtig, wenn Yasmin mit dessen Freund spricht.“

Mila dachte an Jan und runzelte die Stirn. Würde sie dann auch eifersüchtig werden? War er überhaupt schon ihr Freund? Woher wusste man das eigentlich?

Zu weiterem Nachdenken kam sie nicht, weil sie am Wasser angekommen waren und durch die Gischt ritten. Mila blieb ein Stück zurück, um etwas allein zu sein und mit allen Sinnen spüren zu können, wie ihr der Wind ins Gesicht blies und die Wassertropfen ihre Haut kühlten. In diesem Moment war sie sich sicher, dass Adesso das Gefühl der Freiheit genauso sehr genoss wie sie.

Pause machten sie auf dem Isländergestüt der Insel. Milas Herz klopfte, denn Jan war schließlich der Sohn der Besitzerin Anna, die sie mit offenen Armen begrüßte.

„Da seid ihr ja", jubelte sie. „Ach, ich hab's so gern, wenn viele Pferde kommen!"

Sie streichelte und liebkoste jedes Pferd einzeln und bestaunte auch Goldfever das neue Pferd, gebührend. Mila und Charly halfen ihr, Wassereimer für die Pferde heranzuschleppen. Als alles fertig war, scheuchte Anna sie zu den anderen, die schon an den Holztischen saßen und Maracujaschorle tranken. Mila hielt nach Jan Ausschau. Ob er nicht da war? In diesem Augenblick kam er aus dem Haus, mit einem Tablett voller Schnittchen – und mit Yasmin. Sie lachten und scherzten.

Mila zuckte zusammen. Dann schüttelte sie sich. So ein Blödsinn. Sie hasste es, wenn Mädchen grundlos eifersüchtig waren!

Fröhlich schritt sie auf Jan zu. „Hallo!"

„Hey, Mila!" Jans Augen leuchteten, als er sie erblickte. Das tiefe Blau nahm Mila fast den Atem. Als Jan nach ihrer Hand griff und sie zu einem freien Platz zog, war Yasmin bereits vergessen.

Nach einer halben Stunde mit vielen lustigen Unterhaltungen mahnte Luke jedoch zum Aufbruch.

Nur ungern zog Mila ihre Hand aus der von Jan. „Wollen wir morgen Nachmittag im Meer schwimmen?“, fragte Jan leise. „Freitags ist doch nur kurz Reitstunde, oder?“

Mila nickte. „Ich komme um vier“, versprach sie. Ihr Herz klopfte wie wild, als sie zu Adesso hinüberlief. Gleich morgen würde sie Jan wiedersehen!

Auf dem Rückweg gesellte Michel sich zu Mila. Obwohl er eigentlich einer ihrer besten Freunde war, hatten sie sich seit dem Turnier kaum gesehen. Michel nahm erst seit Kurzem am Training teil – er durfte das Schulpferd Pferdinand reiten, das derzeit keinem Schüler zugeordnet war. Und ab dem nächsten Schuljahr würde er ein Stipendium für *Inselglück* erhalten. Michels Vater war der Stallmeister des Internats und auch Michel war meist im Stall zu finden – er liebte Pferde über alles und hatte einen unglaublichen Draht zu ihnen.

Nun lächelte er Mila freundlich an. „Na, machen du und Jan jetzt nur noch auf Pärchen?“, fragte er.

Mila sah ihn prüfend an. War das nur eine Frage oder doch schon Kritik? Mila war sich nicht ganz sicher.

„Nein, eigentlich nicht“, antwortete sie und nahm sich gleichzeitig vor, sich in Zukunft nicht wieder abzusondern, wenn sie mit mehreren etwas unternahm. „In letzter Zeit war nur so viel los. Meine Eltern waren doch zu Besuch hier“, erklärte sie.

Michel nickte. „Ich weiß. Die sind echt nett, ich mag sie. Überhaupt nicht von oben herab wie viele der anderen Eltern. Und unglaublich, wie gut dein Vater sich mit allem auskennt. Er ist früher wohl selber viel geritten?"

„Ja, er war richtig gut, glaube ich. Aber er reitet schon lange nicht mehr. Ärzte haben ja nie Zeit."

Sie schwatzten eine Weile miteinander, dann deutete Michel plötzlich auf Franzi, die vor ihnen ritt. Sie machte ein sehr unglückliches Gesicht. Sofort suchte Mila Luke und entdeckte, dass Yasmin schon wieder neben ihm ritt. Offenbar war sie ein Small-Talk-Talent, denn Luke lachte gerade laut auf.

„Oje", entfuhr es Mila.

„Genau", sagte Michel. „Deshalb reite ich jetzt vor und ziehe Yasmin mal von Luke ab. Kümmerst du dich um Franzi?"

Mila nickte. „Danke, Michel." Unglaublich, was Michel alles mitbekam. Mila hatte nicht geahnt, dass er von Franzis Schwärmerei wusste. Sie trabte näher zu Franzi und sah Michel nach. Er war so unglaublich nett. Sie musste wirklich wieder mehr mit ihm unternehmen!

Ein Schwan unter Fischen

Mila konnte kaum erwarten, dass der Freitagvormittag endlich vorüberging. Irgendwann war dann endlich die letzte Stunde vorbei und sie stürzte geradezu in den Speisesaal, wo sie im Schnelltempo eine große Portion Spaghetti bolognese verschlang.

„Hey, Mila, schalt mal den Turboantrieb wieder aus", rief Charly lachend. „Da kann man ja richtig Angst bekommen!"

Mila schmatzte. „Ich muss gleich noch weg!" Sie grinste. „Außerdem ist dieser Nudelkram das Beste, was Frau Käthe je gemacht hat!"

Die Köchin wusste genau, was ihre Schüler mochten – deshalb gab es jede Woche mindestens einmal Bolognese.

Charly räusperte sich. „Na ja, aber was ist denn mit Manieren und so?"

Seufzend zog Mila eine letzte Spaghetti schlürfend in den Mund, setzte sich dann gerade hin und tupfte mit einer Serviette ihren Tomatensoßen-Mund ab. „Besser?"

Charly nickte großzügig.

„Ach, da kommt es wieder durch, was?", bemerkte Nele bissig.

Mila spürte, wie es in ihr brodelte. „Was, Nele?", zischte sie. „Sag es ruhig lauter. So, dass alle es hören können. Was willst du von Charly?"

Nele zog erschrocken den Kopf ein und Charly legte Mila rasch beruhigend die Hand auf den Unterarm. Hier kannten alle die Wut-Explosionen, die Mila manchmal überkamen. Wenn ihr etwas ungerecht vorkam, konnte sie ihren Ärger kaum zügeln und sagte oft Dinge, die sie später bereute.

Das muss ich wirklich in den Griff bekommen, dachte Mila, als sie sich wieder setzte. Doch einen letzten funkelnden Blick warf sie Nele noch zu. Wenn die sich mit Charly anlegte, konnte sie sich auf etwas gefasst machen. Mila verstand zwar nicht, was Nele mit ihrer Bemerkung gemeint hatte, aber sie wusste sehr wohl, dass es nicht freundlich gewesen war.

Wegen dieser ganzen Zickerei hatte Mila glatt vergessen, weshalb sie die Nudeln so hinuntergeschlungen hatte: Sie wollte doch zu Jan! Und vorher musste sie noch ein Referat vorbereiten und Adesso fertig machen und … Himmel, schon kurz nach zwei! Mila hastete los.

Es war Viertel nach vier, als Mila endlich auf dem Isländerhof ankam. Sie war schnell geritten und daher völlig verschwitzt. Kurz versuchte sie noch, ihre Haare mit den Fingern ein wenig zu bändigen, aber dann gab sie es auf. Jan kam ihr schon entgegen.

„Da bist du ja", rief er fröhlich.

Mila saß ab und Jan führte Adesso auf die Wiese. Die putzigen kleinen Isländer kamen sofort angaloppiert und beschnupperten Adesso neugierig. Was für ein Glück, dass er ein so ruhiger und gutmütiger Kerl war! Irgendwann schnaubte er und drehte sich ein wenig, da liefen die Isländer schnell wieder davon.

Mila lachte. „Wie ein König mit seinen lustigen kleinen Hofnarren", fand sie und drehte sich zu Jan.

Dessen Blick ruhte auf ihr. Hatte er sie schon länger angesehen? Mila spürte, wie ihre Wangen sich rot färbten.

Jan lächelte. „Komm, wir gehen baden", sagte er und nahm Milas Hand. Sie ließ sich gern mitziehen.

Vom Gestüt aus mussten sie nur einen kleinen Pfad durch die Dünen entlanglaufen und dann über einen Weg aus Holzbohlen gehen. Schon lag das Meer unendlich blau und weit vor ihnen. Nur ganz kleine Wellen wühlten das Wasser auf und zauberten weiße Schaumkronen, die in der Sonne glitzerten. Heute gab es kaum Algen und auch keine Quallen. Ein Glückstag fürs Baden.

Jan ließ seinen Rucksack in den Sand fallen, streifte T-Shirt und Shorts ab und rannte aufs Meer zu. „Komm!", rief er.

Schnell schlüpfte auch Mila aus ihren Kleidern und rannte ebenfalls los. Sie tobten im Wasser herum und spritzten sich nass. Danach schwammen sie ein Stück. Zurück am Strand, suchten sie zuerst Muscheln, dann spielten sie, halb im Wasser stehend, Volleyball. Nach einer Stunde plumpsten sie erschöpft auf ihre Handtücher und ließen sich von der Sonne trocknen.

Jan kramte zwei Brotdosen aus seinem Rucksack.

„Hat Anna dir was eingepackt?"

Jan schob beleidigt die Unterlippe vor. „Könnte es nicht sein, dass *ich* das gemacht habe?", fragte er und öffnete eine der Dosen. Darin lagen, hübsch drapiert, Käsewürfel auf einem Salatblatt, Tomaten-Basilikum-Spieße und Radieschenscheiben.

Mila grinste. „Niemals."

Sie steuerte aus ihrer Tasche Eistee und Salzbrezeln bei, die Frau Käthe ihr netterweise mitgegeben hatte.

Schweigend mummelten sie vor sich hin.

Schließlich sagte Jan leise: „Es ist schön mit dir." Er räusperte sich. „Ich meine – es macht Spaß und es … es macht mich glücklich. *Du* machst mich glücklich."

Mila schluckte. Die Kribbelblasen in ihrem Magen

blubberten. „Du mich auch“, flüsterte sie und legte ihren Kopf auf seinen Arm. Dann waren sie also offiziell Freund und Freundin? Pärchen, wie Michel es nannte? War das überhaupt wichtig?

„Meine Freundin“, murmelte Jan.

Mila lächelte. Jetzt war alles klar.

Als Mila in den Stall zurückkam und Adesso in seine Box führte, konnte sie die Anspannung fast greifen. Was war hier los? Sie hörte Herrn Gründgen rufen: „Ihr geht jetzt erst einmal nach draußen und beendet diesen Streit. Ihr macht die Pferde ganz nervös.“ Der Stallmeister klang streng.

Mila zog verwundert eine Augenbraue hoch, als Nele wütend an ihr vorbeistampfte. Kurz darauf schlich Charly bedrückt hinter ihr her. Mila öffnete die Box und zog Charly zu sich hinein.

„Duck dich“, flüsterte sie.

Charly hockte sich ins Stroh, während Mila wartete, bis Herr Gründgen die Bürotür hinter sich zuzog. Dann wandte Mila sich an Charly.

„Was ist denn los? Darf ich Nele eine verpassen? Soll ich sie mit Pferdeäpfeln bewerfen? Oder einen in ihr Bett legen?“

Charly lächelte müde. „Ich halte das nicht mehr lange aus“, flüsterte sie.

Mila erschrak. „Was hältst du nicht aus? Was ist denn?“

Charly zuckte mit den Schultern. „Ach nichts.“

Mila sprang auf. „Immer sagst du nur ‚Ach nichts'", brauste sie auf. „Bin ich deine Freundin oder was? Das ist total enttäuschend."

Charly sah sie kurz traurig an – sehr traurig –, dann ging sie wortlos aus der Box und verschwand.

Mila stöhnte. Blödes Temperament!

„Mensch, Adesso", seufzte sie. „Wann krieg ich das endlich hin? Jetzt habe ich meine traurige Freundin noch trauriger gemacht. Super, Mila." Sie schmiegte sich an Adessos warmes Fell. Sein Geruch tröstete sie sofort. Der Hengst schob seinen Kopf leicht in ihre Richtung – als wolle er sie in den Arm nehmen. „Danke, Süßer", flüsterte Mila.

Plötzlich schaute ein dunkler Wuschelkopf über den Boxenrand. „Hey, Mila, alles okay?"

Michel betrachtete sie aufmerksam.

„Nein, gar nicht", antwortete Mila. „Weißt du zufällig, was mit Charly und Nele war?"

Michel zog die Stirn kraus. „Ja, aber ich habe es nicht so ganz kapiert. Nele hat irgendwas von Betrug gemurmelt und Charly eine Lügnerin genannt. Daraufhin hat Charly geschrien, dass es kein Betrug ist und sie nicht lügt, sondern nur die Wahrheit verschweigt. Und Nele meinte dann wieder: ‚Das ist trotzdem lügen.'" Michel schüttelte den Kopf. „Die waren richtig sauer. So hab ich Charly noch nie gesehen, sie ist ja sonst eher der sonnige Typ."

Mila stimmte ihm zu. Charly war meistens ruhig

und regte sich selten über etwas auf. Mila fand manchmal, dass sie zu viel hinnahm. Aber war das nicht Charlys Sache? Doch wenn ihre beste Freundin ein Problem hatte … „Ich würde ihr gern helfen", murmelte sie.

Michel öffnete die Tür. „Geh nur", meinte er. „Ich kümmere mich um Adesso."

„Ehrlich?", fragte Mila verwundert.

„Na klar. Du weißt doch, ich liebe Adesso."

Mila grinste. Michel liebte alle Pferde.

„Danke", sagte sie und sprintete los.

Sie fand Charly schließlich im Gemeinschaftsraum, doch im selben Moment ertönte der Gong für das Abendbrot. Mila wartete an der Tür auf Charly.

„Hey, Pferdemädchen", rief sie fröhlich. „Tut mir leid – ich wollte nicht …"

Charly lächelte. „Schon gut. Du hast ja recht. Ich nehme mir fest vor, mich zu bessern."

Sie hakte sich bei Mila unter und zog sie in den Speisesaal.

Mila war verwirrt. Charly war wie ausgewechselt. Sie lachte und plauderte. Es war, als hätte Mila nur ein Mal ganz kurz unter ihren Schutzmantel schauen dürfen – doch nun hatte ihre Freundin sich wieder im Griff. Mila wusste allerdings nicht, ob das wirklich gut war …

Während des Abendessens sah Yasmin immer wieder zu Charly herüber. Mila fing langsam an, sich zu ärgern. Mussten denn heute alle ihrer Freundin auf den Keks gehen? Plötzlich hellte sich Yasmins Gesicht schlagartig auf. „Ich hab's", rief sie. „Du warst bei der Hochzeit von Sofia und Carl Philip! Da haben wir uns gesehen! Ich hab mit deinen Eltern gesprochen, sie waren ..."

„Nein", sagte Charly laut. „Das muss ein Irrtum sein."

„Wer ist denn Carl Philip?", fragte Mila.

Yasmin lachte. „Na, der schwedische Prinz. Liest du etwa keine Klatschblätter?"

Mila schüttelte den Kopf. „Nee, ich hab's nicht so mit Prinzen und dem königlichen Zeug. Das ist mir viel zu albern. Wen interessiert das außerdem schon?"

Der Stuhl neben ihr knallte mit riesigem Getöse auf den Boden. Erschrocken drehte Mila den Kopf und sah gerade noch, wie Charly aus dem Speisesaal rannte. Verflixt. Was hatte sie nun wieder gesagt? Mila stand auf, um Charly nachzueilen, da mahnte Frau Steinbach mit lauter Stimme: „Alle bleiben sitzen, bis das Abendessen vorüber ist. Ich kümmere mich um Charlotte. Mila, heb bitte ihren Stuhl auf." Danach verließ sie den Speisesaal.

Mila stellte seufzend den Stuhl hin.

Eine Weile aßen sie alle schweigend weiter. Dann hielt Mila es nicht mehr aus. „Könnte mich jetzt eine der beiden feinen Damen, die ja offenbar so viel wissen, darüber aufklären, was hier los ist?", giftete sie Nele und Yasmin an.

Nele presste die Lippen zusammen. Doch Yasmin erzählte arglos von der Hochzeit, auf der sie Charly getroffen hatte. „Charly hat offenbar gedacht, es ist besser, zu verheimlichen, dass sie eine Prinzessin ist."

Mila schüttelte ungläubig den Kopf. „Charly ist eine Prinzessin? Eine echte?"

Yasmin lachte laut auf. „Eine waschechte. Dagegen bin ich ein kleiner Fisch im großen Adelsbecken. Charly ist einer der Schwäne – auf den übrigens viele Königsfamilien für die Fortführung ihrer Stammbäume hoffen."

Mila schwirrte der Kopf. Stammbäume? Königsfamilien? Charly? Das passte doch alles nicht zusammen. Ihre Freundin war keine feine Prinzessin. Sie machte jeden Quatsch mit, sie wurde hier behandelt wie jeder andere auch. Sie ... da fiel Mila die Stickerei auf der teuren Decke ein. Die Prägungen im Sattel. Die edlen Klamotten. Dann erinnerte sie sich an Charlys feine Manieren. An diese ballettähnliche Haltung, die sie oft einnahm. An Charlys Anspielungen auf ein strenges Zuhause. An Zwischenbemerkungen über feines Essen wie Austern ...

Mila stöhnte. Hatte Yasmin etwa recht? Dann hatte Mila Charly mit ihrer Bemerkung, dass sie Königshäuser blöd fand, kräftig verletzt. Als ihr das bewusst wurde, wich jede Farbe aus ihrem Gesicht und sie stand langsam auf.

„Mila, bitte setzen“, rief irgendjemand streng.

Doch Mila konnte nicht. Mechanisch lief sie aus dem Speisesaal, den Flur entlang, nach draußen. Weiter und weiter, bis zu Charlys Zimmer.

Aber das war leer.

Reiten hilft immer

Mila suchte ihre Freundin überall. Sie rannte jeden Gang entlang, auf die Koppel, in den Stall – aber Charlys Stute Vanilla stand friedlich in ihrer Box. Charly war also nicht panisch mit dem Pferd davongaloppiert. Das beruhigte Mila etwas. Da fiel ihr das Handy ein. Sie sah nach – keine Nachricht.

Wo bist du?, tippte Mila hektisch. *Es tut mir so leid!*

Am liebsten hätte sie noch viel mehr geschrieben: Dass sie schließlich nicht wusste, dass Charly eine Prinzessin war. Dass sie doch nichts gegen sie hatte und auch nichts dagegen, dass sie ein Schwan war. Oder eine Prinzessin. Oder was auch immer. Sie war doch einfach nur Milas beste Freundin.

Mila wischte eine einzelne Träne von ihrer Wange. Seiner besten Freundin musste man doch vertrauen. Oder?

Mila wusste nicht weiter. Sie verkroch sich bei Adesso und legte ihr Handy auf die Holzverkleidung der Box.

„Adesso, es muss ihr gut gehen!“, flehte sie in die weiche Mähne ihres Pferdes.

Sie beschloss, die Insel abzusuchen. Wenn Charly nicht im Internat war, musste sie doch irgendwo herumirren, oder? Mila würde sie finden. Sie lief los, um den Sattel zu holen, da stürmten Isa und Franzi in den Stall.

„Hier bist du!“, keuchte Franzi. „Du brauchst nicht mehr nach ihr zu suchen.“

Mila stutzte. „Was?“

„Frau Steinbach hat uns gerade informiert, dass es Charly gut geht. Sie bleibt eine Weile bei Bekannten und kehrt erst mal nicht ins Internat zurück.“

Mila nahm ihr Handy. Verflixt, die Fähre hatte vor fünf Minuten abgelegt. Sie war zu spät. Wäre sie doch gleich losgeritten und hätte rechtzeitig an die Fähre gedacht!

Isa nahm Mila in den Arm. „Wir wussten auch alle nichts davon. Nur Nele, die Zicke. Bestimmt wollte Charly einfach mal normal sein. Wo anders hätte sie das denn gekonnt außer auf einer einsamen Insel?“

„Na ja, ganz so einsam ist es ja nicht“, brummte Mila.

Franzi legte den Finger ans Kinn. „Wisst ihr noch, wie auf dem letzten Turnier so viele Fotos von Charly gemacht wurden? Das war bestimmt so ein Paparazzo, der auf Adelsfotos aus war.“

„Na klar war er das“, erklärte eine kühle Stimme.

Nele näherte sich ihnen. „Meine Mutter hat mir den Artikel geschickt: Unter was für feinen Leuten ich hier doch sei!"

Mila funkelte sie wütend an. „Und da hast du nicht mit ihr drüber geredet, sondern nur fiese Bemerkungen gemacht? Das ist ätzend, Nele!"

Nele zuckte nur mit den Schultern. „Es tut arroganten, reichen Schnöseln nur gut, wenn sie mal vom Ross gestoßen werden." Sie lachte über ihren eigenen Pferdewitz.

Franzi erwiderte sofort: „Ich kenne hier nur *eine* arrogante Person."

Nele lächelte nur und ging zu Fairy.

In Mila kochte die Wut hoch. Es war erst wenige Monate her, dass sie mit Charly zusammen Neles Pferd Fairy auf die Insel geholt und Nele damit aus ihrer ständigen Traurigkeit geholt hatten. Charly hatte sich für sie ins Zeug gelegt. Und das war der Dank?

Franzi und Isa spürten Milas Zorn und zogen sie sanft aus dem Stall.

„Komm, es ist spät", meinte Franzi. „Schlaf erst einmal über die Sache. Morgen sehen wir weiter."

Mila ließ sich mitziehen. Wie in Zeitlupe ging sie in ihr Zimmer, zog sich um, putzte die Zähne und legte sich ins Bett. Doch im Dunkeln lag sie wach und starrte ins Leere. Ihr Handy gab immer noch keinen Ton von sich.

Zum Glück war am nächsten Tag viel zu tun, sodass Mila abgelenkt war und nicht immerzu an Charly denken musste. Vor dem Frühstück nahm die Direktorin Mila kurz zur Seite und riet ihr, Charly in Ruhe zu lassen. Mila müsse ihr Zeit geben, meinte sie.

Mila lächelte traurig. „Wie sollte ich sie nicht in Ruhe lassen? Ich habe ja nicht einmal ihre Adresse." Sie wusste inzwischen auch, weshalb Charly nicht auf ihre Nachrichten antwortete: Isa hatte Charlys Handy auf dem Nachttisch entdeckt.

Da Samstag war, stand zunächst ein Großreinemachen der Ställe auf dem Plan. Mila mistete aus, schob Schubkarren aus dem Stall hinaus und wieder hinein, schrubbte und wienerte und ackerte für drei.

Herr Gründgen hielt ihr ab und zu wortlos ein Glas Wasser hin, das Mila gierig austrank, bevor sie sich wieder an die Arbeit machte. Als sie fertig war, strahlte nicht nur Adessos Box, auch der Sattel und ihre Reitstiefel glänzten.

„Mittagessen", rief Michel irgendwann und bugsierte Mila aus dem Stall.

Mila duschte kurz und aß dann schweigend mit den anderen. Die ließen sie in Ruhe und schoben ihr nur mitfühlend alle Schokonachtische herüber. Sogar Jakob warf ihr einen aufmunternden Blick zu – obwohl er selbst sonst derjenige war, der am düstersten dreinschaute.

Kurz vor Ende des Essens kam Luke zu ihnen herüber. Er beugte sich zu Mila hinab. „Wie wäre es mit einer extra Reitstunde für dich?“

Mila sah ihn erstaunt an. „Warum?“

Luke lächelte. „Frau Steinbach meinte, du könntest etwas Ablenkung gebrauchen. Außerdem macht das schön müde, da kannst du heute Abend viel besser schlafen.“

Mila wurde rot und nickte. Ihre dunklen Augenringe verrieten offenbar, dass sie in der Nacht kaum ein Auge zugemacht hatte.

Also machte sie Adesso direkt nach dem Essen fertig und sattelte ihn. Sie griff nach ihrem Reithelm und führte den Hengst auf die Koppel.

Dort wartete Luke bereits auf sie. Er schmunzelte.

„Ich habe ganz vergessen, dir zu sagen, dass du keinen Sattel brauchst“, rief er ihr entgegen.

Mila sah ihn verwirrt an. „Ich dachte, wir machen Einzeltraining“, entgegnete sie. Oder sollte sie Adesso nur herumführen?

„Stimmt auch“, antwortete Luke. „Aber heute ohne Sattel.“

Milas Augenbrauen wanderten in die Höhe. Was war das nun wieder? Luke überraschte einen auch immer aufs Neue. Na gut, dann hievte sie den schweren Sattel eben wieder herunter. Luke half ihr dabei.

„Auch die Trense kann ab“, meinte er.

Mila zögerte. Natürlich war sie auch schon mal

ohne Sattel auf Adesso geritten – aber ohne Trense und dann noch beim Training? Als sie Adesso die Trense abnahm, schüttelte er erfreut seine Mähne aus.

„Na, dir gefällt's, was, Großer?", flüsterte Mila.

Nun drückte Luke ihr einen festen Ring aus Sisal in die Hand, ein starres, rundes Tau.

„Ach, davon habe ich schon mal gehört", murmelte Mila.

Luke nickte. „Ein Halsring. Auch ohne Sattel und Trense müssen Adesso und du eine perfekte Einheit bilden. Der Halsring hilft euch dabei, denn die Hilfen, die du gibst, werden nicht durch die Materialien verstärkt. Adesso hat ein feines Gespür – es liegt also an dir, ihm gute Hilfen zu geben."

Mila fröstelte leicht. Oje, hoffentlich ging das nicht schief!

„Keine Angst", meinte Luke, der ihre Unsicherheit bemerkte. „Ich lass dich doch nichts Gefährliches machen."

Das beruhigte Mila. Luke erklärte ihr, wie sie Adesso durch leichte Berührung gegen seinen Hals Signale geben konnte. Dann bat er sie aufzusteigen. Mila sah sich nach einem Hocker um.

„Versuch's mal ohne Aufstiegshilfe", schlug Luke vor.

Mila lachte ungläubig. Adesso hatte ein Stockmaß von 1,70 Meter.

Doch Luke blieb ernst. „Seitlich hinstellen, in die Mähne greifen, Schwung holen. Mit dem Oberkörper auflehnen und das obere Bein hinüberschwingen."

Mila holte tief Luft. Wenn es denn sein sollte ... Adesso wartete geduldig. Mila klopfte ihm noch einmal auf den Hals, dann ging sie in die Knie und ... platschte wie ein nasser Sack gegen Adesso. Er schnaubte.

Luke musste grinsen. „Sorry, zu Anfang sieht es einfach zu lustig aus. Gleich noch mal."

Mila seufzte ergeben. Sie versuchte es noch einmal und ein drittes Mal.

„Mila, wenn du nicht glaubst, dass du es schaffst, wird das auch nichts", meinte Luke schließlich. „Sieh nicht auf den Boden. Schau dorthin, wo du hinmöchtest."

Und da regte sich Milas Ehrgeiz. Also wirklich, das musste doch zu schaffen sein. Sie griff in die Mähne, federte einmal in den Knien und sprang hoch. Geschafft! Mila strahlte. Sicherlich hatte es nicht sehr elegant ausgesehen, aber was soll's? Sie lobte Adesso. Der wollte offenbar endlich loslegen, denn er wurde zappelig.

Luke zeigte Adesso den Halsring und ließ ihn daran schnuppern. Dann reichte er ihn Mila. „Ganz langsam, im Schritt. Denk an deine Haltung."

Mila bemühte sich um eine perfekte, aber entspannte Haltung. „Los, Adesso“, flüsterte sie. Der große Hengst reagierte sofort auf ihre Hilfen. Langsam setzte er sich in Bewegung. Er lief so achtsam, als wolle er Mila alle Zeit geben, sich einzugewöhnen. Mila spürte jeden Muskel von Adesso – und was noch schöner war: Seine Wärme übertrug sich auf sie und vermittelte ihr nicht nur Sicherheit, sondern schuf eine innige Verbindung zwischen ihnen. Sie fühlte sich ihm unglaublich nah.

Luke ließ sie Kurven und Kreise reiten. Später stiegen sie über Stangen und Mila brachte ihr Pferd sogar kurz dazu zu traben. Sie bemühte sich so sehr, alles perfekt zu machen, dass sie schließlich komplett fertig, durchgeschwitzt und außer Puste war. Adesso dagegen wirkte nach wie vor recht entspannt und frisch.

Luke ließ sie absitzen. „Training vorbei“, sagte er. „Gut gemacht, Mila.“

Mila ächzte. „Ich brauche dringend eine heiße Dusche. Adesso wohl eher wahrscheinlich jemanden, der ihn endlich fordert und mit ihm ausreitet.“

Luke lachte. „Er kann ja noch ein bisschen draußen bleiben und sich austoben. Ich kümmere mich darum und bitte später Michel oder Herrn Gründgen, ihn zu striegeln.“

Mila blickte erstaunt auf. Sonst mussten alle Schüler stets selbst ihr Pferd säubern und fertig machen, das war eisernes Gesetz. Dann fiel ihr wieder ein, weshalb sie heute eine Sonderbehandlung bekam – Charly!

Sie bedankte sich bei Luke und schlich betrübt in den Wohntrakt. Sie würde einfach so lange duschen, bis alle ihre Gedanken in den Abfluss gespült worden waren.

Trost für Mila

Obwohl Mila wusste, dass Charly Abstand brauchte, fiel es ihr schwer, nichts von ihrer besten Freundin zu hören. Es war doch eigentlich auch gar nichts geschehen – wovon brauchte Charly eigentlich Abstand?

Die nächsten Tage verstrichen wie in Zeitlupe. Mila stand häufig allein irgendwo herum, obwohl Franzi und Isa sich bemühten, sie aufzuheitern. Sogar Nele forderte sie ein paarmal auf, etwas mit ihr zu unternehmen. Aber Mila sonderte sich immer mehr ab und versuchte nachzudenken. Sie wollte herausfinden, was eigentlich mit Charly los war …

Immer wenn das Gedankenkarussell von Neuem anfing, sich zu drehen, flüchtete Mila zu Frau Käthe in die Küche. Es beruhigte sie, die runde Köchin herumwirbeln zu sehen. Außerdem bekam sie stets etwas Leckeres zum Knabbern. Und erzählen konnte Frau Käthe auch gut. Bald fühlte Mila sich in der Küche so getröstet, dass sie ihre ganze Freizeit dorthin verlegte. Schließlich sagte Frau Käthe: „Mila, ich find's ja toll, dass du hier bist, mein Mädchen. Aber ich denke, du könntest mir auch mal ein bisschen helfen."

Begeistert sprang Mila vom Hocker. „Was denn?"

Frau Käthe hatte jede Menge zu tun für ihre Hilfsköchin. Es gab zwar nervige Aufgaben wie Kartoffeln schälen oder Kirschen entsteinen, aber auch interessante Dinge wie Pizzen belegen, Soßen abschmecken oder Muffins verzieren. Nach einer Weile entdeckte Mila viele Dinge, die sie begeisterten – zum Beispiel Rosen aus Radieschen schnitzen oder neue Variationen von Ofenpommes kreieren: aus Süßkartoffeln, aus Äpfeln, aus Sellerie …

In den nächsten Tagen stand Mila nun regelmäßig neben Frau Käthe in der Küche. Die geschäftige Küchenatmosphäre gefiel ihr und das ständige Geschirrgeklapper war besser als die vielen mitleidigen Fragen ihrer Mitschüler. Sie hatte sich aus allen anderen Freizeitaktivitäten zurückgezogen und nicht einmal mehr etwas mit Jan unternommen. Sie sah ihn immer nur in den Schulpausen. Und selbst dort war einer von ihnen beiden oft beschäftigt. Deshalb beschloss sie, nachmittags einen Ausritt mit Adesso zu machen – zum Isländerhof, um Jan zu besuchen. Nach Englisch fing sie ihn im Klassenzimmer ab.

„Hey, Jan!" Mila strahlte ihn an und Jan legte ihr den Arm um die Schultern.

„Hi, Mila. Alles kapiert in Englisch?“

„Wie? Ja klar. Du, sag mal, ich wollte heute mit Adesso einen längeren Ritt machen – kann ich dich am Ende besuchen? Adesso könnte sich wieder bei den Isis tummeln und wir könnten etwas Zeit zusammen verbringen.“

Jan ließ den Arm von ihrer Schulter rutschen. Sein Blick wurde unruhig. „Ich – äh, heute ist es ganz schlecht. Ich muss noch – Englisch lernen. Und so andere Sachen. Lass uns lieber irgendwann hier treffen – ich kann ja mal kommen, okay?“

Er nickte Mila halbherzig lächelnd zu und deutete mit dem Kopf zu den anderen Jungs aus der Klasse. „Ich hab gesagt, ich geh mit denen was zu trinken holen, sorry. Bis später!“

Was für eine kalte Dusche! Mila fühlte sich wie erstarrt und blickte Jan fassungslos hinterher. Was war das denn gewesen? Ein Korb. Ein richtiger Korb. Machte man so was, wenn man mehr als einfach nur befreundet war? Er hatte sie ausgeladen! Mit dem Hinweis, dass sie ihn bloß nicht besuchen sollte. Irgendwann gelang es Mila endlich, sich vom Fleck zu rühren. Zum Glück kam Yasmin herüber und lenkte sie ab.

„Hey, Mila, hast du noch irgendwas zum Naschen da? Ich verhungere!“, bettelte sie.

Mila lächelte. Sie reichte ihr ein Kirschbonbon, den sie noch in der Tasche hatte.

„Danke!“, seufzte Yasmin und schob ihn in den Mund. „Sag mal, geht's dir schon ein bisschen besser wegen Charly?“

Mila zögerte. Sie kannte Yasmin doch gar nicht. Daher wollte sie ihr nicht von Charly erzählen. Also antwortete Mila: „Geht so. Wie ist es bei dir? Hast du eigentlich Heimweh? Warst du vorher schon in einem Internat?“

Yasmin schüttelte den Kopf. „Nein, ist das erste Mal. Das mit dem Heimweh ist schon okay. Ich kann mich immer schnell irgendwo eingewöhnen.“

Das glaubte Mila ihr sofort. Sie erzählte, wie schwer es ihr am Anfang gefallen war – weil alles so hopplahopp gegangen war.

„Das ist bei mir ähnlich“, stimmte Yasmin ihr zu.

„Wieso denn? Sind deine Eltern auch weg?“, fragte Mila.

Yasmin lachte. „Nein, meine Geschichte ist peinlicher. Schwöre, sie niemandem zu verraten!“

Mila zog erstaunt die Augenbrauen hoch. Yasmin vertraute ihr so schnell ein Geheimnis an?

Yasmin senkte ihre Stimme. „Also, ich hatte Freunde zu Hause, die meine Eltern nicht gut fanden. Ich kann das auch nachvollziehen, sie waren etwas älter als ich und so. Und eines Tages haben wir uns alle ein Piercing machen lassen. Das gab halt Ärger.“

„Ein Piercing?“, quiekte Mila. Niemals würde sie

sich wieder irgendwohin stechen lassen, wenn es nicht ärztlich verordnet war. Die Ohrringe hatten damals schon höllisch genug wehgetan. „Wo?", wisperte sie neugierig.

Yasmin beugte sich verschwörerisch vor. „Bauchnabel", flüsterte sie.

Mila starrte auf Yasmins Bauch. Aber natürlich war ein T-Shirt darüber und man konnte nichts sehen.

Yasmin kicherte. „Ich musste es wieder rausnehmen. Na ja, das gab dann auf jeden Fall einen Höllenkrach daheim! Meine Eltern kamen zu der Überzeugung, dass sie mich nicht streng genug erziehen. Außerdem wollten sie mich aus diesem Freundeskreis weghaben, also kam ich Hals über Kopf ins Internat." Sie zwinkerte. „Aber nicht verraten!"

Mila nickte.

„Sag mal, es gibt doch ein Inselkino, oder?", wollte Yasmin dann wissen.

Mila zog eine Grimasse. „Hm, kein echtes Kino, aber am Wochenende wird meist ein Film im Kurhaus gezeigt. Ist eher unspektakulär."

Yasmin zuckte mit den Schultern. „Egal, lass uns doch zusammen hingehen. Ich finde heraus, was läuft. Was meinst du?"

Mila überlegte. „Klar, warum nicht?", sagte sie dann. Immerhin würde es sie ablenken. Sowohl von Charlys überstürzter Flucht aus dem Internat als auch von Jans Zurückweisung. Ja, Ablenkung konnte Mila wirklich gut gebrauchen …

Nach den Hausaufgaben lief Mila wieder in die Küche, die sie inzwischen manchmal auch allein unsicher machen durfte. Heute hatte sie Lust, Pommes aus Möhren auszuprobieren.

Die anderen griffen dankbar zu, als Mila mit einer Schüssel orangefarbener Sticks in den Gemeinschaftsraum kam.

„Wer hätte gedacht, dass du eine begabte Köchin bist", staunte Franzi. „Kannst du nicht auch mal schwarze Pommes machen?"

Mila kratzte sich am Ohr. „Woraus denn?"

Franzi schmatzte. „Aus Schwarzwurzeln vielleicht."

„Die sind nicht schwarz, wenn sie geschält werden", rief Isa. „Lieber aus Roter Bete. Die sind immerhin dunkel."

Mila spitzte die Lippen. „Das könnte gehen."

„Oder du kümmerst dich mal wieder um Adesso", murmelte jemand aus der Ecke. Michel.

Mila blickte genervt zu ihm hinüber. Bei Michel standen immer die Pferde an erster Stelle. „Jaja", brummte sie. Und wusste natürlich, dass Michel recht hatte. Sie musste sich wirklich mehr um Adesso kümmern. Mila hatte auch ein ganz schlechtes Gewissen, weil sie sich keine Zeit für Vanilla nahm. Charlys Stute brauchte mit Sicherheit etwas Zuwendung. Wie sie sich wohl ohne ihre Reiterin fühlte? Mila nahm sich fest vor, heute noch in den Stall zu gehen.

Doch das Kino machte ihr einen Strich durch die Rechnung.

„Heute wird *Das rosa Skelett* gezeigt", rief Yasmin Mila auf dem Flur entgegen. Mila brachte gerade die Pommesschüssel in die Küche zurück.

„Komm, wir müssen uns beeilen", sagte Yasmin. „Ich hab uns schon für das Abendbrot abgemeldet."

Mila überlegte kurz, ob noch irgendetwas anlag oder ob sie gehen konnte.

„Denk nicht so viel", rief Yasmin lachend. „Die Schüssel wird schon jemand anderes abwaschen. Und als Abendbrot futtern wir Popcorn bis zum Umfallen. Komm!"

Yasmins Schwung war ansteckend und Mila ließ sich mitreißen. Sie holte rasch ihre Jacke und Turnschuhe, dann rannte sie zu Yasmin, die schon am Weg wartete, der ins Dorf führte. Lachend gingen sie los.

Der Film war ein Glücksfall für Mila. Er war so schlecht und so blöde, dass Mila und Yasmin die ganze Zeit herumalberten und kicherten und schließlich fast aus dem Saal kullerten. Mila hielt sich den Bauch.

„Ui, ich weiß gar nicht, ob ich Bauchweh vom Lachen oder von zu viel Popcorn habe", stöhnte sie.

Yasmin warf die leere Popcorntüte in den Mülleimer. „Egal – manchmal muss man Bauchweh haben und richtig lustige Dinge machen. Dann spürt man doch erst, wie lebendig man ist."

Und schon kicherten sie wieder los über diesen philosophischen Satz, der wohl eher zu der älteren Dame passte, die gerade am Kurhauseingang stand, um abzuschließen.

Yasmins unbeschwerte Art tat Mila gut und sie verbrachten immer mehr Zeit miteinander. Yasmin hatte lustige Ideen und schaffte es auch mühelos, Mila mit einem Witzchen den Wind aus den Segeln zu nehmen, wenn einer ihrer Wutanfälle bevorstand. Bald rückte der Gedanke an Charly in den Hintergrund und Mila richtete sich in ihrem neuen Alltag ein. Sie ließ die Hausaufgaben ein bisschen schleifen, um schneller in der Küche sein zu können – es waren doch eh bald Sommerferien und die Noten standen so gut wie fest. Adesso ritt sie zu den Trainingsstunden und war ansonsten nur selten im Stall anzutreffen. Was machte das schon? Michel würde sich gewiss gut um ihn kümmern. Stattdessen ging sie immer öfter mit Yasmin in den Ort oder surfte mit ihr im Internet. Sie ließ sich von ihr sogar die Nägel rot lackieren – mal was Neues!

Eines Morgens fing Yasmin sie vor dem Unterricht an ihrem Zimmer ab.

„Komm, wir frühstücken im Dorfcafé", meinte

Yasmin und nahm Mila die Schultasche aus der Hand. Sie stellte sie zurück ins Zimmer und fischte Milas Jacke vom Haken. „Ich lad dich ein", strahlte sie.

Mila zögerte. „Ich weiß nicht, schwänzen ist nicht so meins, ich …"

„Einmal ist immer das erste Mal", sagte Yasmin. „Das ist denen doch wurscht, ob da einer mehr oder weniger im Klassenzimmer sitzt. Vor den Ferien ist der Stoff eh dünn und das holst du schnell nach, du bist doch eine Schlaue!" Weiteren Protest wartete Yasmin gar nicht erst ab und huschte, geschickt und ohne gesehen zu werden, über den Internatsvorplatz Richtung Ritteck.

Ach, was soll's, dachte Mila. Ist doch egal. Und ging mit.

Das Frühstück war spaßig, wie alles, was Mila mit Yasmin unternahm. Yasmin hatte kräftig mit dem Kellner geflirtet und Mila großzügig eingeladen. Auf dem Rückweg zum Internat erzählte sie Mila ein bisschen von ihrem Zuhause.

Mila musste an ihre Eltern denken und wurde nachdenklich. Wann hatte sie eigentlich zum letzten Mal in Ruhe mit ihnen geskypt? Die vorangegangenen Abende hatte Mila sie immer recht schnell abgewürgt und auf einen anderen Tag vertröstet. Doch plötzlich fehlten sie ihr ganz schrecklich.

„Fehlen dir deine Eltern nicht?", fragte sie.

Yasmin strich sich eine blonde Strähne hinters Ohr. „Geht so. Die haben nicht besonders viel Zeit. Sie sind zufrieden, wenn alles ruhig läuft und ich im Mittelfeld mitkomme."

Mila runzelte die Stirn. „Aber du könntest viel besser sein, oder? In der Schule und auch im Training."

„Aber wozu?", rief Yasmin und breitete die Arme aus. „Wenn es doch so viel Besseres zu tun gibt – warum lernen? Mittelfeld ist spitze!"

Mila lachte – aber nur kurz.

Während Yasmin den Weg entlangtanzte, betrachtete Mila ihre neue Freundin. Hatte Yasmin recht? Warum sollte Mila sich eigentlich anstrengen? Sie war nur ein Jahr auf dem Internat – weshalb nicht die Zeit genießen? Sie würde danach daheim vermutlich nicht mehr auf so hohem Niveau springreiten. Und schulisch – Mittelfeld reichte ja wirklich, oder? Fühlte sich gut an, der Gedanke. Mila hob die Arme und tanzte Yasmin lachend hinterher.

Alles echt ätzend

Mila ging nicht zum Mittagessen – sie mochte nicht auf die Frage antworten, warum sie im Unterricht gefehlt hatte. Yasmin machte das nichts – sie hatte Hunger und lief zum Speisesaal.

Mila drückte die Stalltür auf. Hier war es um diese Zeit herrlich ruhig. Sie ging zu Adessos Box und erwartete seine stürmische Begrüßung – meist schnaubte er ihr fröhlich ins Gesicht. Doch diesmal hielt er sich zurück.

Mila gab es einen Stich. War Adesso gekränkt, weil sie ihn vernachlässigt hatte? Ach was, vielleicht hatte er nur einen schlechten Tag.

Sie schob sich in die Box und schmuste mit Adesso. Nun reagierte er auf sie. Mila entschied, Adesso etwas zu verwöhnen. Sie bürstete ihn, kämmte seine Mähne, streichelte ihn und erzählte ihm flüsternd von ihren Gedanken. Anschließend ging sie zu Vanilla hinüber. Die Stute sah sie fragend an. „Ja, ich weiß“, gab Mila zu. „Für euch ist das alles noch viel schwerer zu verstehen. Vielleicht hilft es dir, wenn ich dir ein bisschen was erkläre." Ganz in Ruhe kümmerte sie sich auch um Vanilla und berichtete ihr von Charly und ihren Sorgen.

Irgendwann verriet Mila ein Geräusch, dass noch jemand im Stall war.

„Hallo?", sagte sie laut.

Michel tauchte vor Vanillas Box auf. „Hey, Mila", sagte er und sah überrascht aus. „Du hier? Ich meine – schön, dass du hier bist. Das tut Vanilla sicher gut, danke. Und warst du auch …"

„… bei Adesso, ja, war ich", beendete Mila seinen Satz.

Michel lächelte zaghaft. „Ich weiß, die Sache mit Charly ist blöd für dich, aber die Tiere …"

„… brauchen Aufmerksamkeit und Pflege, ich weiß", stöhnte Mila – jetzt schon leicht genervt. „Ich reite auch gleich mit Adesso aus – einmal rund um die Insel. Das wird uns guttun."

„Jetzt gleich?", fragte Michel verdutzt. „Aber wir haben bald Training."

„Na und?", antwortete Mila trotzig. „Für Adesso und mich ist ein gemeinsamer Ausritt heute besser."

Michel runzelte die Stirn. „So, Mila, was jetzt kommt, wird dir nicht gefallen, aber –"

„Ach, sei still", unterbrach Mila ihn. Rasch griff sie nach Kamm und Striegel und verließ aufgebracht Vanillas Box.

„Mila, einer muss es dir sagen. Du kannst nicht so sein wie Yasmin."

„Und warum nicht?", brauste Mila auf. Sie spürte, wie ihre Wangen heiß wurden.

„Weil du ein ganz anderer Mensch bist als Yasmin", gab Michel zurück.

„Aber ich kann so werden", zischte Mila. „Yasmin lässt auch total oft das Training sausen. Keiner meckert deswegen und außerdem ist sie trotzdem einigermaßen gut. So, dass es reicht. Das kann ich auch. Warum sollte ich mich mehr anstrengen als nötig?"

Michel sah sie fassungslos an. Dann legte er ihr die Hände auf die Schultern. „Wo ist denn die Mila hin, die ich kenne? Die sich um andere sorgt? Um Menschen und um Tiere? Du bist doch eigentlich gar nicht so oberflächlich!"

Mila schüttelte seine Hände ab. „Was glaubst du denn, wer du bist?", schrie sie.

„Ein Freund", antwortete Michel ruhig. „Ein richtig guter Freund. Mila, ich freue mich, wenn du dich mit Yasmin gut verstehst. Sie bringt dich zum Lachen, das ist gut. Aber deshalb musst du doch keine Kopie von ihr werden. Yasmin ist alles egal. Und wenn du sie mal brauchst, hat sie vermutlich gerade etwas Besseres zu tun. Deine alten Freunde aber sind für dich da."

„Sind sie das, ja?", fragte Mila kühl. „Wo ist denn Charly? Meine sogenannte beste Freundin? Kein Lebenszeichen von ihr! Was soll denn das? So stell ich mir keine Freunde vor!“

Sie wandte sich ab und ging davon. Doch so gut, wie sie erwartet hatte, fühlte es sich nicht an, diesen Streit gewonnen zu haben.

Aufgrund von Michels Schimpftirade absolvierte Mila doch noch das Training, bei dem Yasmin tatsächlich nicht auftauchte, und ging danach in ihr Zimmer. Dort entfernte sie als Erstes das Rot von den Fingernägeln. Das passte wirklich nicht zu ihr. Anschließend hockte sie noch eine Zeit lang in ihrem Zimmer, ohne etwas Richtiges zu machen. Irgendwann musste sie sich eingestehen, dass sie hoffte, Yasmin würde sie suchen. Dann hätte Michel nicht recht. Aber Yasmin tauchte nicht auf.

Schließlich ging Mila enttäuscht zu Frau Käthe.

Die Köchin entfernte gerade die grünen Strünke von drei Blumenkohlköpfen.

„Hey“, begrüßte sie Mila. „Gut, dass du kommst.“ Sie hielt inne und betrachtete Mila kurz. „Na, da hat wohl jemand Kummer, wie? Komm, Mädchen, da hilft Arbeit am besten.“ Sie gab Mila eine kleine Aufgabe nach der anderen. Sie zerteilten und kochten den Kohl und trugen Kakaopulver, Honig und andere Zutaten zusammen.

Irgendwann fiel Mila etwas auf. „Frau Käthe, was machen wir hier eigentlich? Kakao und Kohl? Wird das eine Schokosoße zum Gemüse?“

Frau Käthe lächelte verschmitzt. „Erinnerst du dich noch, dass du mir neulich diese Seiten im Internet aufgeschrieben hast?"

Mila blickte erstaunt auf. Die hatte Frau Käthe sich tatsächlich angesehen?

„Ich habe viel dort gelesen", erklärte Frau Käthe. „Da gibt es tolle neue Ideen. Zwei Jungs haben aus Blumenkohl Schokoladenmus gemacht. Das probieren wir jetzt."

Mila starrte ungläubig auf den gekochten Kohl.

„Schokomus?", wiederholte sie skeptisch.

Die Köchin war mit Feuereifer bei der Sache. Sie holte ihren großen Mixer und gab alles hinein. Deckel drauf, anschalten. Die Messer ratzelten alles klitzeklein und bald sah die Menge im Mixer tatsächlich aus wie Schokoladenmus.

„Ich bin sehr gespannt", meinte Mila.

Sie probierten.

„Ähm", machte Mila. Irgendwie schmeckte es nach gar nichts.

Frau Käthe grübelte. „Vermutlich liegt es an der Wärme. Schokomus isst man ja kalt. Ich werde es in eine Schüssel füllen. Dann haben wir Nachtisch für das Abendessen. Wir verraten den anderen nichts, ja?"

Mila war einverstanden. Sie half Frau Käthe noch beim Umfüllen und Aufräumen, dann kehrte sie in ihr Zimmer zurück.

Vielleicht lag ja irgendwo ein Zettel von Yasmin?

Nein, Fehlanzeige.

Mila ging zu Franzi und klopfte zaghaft.

„Herein", rief Franzi. Sie war offensichtlich überrascht von Milas Besuch. „Du?"

„Ja, hey", murmelte Mila. Es war ihr peinlich, dass sie sich in den letzten Tagen für niemanden mehr Zeit genommen hatte. Zum Glück war Yasmin nicht da.

„Schön", freute sich Franzi und klopfte neben sich auf die Bettdecke. „Komm, ich häkele gerade."

Mila musste lachen. Die Wolle, aus der Franzi etwas häkelte, war schwarz!

„Was wird das denn?", fragte sie.

„Ein Schal", sagte Franzi. „Vielleicht kann ich ihn irgendwann mal Luke geben." Sie hob abwehrend die Hände. „Ich weiß, ich sollte nicht, damit er keine Schwierigkeiten kriegt und so. Aber ein Schal als Jahresabschiedsgeschenk ist ja wohl nichts Schlimmes, oder?"

Mila schüttelte schnell den Kopf. „Hm, Franzi, können wir die Musik eine Weile ausmachen? Ich bin schon deprimiert genug."

Franzi grinste. „Ja klar, kein Problem." Sie selbst schien die düstere Musik eher zu beruhigen. „Dann erzähl mal von deinen trüben Gedanken. Darüber reden hilft doch immer, nicht wahr?"

Also erzählte Mila. Von Charly und ihrer Enttäuschung, von Jans verletzender Bemerkung, von Yasmin und dem Streit mit Michel, vom geschwänzten Unterricht. Nach einer Stunde war alles raus und Mila ging es tatsächlich viel besser. Franzi war eine tolle Zuhörerin.

Jetzt lächelte sie Mila an.

„Ist echt alles blöd gerade, hm?“ Sie strich ihr über den Rücken.

Mila nickte. Und auf einmal musste sie lachen. Es war wie beim Spiel „Armer schwarzer Kater“: Wer konnte am trübsten aus der Wäsche gucken? Das hatte sie aber so was von gewonnen! Mila lachte immer weiter, Franzi stimmte mit ein.

Schließlich japste Mila: „Ich habe Hunger. Warte mal, ich hol uns was.“ Sie sprang auf und rannte zur Küche. Frau Käthe war nicht da. Sie nahm eine kleine Schüssel mit Schokomus und zwei Teelöffel und flitzte zurück ins Zimmer.

„Hier“, sagte sie und öffnete den Plastikdeckel.

„Uh“, machte Franzi und lehnte sich zurück.

Auch Mila zog die Nase kraus. Das Zeug stank grausig nach kaltem Kohl.

Zögernd steckten beide den Löffel hinein – nur mit der Spitze – und leckten ihn ab.

„Iih“, quiekte Franzi los. „Was ist denn das Furchtbares? Willst du mich vergiften?“

Mila verschluckte sich. Sie hustete und spuckte und lachte dazwischen. „Ach du dickes Ei“, keuchte sie. „Frau Käthe wird nie wieder etwas aus dem Internet ausprobieren!“

Und dann rannten sie in die Küche, um das restliche Schokomus zu vernichten, bevor noch jemand anderes auf die Idee kam, es zu probieren!

Charlys Geheimnis

Mila kümmerte sich nun wieder mehr um Adesso. Gleich am nächsten Nachmittag ritt sie mit ihm an den Strand. Sie galoppierten durch die flachen Wellen und Mila juchzte vor Freude. Die Sonne schien und es war ziemlich warm. Mila spürte förmlich, wie Adesso die frische Dusche genoss. Es tat so gut, mit ihm zusammen zu sein. Wie hatte sie das nur vergessen können?

Mila lachte erleichtert auf. Alles würde wieder gut werden, ganz bestimmt. Gewiss kam Charly bald zurück und dann würde alles beim Alten sein. Mila klopfte Adesso liebevoll den Hals. Plötzlich stutzte sie. Ein ganzes Stück vor ihr lief jemand am Strand entlang – war das nicht …

„Charly", flüsterte Mila fassungslos. Halluzinierte sie jetzt schon? Charly war doch gar nicht auf der Insel!

Die Person bog ab in Richtung Dünen.

Langsam, sehr langsam ritt Mila weiter. Sie wusste nicht, ob sie ihr folgen sollte oder nicht – bestimmt war es gar nicht Charly. Das war unmöglich …

Und doch konnte Mila nicht anders, als der Person zu folgen. Sie ging jetzt den Holzweg entlang, der zum Isländerhof führte.

Also nur ein Feriengast, dachte Mila. Sie war richtig erleichtert. Und dennoch ritt sie wie ferngesteuert weiter, den Strand entlang, zu den Dünen, den Weg hinauf. Immer weiter, bis sie den Hof vor sich sehen konnte. Hinter einem Heckenrosenbusch hielt sie an und saß ab. Sie fühlte sich wie eine Spionin, während sie den Hof so beobachtete. Es gab keinen Zweifel mehr: die Bewegungen, der Gang – das war Charly. Mila fühlte sich ganz wackelig in den Knien. Wie konnte das sein? Ob Charly irgendwo auf der Insel wohnte und dachte, sie könnte nach so vielen Tagen mal Jan einen Besuch abstatten? Aber warum nicht ihr, Mila?

Da kam Jan aus dem Haus. Er lächelte und sagte irgendetwas zu Charly. Er wirkte überhaupt nicht erstaunt, sie zu sehen. Gemeinsam gingen beide ins Haus.

Mila blieb entsetzt zurück.

Es dauerte einen Moment, bis Mila sich aus ihrer Lähmung lösen konnte. Sie stieg auf und ritt zurück zum Internat. Ihre Gedanken wirbelten durcheinander.

Konnte das sein? War es möglich, dass Charly bei

Anna auf dem Hof wohnte? Waren das die Bekannten, bei denen sie Unterschlupf gesucht hatte? War sie die ganze Zeit hier auf der Insel gewesen?

Sie hatte Mila nicht angerufen. Sie hatte nicht Bescheid gesagt. Mila war ihr völlig egal.

Dann kam Mila der nächste Gedanke und ihr wurde ganz schwindelig: Jan hatte sie belogen. Die ganze Zeit. Deshalb hatte er neulich so rumgedruckst, als sie ihn besuchen wollte.

Alle lügen mich an, dachte Mila entsetzt. Sogar Frau Steinbach, denn die wusste bestimmt davon.

Der Rückweg kam Mila endlos vor. Kurz vorm Internat überlegte sie, ob sie nicht auch abhauen sollte – ab auf die Fähre und zu Aurelie, ihrer liebsten Beinahe-Tante. Doch dann entschied sie sich zu bleiben. Fürs Abhauen hatte sie gar keine Kraft, sie fühlte sich wie ein Ballon, aus dem jemand die Luft rausgelassen hatte.

Sie führte Adesso in den Stall und begann, ihn zu striegeln. Dabei kuschelte sie zwischendurch innig mit ihm und vergoss ein paar Tränen in seine Mähne. Als sie fertig war, schloss sie die Box und räumte sorgfältig wieder auf. Dann ging sie mit entschlossenen Schritten zum Stallbüro. Sie hatte Glück: Michel saß darin und machte Hausaufgaben.

„Hallo, Mila“, sagte er konzentriert. Dann blickte er hoch und sprang erschrocken auf. „Mila, was ist los?“

„Hast du es gewusst?“, fragte Mila tonlos.

„Was? Dass Charly eine Prinzessin ist?“ Michel schob Mila auf einen Stuhl.

„Nein, dass sie hier ist.“

„Sie ist wieder da? Seit wann?“

Er sah ehrlich überrascht aus. Mila begann zu weinen. Michel zog einen zweiten Stuhl heran und nahm sie in den Arm.

„Schsch, alles wird gut“, murmelte er.

Mila legte ihren Kopf gegen seine Schulter. Allmählich beruhigten sich ihre wirren Gedanken. Michels Nähe tat gut. Er schaffte es immer, dass Mila sich wohlfühlte.

„Sie ist auf der Insel. Ich habe sie gesehen. Und es scheint, als würde sie auf dem Isländerhof wohnen.“

„Das kann nicht sein“, sagte Michel. „Das hätte Jan dir doch erzählt.“

„Nein, ich fürchte, er hat es für sich behalten.“ Mila hörte ihre eigene Stimme kaum, so leise sagte sie es.

Michel richtete sich auf. „Ich frag ihn.“

„Nein!“ Mila griff nach seinem Arm. „Bitte. Ich … ich will nicht …“ Sie zuckte hilflos mit den Schultern. „Ich möchte warten. Irgendwann sagt Charly es mir bestimmt selbst. Sie kann ja nicht ewig dortbleiben.“

Michel runzelte zwar die Stirn, aber er nickte. „Wie du willst.“

Mila schwieg. Sie mochte nicht zugeben, dass sie vor allem hoffte, dass Jan ihr die Wahrheit sagen würde …

Mila war hundeelend zumute. Den ganzen Abend verbrachte sie in ihrem Zimmer, um möglichst weder Yasmin noch einem ihrer mitfühlenden Freunde über den Weg zu laufen. Man sah ihr das Elend sicher an und Mila mochte nun wirklich mit keinem mehr darüber sprechen. Nele war zum Glück mit Lernen beschäftigt und hatte daher keine Augen für Mila.

Am nächsten Morgen duschte Mila heiß und lange und schlich schließlich mit ungutem Gefühl in den Speisesaal. Erstaunt bemerkte sie, dass niemand sie ansprach, und setzte sich dann erleichtert auf ihren Stuhl. War ja eigentlich auch kein Wunder, schließlich wusste niemand außer Michel von ihrer Entdeckung. Die anderen plapperten munter durcheinander und das half Mila, sich ein bisschen abzulenken. Yasmin war unbefangen und nett wie immer. Ihre Scherze brachten Mila zum Lächeln. Vielleicht war es doch ganz gut, oberflächlich und fröhlich zu sein? Mila beschloss, dem auf jeden Fall nachzueifern, egal, was Michel davon hielt.

Doch in der Schule fiel ihr das Fröhlichsein sehr schwer – saß Jan doch in Sichtweite. Und auch, wenn Mila es tatsächlich geschafft hatte, ihn die ganze Zeit nicht anzusehen und nicht zu begrüßen, war ihr klar, dass sie früher oder später doch ein Wort mit ihm wechseln musste. Konzentriert ließ sie sich durch die Geschichtsstunde ablenken – doch gleich im Anschluss daran kam Jan zu ihr herüber.

„Guten Morgen, Mila", sagte er freundlich.

Mila war schlecht im Schauspielern, wenn es ihre Freunde betraf. Sie lächelte halbherzig und nickte ihm zu.

„Alles in Ordnung mit dir?", fragte Jan besorgt und legte ihr die Hand auf die Schulter.

„Hmm", machte Mila nur. Wie konnte er so rumlügen? Eine kleine wütende Flamme zündete plötzlich in ihrem Magen. Sie würde ihn *niemals* so belügen.

„Kann ich dir irgendetwas holen? Etwas zu essen? Oder zu trinken?"

Das Wutflämmchen schoss in die Höhe.

„Nein, höchstens … kannst du dir nicht denken, was los ist?", brach es aus Mila heraus.

Jan zuckte zurück. Er betrachtete sie mit einem prüfenden Blick.

„Nein, sag es mir", forderte er.

Doch Mila drehte sich weg.

Es tat ihr körperlich weh, als Jan ohne ein weiteres Wort davonging.

Mila stand eine Weile wie betäubt herum, dann beschloss sie, Yasmin zu suchen. Die würde sie aufheitern.

Sie fand sie – bei Jan. Mit blitzenden Augen erzählte Yasmin ihm irgendetwas und Jan brach in Lachen aus. Mila sackte ein Stück weiter in sich zusammen. Musste sie jetzt auch noch eifersüchtig sein?

Mila hangelte sich niedergeschlagen durch den restlichen Unterricht und vermied es, mit jemandem zu reden. In der nächsten großen Pause hockte sie sich neben Jakob auf eine Bank. Der war genauso trübsinnig wie sie und würde sicher nicht viele Fragen stellen. Sie beobachteten stumm die anderen Schüler, bis Jakob das Schweigen plötzlich brach.

„Blöd, wenn man sich im Stich gelassen fühlt, oder?"

Mila starrte weiter vor sich hin.

„Und wie", murmelte sie. Dann ging ihr auf, dass Jakob das auch auf sich bezogen hatte – vermutlich wegen seines Bruders?

„Ich fühle mich so allein ohne Mark", bestätigte Jakob ihre Gedanken. „Es kommt mir vor, als hätte er mich betrogen. Dabei ging es allein um ihn. Er hat nur noch sich selbst gesehen. Er wollte mir nicht wehtun." Jakob beugte sich vor und stützte die Arme auf die Knie. „Weißt du, ich denke, Mark hatte einen Tunnelblick. Er hatte nur noch sein Problem vor Augen und alles andere ausgeblendet – sogar das Pferd. Er wollte das nicht …" Nun wandte er ihr den Kopf zu. „Nicht, dass ich wüsste, was in deinem Kopf vor sich geht …" Er lächelte. „Aber du hast die Wahl,

Mila. Man hat immer die Wahl. Du kannst den wütenden Weg weitergehen oder du biegst ab und lernst zu verzeihen. Es ist der Stolz, der uns daran hindert, glücklich zu werden."

Jakob stand auf und ging. Einfach so.

Mila sah ihm gedankenverloren nach. So lange und so ernst hatte Jakob noch nie mit ihr geredet. Und hatte er jetzt mehr von sich selbst gesprochen oder von ihr? Irgendwie passte es auf sie beide … Brauchte Mila Charly nur zu verzeihen? Und Jan? Wem half es eigentlich, wenn sie so wütend war? Ihr selbst jedenfalls nicht … Mit all diesen schwerwiegenden Gedanken lief Mila zurück in den Unterricht. Aufpassen konnte sie heute nicht mehr, aber es lag immerhin nur noch eine Stunde vor ihr.

Nach der Schule steuerte Mila nicht wie die anderen sofort den Speisesaal an, sondern lief in den Stall. Michel folgte ihr.

Er holte auf und sagte: „Ich habe mir schon gedacht, dass du kein Mittagessen in der großen Runde willst. Mein Vater hat gestern Linseneintopf gekocht und es ist noch jede Menge davon übrig. Er isst im Büro – kommst du mit?"

Dankbar folgte Mila ihm. Herr Gründgen würde nicht viel fragen, da war sie sicher.

Tatsächlich aßen sie die Suppe schweigend. Sie war schön deftig und heiß. Genau das, was Mila jetzt brauchte.

„Die schmeckt hervorragend", lobte sie Michels Vater.

Er lächelte. „Suppe weckt die Lebensgeister."

Mila nickte. So war Herr Gründgen. Keine Fragen, aber ein weiser Satz. Wie angenehm.

Nach dem Essen fühlte Mila sich ruhiger und konnte auch gelassener in das Training gehen. Tamara übte an diesem Tag mit Mila, Michel und ein paar Schülern anderer Klassen an sehr konkreten Schwächen, die sie alle gemeinsam hatten: verfrühter Absprung vor dem Hindernis, Haltung und Tempo. Es gefiel Mila, an solchen Details zu arbeiten, vor allem, wenn alle dasselbe trainierten – so konnte man sich mal ganz auf eine Sache konzentrieren. Prompt zeigte sich das auch in ihrer Leistung: Es gelangen ihr viel mehr gute Sprünge als sonst.

„Super, Mila", lobte Tamara. „Du machst gute Fortschritte. Achte noch genauer auf den Absprungzeitpunkt. Die Bascule muss stimmen, wir wollen Adessos Rücken ja nicht unnötig belasten."

Mila wusste, was Tamara meinte, und sie würde beim nächsten Sprung noch besser darauf achten. Sie ließ entspannt die Schultern sinken. Wenigstens das Reiten hatte sie wieder gut im Griff. Wenn auch sonst alles auseinanderfiel …

Nun war Michel an der Reihe. Auch er verbesserte sich täglich und Mila machte es Spaß, mit ihm zu wetteifern, wer im Training mehr glänzte.

„Blick nach vorn“, rief Tamara Michel zu. „Sehr gut.“

Mila lächelte. Das lief prima. So würden sie die Prüfung übermorgen locker bestehen.

Als das Training vorbei war, führte Michel Pferdinand neben Mila und Adesso her.

„Meinst du, wir packen den Test?“, fragte Michel.

„Auf jeden Fall“, war sich Mila sicher. „Du und Pferdinand, ihr seid echt ein super Team.“

Michel tätschelte Pferdinands Hals. „Ja, er ist ein toller Bursche.“

Mila nickte. Wie gut, dass sie heute aus ihrer Klasse nur mit Michel Training gehabt hatte. Er war gerade der Einzige, bei dem Mila sich gar keine Gedanken um irgendetwas machen musste.

„Unglaublich, dass in einer Woche schon die großen Ferien anfangen“, sagte Michel jetzt.

„Ja, finde ich auch“, brummelte Mila. Sie würde eine Woche zu Aurelie aufs Festland fahren, aber den Rest der Zeit vermutlich im Internat bleiben. Schließlich konnten ihre Eltern nicht schon wieder aus Kenia anreisen. „Bleiben eigentlich noch andere Schüler hier außer dir und mir?“ Mila bemühte sich, die Frage unbeschwert klingen zu lassen, aber Michel erriet ihre Gedanken.

„Keine Sorge, Ferien hier sind prima“, versicherte er. „Du kannst reiten, wann du willst, an den Strand, wann du willst …“ Er lachte. „Wir könnten auch einen Tourenritt mit Zelten machen oder so, was meinst du?“

Mila strahlte. „Wirklich?“

„Klar, letztes Jahr war ich mit Papa unterwegs an der Küste. Das war aufregend!“

Mila atmete tief durch. Egal, wie es in den nächsten drei Tagen mit der Prüfung, Charly und mit Jan laufen würde – danach würde sie jedenfalls eine schöne Zeit haben. Das tröstete sie ungemein.

Anziehungskräfte

Mila striegelte, säuberte und verwöhnte Adesso in aller Ruhe. Als sie danach aus dem Stall kam, konnte sie eine seltsame Szene beobachten: Tini und Renate stritten miteinander. Natürlich nicht mit Worten, aber Renate hatte irgendetwas Rosa-Plüschiges im Maul, an dem Tini wie wild herumzerrte.

„Tini, was machst du denn da?", fragte Mila sie amüsiert.

Ihre Cousine drehte sich mit hochrotem Kopf zu ihr um. „Dieses freche Pony will mir nicht das Einhorn zurückgeben – aargh!"

Genau in diesem Moment gab Renate nach und öffnete das Maul. Tini wankte rückwärts und fiel dann unsanft auf ihren Po. Mila half ihr hoch. Sie konnte sich das Lachen kaum verkneifen.

„Alles gut?", fragte sie glucksend.

„Ja, lach nur", erwiderte Tini. „Gleich wirst du Tränen der Rührung vergießen. Wir üben nämlich für ein Theaterstück."

„Ach, natürlich", sagte Mila. „Was auch sonst."

„Vielleicht errätst du es ja", meinte Tini aufgeregt. „Schau genau hin."

Sie führte Renate an die Seite und befahl: „Bleib stehen!" Dann entfernte sie sich ein Stück und rief laut: „Es geht los!"

Langsam näherte Tini sich Mila, das Plüschtier hielt sie hinter ihrem Rücken versteckt. Dabei plauderte sie vor sich hin: „Weißt du, ich bringe dich zur Schule. Dort kannst du mehr darüber lernen, was die Gefahren sind. Du weißt ja, dass du niemals …" Sie ließ das Einhorn fallen und lief plappernd weiter.

Als das Kuscheltier zu Boden fiel, trabte Renate los.

„Nein, Renate, noch nicht", schimpfte Tini. Sie versuchte, das Einhorn zu greifen, aber Renate war schneller. „Jetzt nicht", meckerte Tini. „Wir müssen doch erst danach suchen, sonst macht es keinen Sinn!"

Mila lachte los. „Die Stelle hatten wir eben schon", rief sie.

Tini musste mitlachen. „Hast du es denn erkannt?"

Mila schüttelte den Kopf. „Keine Ahnung."

„Na, das ist *Findet Nemo,* ist doch klar", rief Tini leicht beleidigt.

Mila schlug sich vor die Stirn. „Natürlich", rief sie. „Deshalb auch neulich das mit dem Blubbern!"

Tini klatschte in die Hände. „Genau!“ Dann sah sie stirnrunzelnd zu Renate. „Nur du hast es noch nicht richtig kapiert.“

Das Pony hielt seelenruhig sein Einhorn im Maul. Es sah sehr zufrieden aus. Mila wünschte, sie könnte auch wieder so zufrieden sein.

Da kam Tante Caro quer über den Hof auf sie zu. Sie war Tinis Mutter und suchte offenbar nach ihrer Tochter.

„Tini, wo bleibst du denn?“, rief sie verärgert.

Tini machte ein schuldbewusstes Gesicht.

„Was ist denn los?“, fragte eine dunkle Stimme hinter Mila.

„Steffen, hallo, äh …“ Tante Caro wurde rot und fuhr sich hektisch durch die Haare.

Mila sah verwirrt von einem zum anderen. Was passierte denn hier gerade?

„Kann ich helfen?“, fragte Herr Gründgen.

Tante Caro lächelte. „Ja, es wäre total lieb, wenn du dich um Renate kümmern könntest, ich muss nämlich mit Tini zum Arzt. Sie muss geimpft werden.“

„Nein!“, rief Tini laut und verschränkte die Arme. Mila grinste. Ihre Cousine sagte immer sehr deutlich, was sie wollte und was nicht.

„Tini, das muss aber sein“, jammerte Caro und schielte auf ihre Armbanduhr.

Herr Gründgen beugte sich vor. „Tini, du willst

doch nicht, dass Renate nächstes Mal einen Aufstand macht, wenn der Tierarzt kommt, oder?"

Tini sah ihn mit großen Augen an und schüttelte den Kopf.

„Dann musst du jetzt lächeln und mitgehen. Du weißt doch, wie feinfühlig Pferde sind. Und Renate ist auch noch sehr klug. Gewiss merkt sie, dass du nicht zum Arzt willst. Und beim nächsten Tierarztbesuch weigert sie sich dann womöglich auch."

Tini schwieg. Mila konnte sehen, wie es in ihrem kleinen Kopf ratterte. Dann nickte sie ernst. „Ärzte sind etwas Gutes. Sie helfen uns", verkündete sie laut und streichelte Renate. Sie gab ihr ein Küsschen auf die Ponyschnute und ging erhobenen Hauptes mit ihrer Mutter davon.

Mila sah Herrn Gründgen bewundernd an. „Sie sind ja ein Zauberer", sagte sie und fügte misstrauisch hinzu: „Manipulieren Sie mich und die anderen auch so?"

Herr Gründgen lachte schallend. „Ganz selten, Mila, ganz, ganz selten."

„Meine Tante scheinen Sie auch irgendwie verzaubert zu haben", überlegte Mila laut. „Die war ganz flatterig."

Herr Gründgen sah sie einen winzigen Moment lang erstaunt an, dann meinte er: „Sie hatte es doch so eilig."

Mila nickte. Das stimmte.

Nach ihrem Treffen mit Tini machte Mila sich auf die Suche nach Yasmin. Sie hatte keine Hausaufgaben auf und musste auch sonst gerade nichts erledigen, also könnten sie doch zusammen etwas unternehmen! Sie fand sie im Gemeinschaftsraum. Yasmin blätterte in den Zeitungen herum, die dort immer lagen. Als Mila ihr vorschlug, auf ein Eis in den Ort zu fahren, war sie sofort dabei. „Klar komm ich mit", sagte sie begeistert und ging zur Tür.

„Willst du nicht erst aufräumen?", fragte Mila und deutete auf das Zeitschriftenchaos, das Yasmin im Raum angerichtet hatte.

„Ach, das macht schon irgendjemand, ist doch egal", fand Yasmin und lief in den Flur. „Ich zieh mir rasch andere Schuhe an!"

Weg war sie.

Mila räumte die Zeitschriften ordentlich zusammen. Solange immer irgendjemand Yasmins Kram erledigte, kam sie prima damit durch. Mila hielt inne. Vielleicht war genau das Yasmins Masche. Einfach warten, bis andere ihre Arbeit machten. Mila schüttelte genervt den Kopf. Nein, das gefiel ihr nicht, so wollte sie auf keinen Fall sein.

Auf dem Weg zu ihren Fahrrädern trafen Mila und Yasmin auf Franzi und Isa.

„Kommt ihr mit Eis essen?", wollte Mila wissen.

„Na klar", riefen die beiden begeistert.

So fuhren sie zu viert ins Dorf und hockten sich

mit ihren Eiswaffeln an den Brunnen. Sie zogen die Schuhe aus und badeten ihre Füße im kühlen Wasser.

„Das ist schon fast wie Ferien", fand Mila.

Franzi beugte sich ein Stück vor und fragte Yasmin: „Hast du dich eigentlich gut eingelebt? Wie findest du es denn so im Internat?"

„Prima", antwortete Yasmin.

„Und darf man fragen, warum du so plötzlich gekommen bist?", wollte Franzi wissen.

Yasmin bemühte sich, geschmolzene Schokolade von ihren Fingern zu lecken, und antwortete deshalb nicht sofort.

Mila beobachtete sie. War Yasmin tatsächlich mal etwas unangenehm? Überlegte sie sich gerade eine Ausrede?

Aber als die Schokolade entfernt war, erzählte Yasmin frei heraus: „Klar darf man fragen. Ich war in einer Clique, die meine Eltern nicht so toll fanden. Und als wir uns alle ein Piercing machen ließen, sind sie total ausgeflippt. Ihr wisst ja, wie das ist."

Franzi und Isa machten große Augen. Mila auch – aber aus einem anderen Grund. Bei ihr hatte Yasmin neulich noch so geheimnisvoll getan und jetzt erzählte sie jedem davon? Mila seufzte. Sie verstand Yasmin einfach nicht.

Franzi und Isa sprudelten los: „Wo denn? Tat das

weh? Hast du's noch? Was haben denn deine Freunde gesagt, als du weg bist?"

Mila hörte kaum zu, was Yasmin erzählte. Sie schloss die Augen und lauschte auf das Plätschern des Brunnens – bis plötzlich der Name Jan fiel. Sie horchte auf.

„... der kann da auf jeden Fall mithalten. Eigentlich ist er sogar noch süßer als Benni, mit dem ich vorher zusammen war." Auf Yasmins Gesicht prangte ein breites Lächeln.

Franzi räusperte sich. „Ähm, Yasmin – du weißt schon, dass Jan mit Mila zusammen ist?"

Yasmin zuckte mit den Schultern. „Na, in den letzten Tagen habe ich in der Schule viel Zeit mit ihm verbracht. Er hat nicht *ein* Mal nach Mila gefragt. Ist doch auch egal. Heute der, morgen der. Wenn Jan jetzt mit mir flirtet, kann Mila ja Carsten nehmen. Der ist auch süß. Ist doch kein Problem, oder, Mila?"

Mila war erstarrt. Zuerst dachte sie, Yasmin hätte gescherzt, aber nun wurde ihr klar, dass es ihr absoluter Ernst war. Sie stand auf und öffnete den Mund – schloss ihn dann jedoch wieder. Sie stieg aus dem Brunnen und zog ihre Schuhe an.

Yasmin stand ebenfalls auf. „Ja, lasst uns heimradeln."

„Ich muss noch in den Laden", murmelte Mila. Sie wollte unbedingt sofort weg von Yasmin.

Franzi und Isa waren inzwischen auch aus dem

Brunnen gestiegen. Sie standen mit verschränkten Armen vor Mila und blickten Yasmin kühl an. „Wir bleiben bei Mila."

„Aber Mila kann allein heimradeln, sie ist alt genug", wunderte sich Yasmin. Doch offenbar spürte sogar sie die abgekühlte Stimmung, denn sie sagte: „Nix für ungut, Mila. So ist das Leben." Dann nahm sie ihre Tasche, pfiff irgendeinen blöden Radiosong und ging zu ihrem Rad.

„Ich platze gleich", zischte Franzi. „Die hat sie doch nicht mehr alle."

Auch Isa sah ihr zornig hinterher. „Sollen wir sie verkloppen, Mila?"

Mila lächelte. „Nein danke. Ach, ihr seid prima. Vielleicht hat sie ja recht."

„Niemals", schimpfte Franzi. „Die hat nicht alle Brillen am Lager. Echt. Heute der, morgen der. Das hab ich ja noch nie gehört."

Sie setzten sich wieder auf den Brunnenrand und schwiegen eine Zeit lang.

„Noch ein Eis?", fragte Isa schließlich zaghaft.

„Nein", sagte Mila. „Danke, einfach heim, denke ich."

Während sie ihre Räder aufschlossen, begann Franzi zögernd: „Du, Mila, sag, wenn du nicht antworten willst, aber – möchtest du uns vielleicht erzählen, warum du Jan aus dem Weg gehst? Wir haben das nämlich auch schon bemerkt."

Mila sah sie überrascht an. „Ist das so offensichtlich?“

Franzi und Isa nickten gleichzeitig.

Mila stöhnte. „Ich hasse es, wenn die Welt kompliziert ist!“

Auf dem Nachhauseweg erzählte sie den beiden alles. Wie erwartet, waren auch sie sehr erstaunt, verwirrt und empört.

„Wie können die uns alle nur so anlügen?“, regte Isa sich auf.

Doch Franzi schlug vermittelnde Töne an. „Ich weiß, wie es ist, anders zu sein als alle anderen“, sagte sie. „Vermutlich sorgt Charly sich nicht nur, dass mehr Neugierige und Zeitungsfritzen kommen, sobald ihr Geheimnis gelüftet ist, sondern sie fürchtet bestimmt auch, dass *wir* sauer auf sie sind.“

„Sind wir auch“, zickte Isa beleidigt.

„Mit jedem Tag, den sie dort hockt, wird die Angst größer“, vermutete Franzi. „Sie manövriert sich selbst in ein immer größeres Drama rein.“

Mila hörte gebannt zu. So hatte sie es noch gar nicht gesehen. Sie hatte bisher stets gedacht, dass Charly ihr als Freundin alles hätte sagen müssen. Aber natürlich hatte Charly noch viel mehr Sorgen. Sorgen, die auch Mila nicht lösen konnte.

Franzi fuhr dicht an Mila heran. „Und Jan würde nie etwas verraten, wenn Charly ihn darum gebeten hat. Eigentlich macht ihn das zum Helden, oder?“

Mila kicherte. Das Wort „Held“ fiel ihr dabei nun wirklich nicht ein. Sie kicherte so sehr, dass ihr Rad anfing zu schlingern. Sie touchierte Franzis Lenker, die erschrocken aufquiekte und geradewegs in den flachen Straßengraben fuhr. Mila selbst rutschte nur seitlich weg und sprang gerade noch rechtzeitig vom Rad ab.

„Alles klar, Franzi?“, fragte sie erschrocken – musste dabei aber gleich wieder loswiehern, weil Franzi mit weit aufgerissenen Augen noch immer auf dem Rad saß – allerdings mitten im Graben.

Auch Isa hatte angehalten und stand lachend vor Franzi. „Komm … doch endlich da raus“, quetschte sie zwischen zwei Anfällen hervor.

Endlich fing auch Franzi an zu grinsen. Mit Isas Hilfe kletterte sie aus dem Graben und zog ihr Fahrrad heraus.

Mila begutachtete ihr Knie, das nach ihrem Absprung vom Rad etwas aufgeschrammt war.

Franzis helle Ballerinas waren mit grünbraunem Matsch eingeschlammt. „Neueste Mode“, fand sie.

„Sorry“, sagte Mila zerknirscht. „Ich besorg dir neue.“

„Ach was, die kann man sicher wieder hinkriegen“, beteuerte Franzi. „Halb so wild.“

Auf einmal überkam Mila eine unglaubliche Erleichterung darüber, so gute Freundinnen um sich zu haben. Sie fiel Franzi um den Hals. „Danke!“, flüsterte sie und umarmte dann auch Isa. „Ihr seid so lieb."

Die beiden lächelten sie aufmunternd an. „Wird schon wieder", meinte Isa. „Du sprichst Jan einfach darauf an. Dann klärt sich alles."

Ja, das nahm Mila sich fest vor.

Doch dann kam es anders.

Jetzt reicht's!

Am nächsten Tag blieb Jans Platz im Klassenraum leer. Yasmins auch.

In Mila brodelte es augenblicklich. Jetzt stiftete Yasmin auch schon Jan zum Schwänzen an!

„Wahrscheinlich ist Jan krank“, beschwichtigte Franzi sie.

„Ja, und Yasmin liegt sicher mit Kopfweh in ihrem Zimmer“, meinte Isa.

„Tut sie das?“ Mila wandte sich fragend an Franzi.

Die wurde rot und schüttelte den Kopf. „Nein, sie ist mit mir aufgestanden. Und beim Frühstück war sie doch auch“, sagte sie und stieß Isa mahnend den Ellbogen in die Seite.

„Ach, stimmt“, erinnerte sich Isa. „Trotzdem. Wir wissen nicht, was los ist. Also mach dir keinen Kopf, Mila.“

Isa hatte recht. Aber natürlich drehten die Gedanken dennoch diverse Saltos in Milas Kopf.

Beim Mittagessen tauchte Yasmin nicht auf und

auch zur Reitstunde in der Halle kam sie nicht pünktlich. Mila fühlte sich wie ein Vulkan, der kurz vor dem Ausbruch war. Adesso spürte ihre Anspannung und tänzelte nervös.

„Mila, bitte spring nur über den Oxer, die Mauer und den vorderen Steilsprung, also nur die äußeren Hindernisse, dafür zwei Runden", rief Tamara.

Mila trabte an. Sie richtete den Blick auf das erste Hindernis – und sah aus dem Augenwinkel jemanden in die Halle kommen. Es war Jan! Und – war etwa Charly bei ihm? Mila blickte zur Seite und Adesso bremste ab. Mist. Mila konzentrierte sich wieder auf das Training. Sie ritt eine Kurve, sodass sie ungehindert einen Blick auf den Halleneingang werfen konnte – das war gar nicht Charly, sondern Yasmin! Also waren sie doch zusammen weg gewesen! Mila schoss die Wut heiß in den Kopf. Sie spürte, wie ihr Gesicht rot vor Zorn wurde. Sie straffte die Zügel und steuerte das erste Hindernis an: den Steilsprung. Oder hatte sie erst den Oxer nehmen sollen? Aber Adesso sprang bereits ab und wäre durch ihre Unsicherheit beim Aufsetzen beinahe gestolpert.

„Mila!", hallte es durch die Halle.

Mila hörte es kaum. Es rauschte in ihren Ohren – ihre Gedanken waren immer noch bei Jan. Sie galoppierte auf den Oxer zu. Blick zum Hindernis, Absprung – schon wieder zu früh! Mila kippte nach vorn. Beinahe wäre sie aus dem Sattel gerutscht.

„Mila, stopp!“

Mila sah, wie Tamara auf sie zukam. Sie hielt an.

„Steig ab!“, befahl Tamara.

Mila gehorchte.

„Was war das?“ Tamara sah sie durchdringend an. Dann griff sie an Milas Stirn. „Hast du Fieber? Einen Hitzschlag? Du bist ganz rot. Ist alles gut?“

Mila schluckte und fasste sich wieder. „Ja, alles okay.“

Nun wurde Tamaras Blick wieder streng. „Wenn du nicht krank bist, war das hier eine extrem schlechte Leistung. Du hast Adesso in Gefahr gebracht. So unkonzentriert kannst du nicht weiterreiten. Für dich ist das Training für heute vorbei. Du kannst gehen.“

Oje. Tamara schloss selten jemanden vom Training aus. Mit hängenden Schultern führte Mila Adesso aus der Halle. „Sorry, Großer“, flüsterte sie und strich ihm über das Fell.

Mila musste an Jan und Yasmin vorübergehen. Sie versuchte, die beiden zu ignorieren.

„Mila!“ Jan kam auf sie zu. „Mila, geht es dir gut?“

Mila wusste nicht, was sie darauf antworten sollte. Ihr war klar, dass sie besser nichts über ihn und Yasmin sagen sollte, doch da kamen die Worte schon aus ihr herausgesprudelt: „Hattet ihr einen schönen Vormittag zusammen?“

Dabei funkelte sie Yasmin böse an.

Yasmin lächelte nur freundlich zurück. Jans Gesicht aber wurde ernst.

„Was soll denn der seltsame Ton?"

„Wo wart ihr? Eis essen? Festland? Frühstücken?" Milas Ton wurde noch schärfer. Nun sah sie auch Jan zornig an.

Jan trat einen Schritt zurück. „Wird das jetzt so ein Mega-Wutanfall von dir? Sorry, darauf hab ich keine Lust. Schrei jemand anderen an." Damit drehte er sich um und ging mit schnellen Schritten aus der Halle.

Yasmin sah Mila offen an. „Er war beim Zahnarzt. Ich habe allein geschwänzt." Sie lachte. „War echt langweilig. Nächstes Mal musst du wieder mitkommen!" Sie winkte kurz und ging dann zu den anderen hinüber, sicherlich, um beim Training zuzusehen.

Milas Zorn war auf einmal verflogen. Jetzt war sie nur noch verblüfft. Wie konnte Yasmin so nett zu ihr sein? Als wäre nichts gewesen. Als hätte Mila sie nicht gerade unglaublich böse angesehen. Und Jan … Wo steckte der eigentlich? Mila beeilte sich, ihm zu folgen, doch Jan war schon fort. Sie überlegte, ob sie ihn auf dem Gelände suchen sollte – aber dann verwarf sie den Gedanken. Sicherlich war er nach Hause gegangen. Dort wollte sie nicht hin, wegen Charly. Außerdem musste sie sich noch um Adesso kümmern. Traurig ging sie in den Stall.

Im selben Moment tauchte Michel neben ihr auf.

„Geht es dir und Adesso gut?", fragte er kurzatmig.

Mila brauste sofort auf. „Ja, es geht ihm gut. Ich kümmere mich schon um mein Pferd!"

Michel hob abwehrend die Hände. „Ich wollte wissen, wie es *euch* geht. Das war kein Angriff!"

Mila biss sich auf die Lippen. „Sorry, ich bin nicht so gut drauf."

„Schon gut", meinte Michel. „Sollen wir noch ein bisschen durchs Wäldchen reiten? Ganz langsam zum Ausspannen? Ich habe nur eine Runde gemacht und Tamara dann gebeten, gehen zu dürfen. Hier bin ich nun – zu deiner freien Verfügung." Er verbeugte sich.

Mila musste lachen. „Na gut, überzeugt. Etwas Bewegung ohne Ziel tut uns sicher gut, was, Dicker?" Sie blickte zu Adesso hoch. Zur gleichen Zeit fasste Michel sich an den Bauch. „Ach, so viel ist es? Ich dachte immer, man sieht mir die fünf Kilo nicht so an …"

Mila grinste. „Als ob du einen Bauch hättest! Vielleicht solltest du daran arbeiten und später mit mir ein Eis essen."

Michel verneigte sich wieder. „Euer Wunsch ist mir Befehl."

Sie stiegen auf und trabten gemächlich Richtung Wäldchen.

Es war ein schöner Nachmittag. Sie nahmen sich Zeit, hielten immer wieder an, um eine Pause zu machen, und waren erst nach einer Stunde zurück. Inzwischen hatten alle anderen ihre Pferde in die Boxen gebracht und versorgt, sodass sie allein im Stall waren. Sie kümmerten sich zuerst um Adesso und Pferdinand – dann lief Michel ins Büro und kam mit zwei Eis am Stiel zurück.

„Adliger geht es heute leider nicht, meine Teuerste", sagte er und reichte Mila die Schoko-Variante.

„Perfekt", stöhnte Mila zufrieden und ließ sich auf einen Hocker nieder.

„Wie läuft es mit Yasmin?", erkundigte Michel sich.

Mila warf ihm rasch einen Seitenblick zu. Wurde das jetzt ein Verhör? Nein, Michel schien nur interessiert zu sein.

„Nicht so toll", gab Mila zu. „Sie ist doch sehr oberflächlich, du hattest recht." Sie dachte kurz nach. „Yasmin ist unglaublich nett und kommt damit überall gut durch. Eine Freundin, auf die man sich verlassen kann, ist sie aber nicht." Mila schüttelte sich innerlich, als sie an Yasmins Aussage über Jan und Carsten dachte. Als könnte man jemanden einfach mal so austauschen. Ob Yasmin an niemandem etwas lag?

„Vielleicht hat sie daheim gelernt, dass man sich auf niemanden verlassen kann", riet Michel. „Oder ihre Eltern haben sie mal enttäuscht oder im Stich gelassen. Oder ihre Freunde."

Mila lächelte. „Etwas ganz Ähnliches habe ich gerade auch gedacht. Können Sie Gedanken lesen, Herr Gründgen?"

„Bisschen", antwortete Michel geheimnisvoll.

Mila seufzte wohlig. Es machte einfach Spaß, mit Michel zusammen zu sein.

„Morgen ist schon unsere Prüfung", sagte Michel.

Mila zuckte zusammen. „Ich weiß", erwiderte sie. „Und nach dem, was ich mir heute im Training geleistet habe, weiß ich nicht, ob ich da so gut abschneide …"

„Eigentlich ist es ja nicht schlimm, wenn es schiefgeht", fand Michel. „Versetzt wirst du, die Prüfungen sind durch. Jetzt geht es nur noch mal darum, zu zeigen, dass man seine Schwächen gezielt angeht."

„Na ja, es wird immerhin im Zeugnis unter der Sozialnote aufgeschrieben, habe ich gehört", klagte Mila.

Michel lächelte. „Ja, aber wenn da steht: ‚Hat ihre Ziele nicht stark genug verfolgt', ist das dann wichtig?"

Mila schwieg. Vielleicht war es nicht für jeden wichtig. Aber für sie schon. Sie wollte ihren Eltern zeigen, dass sie sich bemühte. Dass sie gut aufgehoben war im Internat. Dass sie sich keine Sorgen machen mussten. Außerdem wollte sie sich selbst beweisen, dass sie ehrgeizig und gut war. Und Jan und Charly wollte sie es irgendwie auch beweisen.

Plötzlich musste Mila über sich selbst lachen. Ganz schön hohe Ziele, die sie sich da setzte. Von wegen Mittelmaß!

„Du hast es drauf", fand Michel.

Und dieser Satz tat Mila so richtig gut.

Sie sprang auf. „Ich habe eine Idee", sagte sie. „Komm!"

In der Küche war um diese Zeit noch niemand. Erst in ungefähr einer halben Stunde würde Frau Käthe wieder hereinschneien, um mit ihren Küchenhilfen das Abendessen vorzubereiten.

„Wir machen Pommes", erklärte Mila.

Michel hob erstaunt eine Augenbraue.

„Pommes? Kannst du das überhaupt? Ist das nicht mit Fritteuse und heißem, spritzendem Fett und so?"

„Angsthase", kicherte Mila. „Aber keine Sorge, wir machen es im Ofen. Du bist der Küchenjunge und ich bin die Chefin."

Michel zog eine Schnute. „Das heißt, ich muss die Kartoffeln schälen?"

„Ja. Aber ich auch."

Gemeinsam schälten sie einen kleinen Haufen Kartoffeln. Und weil der grün-weiße Fenchel Mila so anlachte, beschloss sie, auch noch Fenchelpommes zu machen. Das hatte sie noch nie probiert. Sie schnitten die Knollen in Streifen und wendeten sie in Öl und Salz. Dann kamen sie auf ein Backblech und Michel schob sie in den Ofen.

Während Mila noch die Backzeit einstellte, räumte Michel schon auf.

Mila sah ihn zufrieden an. Genau, den eigenen Dreck wegmachen und nicht andere Leute für sich arbeiten lassen. So wollte sie sein. Und so stellte sie sich auch ihre besten Freunde vor. Während sie die Arbeitsflächen abwischte, spürte Mila, dass sie Charly verziehen hatte. Gleich morgen nach der Prüfung würde sie zum Isländerhof reiten und sich mit Jan und Charly versöhnen. Sie grinste. Die große Versöhnung zum Schuljahresende. Das war doch perfekt!

Sehr zufrieden kauerte sie eine Stunde später mit Franzi, Isa und Michel auf dem Sofa im Gemeinschaftsraum. Sogar Nele war dazugekommen. Mila hatte die Pommes gerecht verteilt – es reichte aber nur für eine kleine Schüssel pro Person.

„Passt schon", fand Franzi. „Gibt ja gleich Abendessen." Sie biss in eine gelbe Fritte. „Mmh!", machte sie. Dann versuchte sie eine weiße Stange. Und hustete. „Was ist denn das? Das schmeckt … komisch."

„Aber nicht schlecht", fand Nele. „Nach Lakritze irgendwie."

Bis auf Franzi mochten alle die Fenchelpommes. Mila selbst auch.

„Du wirst doch noch mal Köchin“, vermutete Isa.

„Aber nur, wenn das mit der Reitkarriere nicht funktioniert!“, rief Mila strahlend. Der Entschluss, am nächsten Tag alle Sorgen zu beseitigen, bescherte ihrem Herzen tiefe Zufriedenheit. So würde sie sicher auch ohne große Probleme die Reitprüfung hinter sich bringen.

Die Prüfung

Alle guten Vorsätze halfen nicht, nervös war Mila trotzdem. Ganz schrecklich nervös. Diese blöde Prüfungsangst! Dabei stand doch heute gar nichts auf dem Spiel! Schon beim Frühstück brachte Mila kaum einen Bissen hinunter. Früh am Morgen hatte sie noch mit ihren Eltern geskypt, die sie natürlich bei der Arbeit gestört hatte, schließlich war es dort eine Stunde später als in Deutschland – aber sie brauchte einfach Zuspruch! Sonst machte Charly das immer. Aber die war ja nicht da. Noch nicht! Später würde Mila sie zurückholen. Erst war da aber noch dieser blöde Test. Oh, sie hasste Prüfungen!

„Wenn du die Zähne so fest aufeinanderpresst, kannst du nichts essen", meinte Nele trocken. Sie hielt Mila einen halben Apfel vor die Nase. „Hier, beiß kräftig zu, das entspannt die Kiefermuskeln."

Mila sah auf. Nele war ja ausgesprochen gut drauf heute! Sie lächelte sogar! „Du magst solche Tests, oder?", fragte Mila neidisch.

Nele nickte. „Das auch. Aber heute ist sowieso ein guter Tag."

Mila sah, dass Franzi und Isa sich misstrauische Blicke zuwarfen, doch sie freute sich für Nele. Sie griff nach dem Apfel. „Danke", sagte sie leise.

Ihre Hand wanderte zu dem kleinen goldenen Hufeisen, das an ihrer Kette hing. Der Talisman ihrer Mutter, der ihr in diesem Jahr Glück bringen sollte. Und es ja auch tat. Mila versuchte, zuversichtlich zu sein.

„Mila, es ist doch nur ein interner Test. Davon hängt nichts ab", wiederholte Franzi nun schon zum dritten Mal.

„Ich weiheiß", brummte Mila. Es war doch seltsam, dass der Kopf etwas wusste, aber der Magen keine Ahnung hatte und selbst entschied, dass er sich laufend drehen wollte. Milas Herz hatte offenbar auch keine Info erhalten, denn es pochte wie verrückt.

„Wenigstens ist die Prüfung vormittags, da muss man nicht so lange drauf warten", knurrte sie.

Es waren an diesem Tag sowohl draußen als auch drinnen die unterschiedlichsten Hindernisse aufgebaut. Milas Test fand in der Halle statt. Sie war um genau elf Uhr fünfzehn an der Reihe.

Sie wollte sich bis dahin noch etwas die Zeit vertreiben, indem sie Michel besuchte. Also klopfte sie an die Bürotür und öffnete diese gleich.

„Oh, sorry", entfuhr es ihr, als sie Jakob entdeckte, der an der Wand stand und sich nun über die Augen wischte. Hatte er geweint?

„Schon gut, ich wollte eh grad gehen", sagte er und schob sich an Mila vorbei. „Viel Glück nachher, Mila."

„Danke", erwiderte Mila. „Dir auch!" Sie drehte sich zu Michel um, der nachdenklich in der anderen Zimmerecke stand. „Ist alles in Ordnung mit Jakob?", fragte sie.

Michel wiegte den Kopf hin und her. „Eher nicht", meinte er. „Sie sind alle drei unglücklich."

„Alle drei?" Mila verstand nicht, was er meinte.

„Jakob, Windfuchs und Feuerfuchs", erklärte Michel.

„Ach, Jakobs und Marks Pferde!" Jetzt verstand Mila, was er meinte. Marks Pferd war nach seinem Fortgehen hiergeblieben – Mila wusste gar nicht genau, warum. Ob das eine Bestrafung für Mark gewesen war?

„Können wir etwas tun?", fragte Mila besorgt.

Michel hob die Hände. „Keine Ahnung. Ich rede Jakob immer gut zu und kümmere mich auch um Feuerfuchs, aber er ist einfach fix und fertig. Auch wenn Mark und Jakob sehr verschieden sind, gehören sie doch zu der Sorte Zwillinge, die sich ohneeinander nicht vollständig fühlen."

Das verstand Mila nun wirklich sehr gut. Schon

ohne ihre Freundin Charly fühlte sie sich nur halb. Wie musste es da erst bei Zwillingen sein?

„Ich bin immer noch wütend auf Mark, weil er damals den Verdacht auf mich gelenkt hat", gab Michel zu. „Aber wenn ich Jakob so sehe, denke ich fast, es wäre besser, wenn Mark zurückkommen würde."

„Das geht nicht", meinte Mila erschrocken. „Er hat Pferdinand mit dieser brennenden Creme bewusst gequält!"

„Ich weiß", sagte Michel. Dann blickte er auf und lächelte. „Komm, gehen wir mal zu den Pferden. Für Jakob können wir gerade sowieso nichts tun. Vielleicht heitert ihn das Abschlussfest auf."

Mila folgte Michel aus dem Büro und ging in Gedanken noch einmal den heutigen Tag durch: Am Nachmittag würde sie sich mit Charly und Jan versöhnen – und am Abend gab es für die gesamte siebte Klasse eine Schnitzeljagd mit anschließendem Abschlussfest und Lagerfeuer. Sie würde sich auch um Jakob kümmern und alles würde gut werden. Da war Mila sich ganz sicher!

Milas Zuversicht schwand allerdings nur wenige Sekunden, nachdem sie die Bürotür hinter sich geschlossen hatte. Ihr Herz raste vor Aufregung. Diese dämliche Prüfungsangst!

Michel wandte sich Pferdinand zu und Mila ging zu Adesso. Nanu? An der Boxentür klebte ein Zettel! Neugierig öffnete Mila ihn. Darauf prangte ein großes rosafarbenes Herz in der Mitte und drum herum stand: *Liebe Mila, das Glück aller Hufeisen der Welt ist mit dir! Deine Tini.* Mila schmolz förmlich dahin. Was für eine tolle Cousine sie doch hatte! Während sie noch auf die Nachricht starrte, versuchte Adesso, am Zettel zu knabbern.

„Hey, Großer", mahnte Mila. „Du frisst doch sonst nichts, was du nicht kennst. Der Zettel ist für mich, damit ich nicht mehr so nervös bin. Du bist ja nicht aufgeregt." Sie drehte ihm das Gesicht zu. „Oder?"

Adesso schnaubte.

„Igitt!" Lachend wischte Mila sich das Gesicht trocken. „Ach, Adesso, du weißt auch wirklich immer, wie du mich aufheitern kannst!"

Liebevoll schmiegte Mila sich an ihren großen Freund. Seine Wärme und der Duft des dunklen Fells waren das beste Beruhigungsmittel der Welt. Sogar Milas Herz beschloss, langsamer zu schlagen.

Ganz in Ruhe bereitete Mila Adesso und sich selbst vor. Zur Feier des Tages hatte sie sich im Beisein von Isa die Weste aus Charlys Schrank geholt, die ihre Freundin am liebsten zu solchen Anlässen trug. Ein dunkles Blau mit cremeweißen Nähten und dem üblichen Stickemblem darauf. „Königlich", flüsterte Mila, als sie die Weste nun noch einmal glatt strich. Sie wünschte Michel rasch viel Glück und führte Adesso dann aus dem Stall: Sie war bereit.

Vor Mila war Yasmin an der Reihe. Sie zwinkerte

Mila zu, als sie diese entdeckte. Mila konnte sehen, wie lustlos Yasmin den Test absolvierte. Ein Wunder, dass sie überhaupt dazu erschienen war.

Auf den Tribünen und am Rand saßen und standen eine Menge fremder Menschen. Das waren sicher die Eltern und neuen Schüler, dachte Mila. Ein kleines Grüppchen von fünf Jugendlichen klatschte und johlte. Ob das Yasmins alte Clique war? Ja, ganz offensichtlich. Mila zog sich der Magen zusammen. Hoffentlich machten die keinen Quatsch, wenn sie gleich dran war! Doch im nächsten Moment erklang die Bitte aus den Lautsprechern, ruhig zu sein. Pferde und Reiter bräuchten Stille, um sich auf ihren Ritt konzentrieren zu können. Die Gruppe gehorchte tatsächlich und es wurde leise in der Halle.

Als Yasmin fertig war, wurde das Ergebnis nicht über den Lautsprecher verkündet. Stattdessen erläuterten Tamara und Luke den Schülern jeweils gleich nach dem Ritt, wie sie abgeschnitten hatten.

Yasmin ritt an Mila vorbei aus der Halle. „Toi, toi, toi", sagte sie. „Ich bring Goldfever weg und komm dann zusehen!"

Mila nickte abwesend. Ehrlich gesagt war ihr ganz egal, wer zusah. Das machte es weder besser noch schlechter. Sie griff ein letztes Mal an das goldene Hufeisen um ihren Hals, dann straffte sie sich, lächelte und trabte an.

Milas Herz klopfte zwar, aber sie spürte, dass sie

sich heute gut konzentrieren konnte. Sie grüßte Tamara und Luke wie bei einem Wettkampf und lenkte Adesso zur Startposition. Kurz ging sie in Gedanken den Weg durch und die wichtigsten Fähigkeiten, die sie heute unter Beweis stellen sollte: Tempo, Absprung, Haltung. Los ging es.

Sie starteten super. Adesso war leichtgängig. Er schien es zu genießen, mal wieder vor mehr Publikum zu reiten. Er ließ sich gut lenken und reagierte sofort auf alle Hilfen. Der Absprungzeitpunkt vorm ersten Steilsprung war perfekt. Sie landeten weich und Mila nahm sofort das nächste Hindernis in den Blick. Es begann ihr Spaß zu machen. Auch die Mauer und das dritte Hindernis waren kein Problem. Mila ritt einen großen Bogen und setzte zur zweiten Runde an. Steilsprung, Kurve und – plötzlich brüllte jemand: „Yasmin! Du bist die Beste!" Mila zuckte zusammen – Adesso auch. Sie hatte Mühe, ihn ruhig zu halten, und ritt noch einmal eine weite Kurve. Ihr Blick fiel kurz auf Yasmin, die gerade den Finger an die Lippen legte. Sofort war die Gruppe ruhig. Doch in dem Moment, als Mila angaloppierte und an ihnen vorbeimusste, zogen sie ein riesiges Banner auseinander, auf dem *Yasmin für Olympia* stand. Und leider war das Banner schreiend neongelb.

Adesso scherte sofort nach links aus. Seine Angst vor der Farbe Gelb hatte Mila in letzter Zeit ganz vergessen – nun holte sie diese Furcht beide wieder ein. Adesso war kaum zu beruhigen, auch als das Plakat wieder verschwunden war, zappelte er unruhig herum. Mila wusste genau, dass sie ihm jetzt kein Hindernis mehr zumuten konnte. Verdammt, immer ging alles schief!

Mila wollte nur noch raus. Als sie in schnellem Trab aus der Halle ritt, hörte sie lahmen Applaus. Auch ein „Mila!“ hörte sie noch, aber sie wollte jetzt bestimmt nicht die Enttäuschung in Tamaras Blick sehen – oder Lukes tröstendes Lächeln. Zügig lenkte sie Adesso fort vom Internat in die Dünen. Nur weg hier!

Weglaufen ist einfach

Milas gute Laune war verschwunden. Ihre Träume von einem guten Schuljahresende waren geplatzt. Nun musste sie ihren Eltern tatsächlich ein Zeugnis mit schlechter Bemerkung zeigen. Eigentlich hatte sie es stolz beim Skypen präsentieren wollen, aber nun war es wohl besser, sie schickte es nur als Foto per Handy. Dann würde sie die Enttäuschung ihrer Eltern nicht sofort sehen. War es wirklich erst ein paar Wochen her, dass sie Mila gelobt hatten? Dass sie stolz auf ihre Reitkünste gewesen waren? Verflixt, nun bekam Mila auch noch schreckliches Eltern-Heimweh. Sie bemühte sich, den Kloß in ihrem Hals runterzuschlucken, und bremste Adesso, bis er nur noch im Schritt ging. Eigentlich hatte sie vorgehabt, zum Isländerhof zu reiten, um sich mit Charly und Jan zu versöhnen. Doch nachdem die Prüfung so schlecht gelaufen war, war sie sich auch in diesem Punkt nicht mehr so sicher. Was, wenn sie überhaupt keine Versöhnung mit ihr wollten? Was, wenn Charly sauer wurde, weil Mila sie besuchte? Und wenn Jan noch wütend war wegen Milas Herumgeschnauze? Vielleicht war heute einfach ihr Pechtag …

Mila wechselte die Richtung und lenkte Adesso ans Meer. Sie wurde immer trauriger und ihre Gedanken drehten sich im Kreis. Schließlich flammte ihr Zorn gegen Jan und Charly wieder auf. Eigentlich hatte doch sie, Mila, das Recht, sauer zu sein. Hatten nicht alle sie belogen und betrogen? Hinterhältig und fies – so behandelte man doch keine Freundin! Sie trieb Adesso an und steckte ihre ganze Wut in einen rasanten Galopp.

Auf einmal nahm Mila wahr, dass jemand von den Dünen her Richtung Strand lief. War sie etwa schon in Höhe des Isländerhofes? Tatsächlich. Und die Person, die auf sie zukam, war Jan.

Mila ritt auf ihn zu und bremste Adesso erst im letzten Moment ab. Abrupt sprang sie von Adessos Rücken – und knickte um. „Autsch!", schrie sie und klammerte sich an die Zügel.

Jan war sofort an ihrer Seite. „Was ist?" Seine Stimme klang besorgt.

Mila schossen die Tränen in die Augen.

„Nichts", schimpfte sie.

Jan lächelte – vermutlich über ihre trotzige Antwort. Aber Mila war so enttäuscht, dass sie ihn weiter anfuhr: „Immer belächelst du mich. Und belogen hast du mich auch. Was soll das?"

Jans Blick wurde ernst. „Ich lache nicht über dich." Er sah ihr in die Augen. „Niemals."

Mila konnte nichts dagegen machen, dass ihr nun die Tränen über die Wangen liefen. „Aber belogen hast du mich", flüsterte sie. Dann lehnte sie ihren Kopf an Jans Schulter und weinte. Jan hielt sie fest.

Mila spürte seine Wärme. Er umarmte sie liebevoll und schmiegte seine Wange an ihr Haar.

Als Mila schließlich weniger schluchzte, begann er, alles zu erklären: „Es tut mir so leid, Mila. Ich weiß, dass es für dich furchtbar sein muss. Es war schrecklich, dich anzulügen, glaub mir. Doch es ist nicht mein Geheimnis." Er nestelte an seiner Jackentasche herum und reichte Mila ein Taschentuch. Sie nahm es und schnäuzte sich.

Jan suchte ihren Blick. „Mila."

Mila hob den Kopf.

Seine blauen Augen sahen sie liebevoll an. „Ich kann dir nichts sagen. Verstehst du?"

Mila seufzte. „Ich weiß es doch schon seit ein paar Tagen: Charly wohnt bei euch."

Jan blickte sie erstaunt an. „Warum hast du nichts gesagt?"

Mila zuckte mit den Schultern. „Ich wollte ja, aber du bist gleich weggegangen. Außerdem habe ich gehofft, du erzählst es mir."

Jan lächelte schief. „Das wollte ich ja auch. Aber Charly …"

„Auf die bin ich auch sauer", sagte Mila bockig. Doch dann musste sie über sich selbst lachen.

„So ist's besser", meinte Jan. Dann schob er sie ein Stück von sich. „Okay, ich helfe dir jetzt auf Adessos Rücken und dann reiten wir zu meiner Mutter. Wir müssen den Knöchel kühlen."

Das war gar nicht so einfach, obwohl Adesso sich als das geduldigste Pferd der Welt erwies. Doch Milas Knöchel tat so weh, dass sie ständig zusammenzuckte und wieder heruntersackte. Irgendwann hatten sie es dann geschafft und machten sich auf den Weg zum Isländerhof.

„Weißt du, ich wollte noch ..."

„Sag mal, ich muss noch ..."

Sie lachten.

„Du zuerst", begann Jan.

Mila zog die Nase kraus. „Es ist peinlich", meinte sie. „Ich wollte nur sagen, mein Gemecker wegen Yasmin, das tut mir leid. Ich bin sonst nicht so ..."

Jan grinste. „Das wollte ich auch klären. Also das mit Yasmin. Kein Grund, eifersüchtig zu sein. Sie ist echt nett und immer so fröhlich ... Aber sie ist mir zu oberflächlich. Ich steh mehr auf andere Mädchen ..." Er sah sie lange an.

Mila wurde rot. „Ja, äh ..."

Zum Glück kam in diesem Moment Anna auf sie zugelaufen.

„Mila", rief sie begeistert. „Endlich! Ich habe dich

schon vermisst! Wenn Jan dich hierherbringt, gehe ich davon aus, dass sich jetzt alles klärt, oder?“ Sie sah ihren Sohn prüfend an.

Der nickte.

„Sehr schön“, erwiderte Anna. „Dann kommt mal rein.“

„Mila ist umgeknickt“, erklärte Jan.

Anna sah sie erschrocken an. „Warte, dann helfe ich.“

Gemeinsam stützten sie Mila beim Abstieg. Anna nahm Milas Hand und legte sie sich um die Schultern. „Dann humpeln wir mal ins Haus. Jan, kümmerst du dich um Adesso?“

„Klar.“ Jan griff nach den Zügeln.

Mila verzog das Gesicht, als sie mit Anna in die Küche humpelte.

„Tut echt weh, oder?“, fragte Anna mitfühlend. „Glück gehabt, es gibt ja auch ganz andere Unfälle. Wenn ich da an Chr…“ Sie stoppte und wurde rot. „Na ja, an andere Menschen denke, die mit ihren Pferden schlimme Unfälle hatten …“

Mila sah sie interessiert an. „Hast du so was mal miterlebt?“

Anna überlegte, ehe sie antwortete: „Nicht direkt. Aber ein sehr guter Freund von mir hatte einen Unfall. Er war einfach viel zu ehrgeizig.“

„Wer denn? War er berühmt?“

Nun lächelte Anna. „Nein, ja, ich weiß gar nicht.

Ich habe schon lange keinen Kontakt mehr zu ihm. Und jetzt genug von den alten Geschichten. Hock dich hierhin."

Sie setzte Mila auf der schönen Küchenbank mit den bunten Kissen ab. Mila fühlte sich gleich ein wenig getröstet – Annas Küche war wundervoll heimelig und gemütlich.

Anna holte ein Coolpack und zog Mila dann vorsichtig den Schuh aus. Mila stöhnte trotzdem vor Schmerz auf.

„Schön stillhalten", mahnte Anna. Sie betrachtete den Knöchel kurz und legte dann das blaue Kissen auf den Knöchel. „Nicht geschwollen und auch sonst unauffällig. Vermutlich nur verstaucht. Wir kühlen erst einmal und dann rufe ich gleich den Arzt. Aber zuerst hole ich Charly." Sie stemmte die Hände in die Hüften. „Ich habe nämlich wirklich genug von ihrem Gejammer wegen ihrer besten Freundin." Nun zwinkerte sie Mila zu.

Mila sah ihr überrascht nach. Gejammer wegen der besten Freundin? Weil sie sauer war oder weil Mila ihr fehlte? Mila wurde es mulmig.

Kurz darauf schob sich zögernd eine schmale Gestalt durch die Küchentür.

Mila starrte sie an. War das Charly? Wohin waren ihre langen roten Locken verschwunden? Charlys Haare waren total kurz! Kürzer als Jans!

Charly wurde rot unter Milas prüfendem Blick.

„Ich musste etwas verändern. Irgendetwas, das mir das Prinzessinnenhafte nimmt."

Da lachte Mila aus vollem Hals los. Und Charly lachte mit. Sie ließ sich neben Mila auf die Bank plumpsen und dann gackerten sie so lange, bis alle Aufregung, Wut und Enttäuschung herausgelacht waren.

Mila wischte sich die tränenden Augen. „Das tat gut", seufzte sie.

Charly nickte und schubste zart mit ihrer Schulter gegen Milas. „Wieder gut?", fragte sie leise. „Es tut mir so leid."

Mila zog die Nase hoch. „Mir auch", erwiderte sie. Und musste schon wieder lachen, als Charly ihr prompt ein Taschentuch entgegenhielt. Denn Schniefen gehörte sich nun mal nicht. „Das Prinzessinnenhafte kriegst du nicht mehr raus, das steckt tief in dir drin", meinte Mila.

Charly biss sich auf die Lippe. „Sorry."

„Kein Problem, so mag ich dich", versicherte Mila. Dann strich sie über Charlys kurzen roten Haarschopf.

„Nicht gut?", fragte Charly unsicher.

„Doch", sagte Mila. „Dir steht einfach alles. Sieht toll aus. Aber so leid es mir tut – du wirkst immer noch sehr fein und edel. Jetzt sieht man deine Wangenknochen viel stärker und das macht ein richtiges Modelgesicht."

Charly errötete – diesmal vor Freude. „Ich hab dich echt vermisst“, sagte sie unvermittelt. „Erst wollte ich ganz weg, sofort runter von der Insel. Aber irgendwie bin ich einfach losgerannt und hier gelandet. Anna hat mich getröstet und ins Bett gesteckt. Als ich wieder aufwachte, hatte sie bereits Frau Steinbach informiert. Und dann bot sie mir an, ein paar Tage hierzubleiben. Um Abstand zu gewinnen.“ Sie zuckte mit den Schultern. „Das tat echt gut, weißt du – aber mit jedem Tag wurde mir mein Weglaufen peinlicher.“ Sie hob entschuldigend die Hände. „Ich hatte mir fest vorgenommen, beim Abschlussgrillen aufzutauchen. Jetzt warst du schneller …“

Mila lächelte. „Zwei Freundinnen, ein Gedanke.“ Sie wurde wieder ernst. „Aber nächstes Mal keine Geheimnisse mehr, okay? Ich bin deine Freundin. Ich helfe dir, egal, was ist.“

Charly nickte heftig. „Versprochen.“ Sie griff nach Milas Hand und drückte sie fest.

In diesem Moment ging die Tür auf und Jan kam herein. Sein Blick wanderte sofort zu ihren verschränkten Händen. Er grinste zufrieden.

„Jan Lewis! Du sollst da nicht reingehen!“, donnerte Annas Stimme ihm aus dem Flur hinterher.

Mila und Charly lachten auf.

„Schon okay“, rief Charly. „Du kannst auch kommen!“

Anna tauchte im Türrahmen auf. „Ach, dann habt ihr es geschafft. Na endlich." Sie strahlte. „Auf den Schreck brauche ich jetzt unbedingt einen heißen Tee." Sie begann, emsig in der Küche herumzuschwirren. „Hilf mir, du ungehorsamer Sohn!"

Jan zuckte entschuldigend mit den Schultern und holte Teetassen aus dem Schrank. Dann griff er nach einer Blechdose über dem Kühlschrank.

„Woher weißt du, wo meine besten Keksvorräte stehen?", empörte sich Anna.

„Ach, Muttchen", scherzte Jan und duckte sich, damit der Teebeutel, den Anna eigentlich gerade in die Kanne hatte hängen wollen, ihn nicht am Kopf traf.

„Wenn du noch ein Mal ‚Muttchen' sagst", drohte Anna ihm lachend.

Mila sah genüsslich zu. Sie war selig. Da vergaß sie sogar fast den brennenden Knöchel – alles war wieder gut.

Zurückkommen ist nicht so einfach!

Mila genierte sich. Sie war am Morgen einfach von der Prüfung weggeritten, ohne zu sagen, wohin. Anna hatte zwar gleich nach Milas Ankunft auf dem Hof im Internat angerufen und dort alle beruhigt, aber Mila war es dennoch schrecklich unangenehm. Und sie konnte Charly ansehen, dass es ihr genauso ging. Vermutlich noch viel schlimmer, denn sie war ja noch viel länger fort gewesen.

„Ich habe irgendwie Schiss", flüsterte Charly.

Mila griff ermutigend ihre Hand. Der Nachmittag war so friedlich gewesen! Anna hatte den Inselarzt gerufen, der Milas Fuß untersucht hatte und dann meinte, es sei nichts Ernstes. Einen Tag lang den Fuß hochlegen müsste genügen, fand er. Der Verband war unauffällig und diente wohl eher zur Erinnerung, den Fuß nicht zu sehr zu belasten. Doch Anna hatte Mila umsorgt, als sei sie gerade dem Tod von der Schippe gesprungen.

Zum Mittagessen gab es eine kräftige Suppe, danach eine Ruhepause draußen auf den Sonnenliegen. Jan brachte ihr Getränke und Charly plauderte und fragte ihr Löcher in den Bauch über alles, was im Internat geschehen war. Alles in allem war es ein wundervoller Nachmittag gewesen.

Doch nun fuhr Anna Charly und sie in ihrem kleinen Lieferwagen zum Internat zurück. Jan ritt Adesso und wollte ihn dann auch gleich noch im Stall versorgen. Er würde also etwas später zu ihnen stoßen.

Vor dem Eingang des Internats half Anna Mila aus dem Auto und verabschiedete sich von den beiden Mädchen.

„Alles wird gut, macht euch nicht so viel Sorgen“, sagte sie aufmunternd. „Ich rufe heute Abend noch mal an.“ Dann stieg sie winkend in den Lieferwagen und brauste davon.

Die Nachricht, dass Mila und Charly wieder da waren, sprach sich in Windeseile herum. Noch während sie sich auf den Weg ins Büro von Frau Steinbach machten, wurden sie von Mitschülern und Freunden umringt.

Franzi und Isa umarmten Mila und Charly. „Gut, dass ihr wieder da seid“, riefen sie.

„Hallo, Frau von und zu König“, witzelte ein Junge aus der Klasse über ihnen.

„Hallo, Dämlack“, antwortete Mila an Charlys Stelle.

Charly grinste. „Schon gut, ich werde ihn einfach köpfen lassen.“

Sie lachten.

Der Junge zog eine Grimasse.

Mila lächelte. Es fühlte sich gut an, zwischen all ihren Freundinnen zu sein. Ins Büro der Direktorin mussten Mila und Charly allerdings ohne die anderen.

Sie setzten sich auf die beiden Stühle vor dem Schreibtisch. Frau Steinbach lächelte sie freundlich an.

„So, da habe ich meine beiden Ausreißer ja wieder daheim“, sagte sie gutmütig.

Charly und Mila wurden gleichzeitig rot.

„Entschuldigung“ und „Tut mir leid!“ murmelten sie.

„Obwohl ich denke, dass ihr es verstanden habt, möchte ich noch einmal deutlich sagen, dass es nicht in Ordnung ist, sich vom Internat zu entfernen, ohne jemanden zu informieren. Es haben sich eine Menge Menschen Sorgen um euch gemacht.“ Sie stand auf und ging um den Schreibtisch herum. „Auch wenn ich deine Gründe nachvollziehen kann, Charlotte, hast du Mila und auch uns anderen viel zugemutet. Wir müssen unbedingt eine Lösung für dein Dilemma finden.“

Charly nickte geknickt.

„Und dich, Mila, möchte ich erneut darum bitten,

dein Temperament zu zügeln. Nur wegen einer misslungenen Prüfung kannst du nicht einfach verschwinden."

Frau Steinbachs strenger Blick ließ Mila auf dem Stuhl zusammensinken.

„Jawohl", flüsterte sie.

Die Direktorin atmete tief durch. „So, genug geschimpft. Nun überlegen wir, wie es weitergehen kann. Irgendwelche Vorschläge?"

Mila richtete sich auf. „Ich könnte den Test wiederholen, falls Luke und Tamara einverstanden sind. Und ich würde natürlich jede Strafarbeit erledigen, die Sie mir auftragen."

Frau Steinbach nickte zufrieden. „Die Strafarbeit fällt aus, ich glaube, du bist mit dem verstauchten Knöchel gestraft genug. Mit unseren beiden Lehrkräften habe ich schon gesprochen. Du hast Glück ..." Sie machte eine kurze Pause. „Deine heute Morgen gezeigte Leistung genügt. Du wirst eine positive Notiz im Zeugnis bekommen."

Mila atmete erleichtert auf. Puh! Einmal Prüfungsangst gespart.

Nun meldete Charly sich zu Wort. „Also, ich ... ich möchte gern bleiben, wenn Sie es erlauben ..." Sie warf einen ängstlichen Blick auf Frau Steinbach, die zustimmend nickte. Charly lächelte erleichtert. „Äh, also, dann schlage ich vor, demnächst eine offizielle kleine Pressekonferenz zu veranstalten, wenn es Ihnen recht ist – damit ist die Sache dann öffentlich und nicht mehr spannend für Paparazzi. Dann muss ich auch keine Angst mehr haben, dass es jemand erfährt."

Frau Steinbach sah sehr zufrieden aus. „Eine hervorragende Idee, Charlotte. Ganz Ähnliches hatte ich auch im Sinn. Ich würde dann die Presse für morgen einladen. Deine Eltern können mir sicher die passenden Medien nennen, die dafür infrage kommen. Morgen um elf?"

Charly nickte.

„Dann seid ihr entlassen", fügte Frau Steinbach hinzu. „Viel Spaß beim Feiern nachher!"

Die anderen waren schon eifrig mit den Vorbereitungen für das Fest beschäftigt. Mila und Charly fanden sie im Speisesaal, wo die Schüler der siebten Klasse gerade ihre Schnitzeljagd planten. Doch sie ließen sich gern von Charly und Mila ablenken.

„Hey, da seid ihr ja!", strahlte Franzi. „Strafpredigt überstanden?"

„War gar nicht so schlimm", murmelte Mila.

„Cooler Haarschnitt", meinte Michel anerkennend zu Charly.

Sie strahlte. „Danke, ich musste die alten Zöpfe abschneiden. Äh, du weißt schon, dieser Spruch …"

Michel lachte. „Jaja, ich hab verstanden!"

Charly grinste schief. „Ich fürchte mich etwas davor, dass jetzt alle immer rufen werden: ‚So was sagt auch nur eine Prinzessin.' Das ging mir an meiner alten Schule dauernd so. Ich wollte mal ein normales Leben haben …"

„Tja, normal ist es hier ja zur Genüge", sagte Nele.

Mila sah sie prüfend an, aber es schien, als sei das tatsächlich als nette und nicht als fiese Bemerkung gemeint gewesen. Und jetzt umarmte Nele sie auch noch!

„Nele, alles gut?"

Nele nickte selig lächelnd. Mila musste sie nachher unbedingt fragen, was da los war. Vielleicht hatte sie einen Zuckerschock von den vielen Süßigkeiten, die sie immer aß …

Mila und besonders Charly mussten nun ausführlich berichten, während sie fleißig die Kuchenreste verputzten, die Isa aus der Küche geholt hatte.

„So, nun will ich aber zu Vanilla", sagte Charly kurz darauf. „Entschuldigt mich, ich habe da viel nachzuholen."

Alle nickten verständnisvoll.

„Mila, treffen wir uns nachher auf meinem Zimmer?", fragte Charly noch. „Wir werden ja wohl bei der Schnitzeljagd nicht mitreiten, oder?"

„Also ich mit meinem verletzten Knöchel auf keinen Fall", erwiderte Mila. „Aber du natürlich. Oder hast du das Reiten verlernt?"

„Du sollst hier aber nicht allein rumhocken …", begann Charly, doch Mila unterbrach sie: „Ich bin bei Frau Käthe in der Küche gut aufgehoben. Sieh du mal zu, dass du aufs Pferd kommst."

Charly drückte ihr schnell ein Küsschen auf die Wange. „Danke!", flüsterte sie und flitzte davon.

„Da sind die Seelen wieder vereint", kicherte Isa.

Mila boxte ihr leicht gegen den Arm. „Wer reitet eigentlich vor und streut die Schnipsel für die Schnitzeljagd?", fragte sie dann.

„Michel", antwortete Franzi. „Aber wir wollen nichts ausstreuen, was die Umwelt verschmutzt. Und Kreide geht auf den Wegen schlecht. Deshalb haben wir uns überlegt, mit Wäschestücken den Weg zu markieren."

Mila prustete los. „Mit Wäsche? Also mit Socken und auch Unterwäsche?"

Michel protestierte. „Ich schleiche bestimmt nicht herum wie ein Sittenstrolch und fummele Unterwäsche an die Zäune."

Yasmin lachte laut auf und die anderen stimmten ein.

„Nein, alte Lappen oder so", erklärte Nele. „Mit Wäscheklammern. Es wird ja nicht auf Zeit geritten, deshalb können wir in Ruhe alles wieder einsammeln."

„Und damit es schön schwierig ist, müssen die Sachen und Klammern vom Pferd aus abgenommen werden", fuhr Isa fort.

„Und festgemacht werden", ergänzte Michel.

„Gute Idee!“ Mila zog eine Schnute. „Schade, dass ich nicht mitkommen kann.“

„Na, das werden wir noch sehen“, meinte Michel nur. „Ich muss jetzt meinem Vater helfen, das Lagerfeuer vorzubereiten. Jakob, kommst du mit?“

Nach und nach zerstreuten sich alle, jeder hatte noch irgendeine Aufgabe zu erledigen. Mila humpelte in die Küche.

„Du meine Güte, Mädchen, was hast du denn angestellt?“ Frau Käthe schlug entsetzt die Hände zusammen. Rasch schob sie Mila einen Stuhl hin. „Setz dich!“

Mila erzählte ihr alles, während die Köchin sie mit lauter Leckereien vollstopfte.

„Nun ist aber gut“, wehrte Mila sich schließlich lachend. „Eigentlich bin ich hergekommen, um zu helfen!“

„Du tust gar nichts, Mäuschen“, sagte Frau Käthe resolut. „Du darfst nachher glücklich am Feuer sitzen. Das ist doch auch schön. Nun leg dich hin und ruh dich ein bisschen aus!“

Wenn Frau Käthe so streng sprach, konnte man sich nicht widersetzen. Auch Mila nicht. Sie humpelte in ihr Zimmer und ließ sich aufs Bett fallen.

Offenbar war sie kurz eingeschlafen, denn sie zuckte erschrocken zusammen, als Charly durch die Tür hereinstürmte.

„Du ahnst es nicht – ich habe fünfhundertzweiundsechzig neue Nachrichten!" Sie hielt Mila ihr Handy vor die Nase.

Mila gähnte und rieb sich die Augen. „Davon sind vermutlich fünfhunderteinundsechzig von mir", krächzte sie verschlafen.

Charly lachte. „Ungefähr, ja. Übrigens hat Jan, wie abgemacht, Adesso hergeritten und in den Stall gebracht. Alles erledigt." Sie sah zu Mila. „Seid ihr eigentlich so richtig verliebt und so?"

Mila errötete. „Mmh. Aber es war so wenig Zeit die letzten Tage. Und dann war ich ja auch noch sauer auf ihn ..."

Charly legte den Kopf schief. „Er hat gesagt, ich soll mit den anderen die Schnitzeljagd machen, er würde bei dir bleiben. Willst du das?"

„Klar, geh ruhig", versuchte Mila gelassen zu sagen. Dabei klopfte ihr Herz wie verrückt. Doch Charly durchschaute sie.

„Aha. Na, dann geh ich mal ruhig", neckte sie Mila. „Ich zieh mich um. Wir sehen uns nachher beim Lagerfeuer?"

Mila winkte ihr noch, als schon Tini durch die Tür schlüpfte.

„Überraschung", rief sie fröhlich.

„Hey, Süße, wie schön, dass du kommst", freute sich Mila.

„Ja, aber nicht ich bin die Überraschung", sagte Tini. „Komm, wir gehen raus."

Mila griff nach ihrer Strickjacke. Eigentlich war es warm genug, aber wer wusste schon, was Tini vorhatte. Ihre kleine Cousine stützte sie beim Laufen auf dem Weg nach draußen.

„Tada!“, schrie Tini dort begeistert.

Mila riss erstaunt die Augen auf.

Vor der Tür stand Renate – in einem kleinen Ponygeschirr, an dem eine Art Bollerwagen befestigt war, der mit lauter Kissen vollgestopft zu sein schien.

„Was ist das?“, fragte Mila lachend.

„Deine Kutsche natürlich“, sagte Tini.

Michel, der neben Renate stand, grinste. „Darf ich bitten?“ Er half Mila in den Wagen und legte ihren Fuß hoch. „So bequem?“

Mila musste die ganze Zeit grinsen. „Ihr seid wirklich ulkig. Kann Renate das denn? Bin ich nicht zu schwer?“

„Ach was“, meinte Tini. „Renate schafft alles.“

Mila knuffte sich die Kissen zurecht. „Ich glaube, diese zwei Kissen und das Einhorn können raus. Das wird sonst zu eng.“

Tini griff nach den Kissen, das Einhorn aber stopfte sie auf Milas Schoß. „Das muss … äh … bleiben. Renate hat es gern.“

Ah ja. Na, wenn das so war – Mila nahm das Kuscheltier in den Arm.

„Hühott“, rief sie lachend und schon ging es los.

Jan übernahm schließlich die Zügel von Michel,

der auf Pferdinand ritt. Die anderen trabten zuerst langsam, aber Renate lief so gemütlich, dass Mila bald allen befahl, die Schnitzeljagd ohne sie durchzuführen.

„Ich will Renate nicht überanstrengen“, erklärte sie. Außerdem war es nett, mit Jan und Tini ein bisschen durch die Dünen zu streifen.

Das ließen sich die anderen nicht zweimal sagen und preschten los.

Mila, Jan und Tini zuckelten die Wege entlang und scherzten über Renate als neuen Champion bei Wagenrennen. Sie kürzten den Weg schließlich ab und waren dadurch fast gleichzeitig mit den anderen zurück beim Internat.

Herumalbernd zählten sie die Wäschestücke – es waren alle wieder eingesammelt worden.

„Meine Güte, jetzt haben wir uns aber Futter verdient“, meinte Michel ächzend.

Sie brachten die Pferde in die Ställe, versorgten sie rasch und stürzten danach gemeinsam zum Lagerfeuer. Hier trafen nun alle Klassen des Internats nach ihren einzelnen Unternehmungen wieder zusammen.

Herr Gründgen grillte und Frau Käthe brachte eine Köstlichkeit nach der anderen auf den Büfetttisch. Mila hatte sich in der Zwischenzeit mühsam aus ihrer Kutsche mit all den Kissen hochgerappelt und humpelte nun zu ihnen.

„Wie lecker das wieder aussieht", schwärmte sie und stibitzte eine kleine Mozzarellakugel. „Kommen Sie gleich auch zu uns ans Feuer?", fragte sie Herrn Gründgen.

Der schüttelte den Kopf.

„Aber Tini und Tante Caro sind auch da", versuchte Mila ihn zu überzeugen. Außerdem würde Michel sich gewiss freuen, wenn sein Vater sich dazugesellte.

Herr Gründgen lächelte. An Tini hatte er einen Narren gefressen. Doch dann wurde er ernst. „Ich glaube nicht, dass deine Tante mich dabeihaben möchte."

Mila zog erstaunt eine Braue in die Höhe. „Und ob sie das will! Ich weiß vor allem, dass sie sich total darüber freut, wie gut Sie sich mit Tini verstehen."

Herr Gründgen wendete gedankenverloren zwei Bratwürste. „Tut sie das?"

Mila grinste. Konnte es sein, dass Herr Gründgen sich zierte? Bahnte sich da etwa eine Liebesaffäre zwischen Caro und Michels Vater an?

„Auf jeden Fall müssen Sie rüberkommen. Ich sag's Tini schon mal", rief Mila im Weggehen. Er würde sicher nicht seine kleine Tini enttäuschen. Nun musste sie nur noch Tante Caro holen.

Doch die war schon da. Sie saß mit Tini auf einer der vielen Bänke, die um das Lagerfeuer herumstanden, und hielt ein Stockbrot über die Flammen.

„Hi, Tante Caro", ächzte Mila und ließ sich auf die Bank fallen.

„Hey, Süße", antwortete Caro und nahm sie in den Arm.

„Herr Gründgen kommt auch gleich. Du sollst ihm einen Platz frei halten."

„Das hat er gesagt?" Tante Caro drehte sich erstaunt zum Grill um.

„Jawoll." So, das genügte. Mehr konnte Mila nicht tun, den Rest mussten die beiden alleine hinkriegen.

Irgendjemand aus den höheren Klassen hatte eine Gitarre mitgebracht und so saß Mila bald glücklich am Lagerfeuer, röstete mit Tini ein Stockbrot und lauschte den Klängen von *Streets of London*.

Nach einer Weile kam Herr Gründgen tatsächlich zu ihnen herüber, setzte sich neben Caro und begann eine leise Unterhaltung mit ihr.

Mila futterte Stockbrot. Tini konnte leider nicht mehr probieren – sie war eben mit dem Kopf auf Tante Caros Schoß eingeschlummert.

Michel kam zu Mila und legte ihr die Strickjacke um die Schultern. „Hier, die hast du im Wagen vergessen", sagte er.

Mila blickte auf. „Danke. Und danke noch mal für die Idee mit der Kutsche. Das war echt witzig."

„Die Idee hatte Tini. Ich hab nur die Sachen aus dem alten Schuppen geholt."

Mila warf einen Blick auf die schlafende Tini. Tante Caro hob sie hoch, nickte Mila zu und trug Tini fort. Herr Gründgen folgte ihnen.

Mila schmunzelte und sagte: „Na, dann werde ich mich morgen bei Tini bedanken – obwohl ich sehr wohl weiß, dass der Hauptteil der Arbeit bei dir lag."

„Jederzeit wieder", meinte Michel. Seine Stimme klang so warm, dass Mila ihn noch einmal ansah – und der tiefe Blick, den Michel ihr jetzt zuwarf, brachte sie völlig durcheinander. Sie bekam eine wohlige Gänsehaut und fühlte, wie ihr Herz schneller schlug. Was war das? Sie lächelte zaghaft zurück – da kam Jan. Mit zwei großen Tellern voller gutem Essen.

„Bis dann", sagte Michel schnell und verschwand.

Mila schüttelte sich, um das merkwürdige Gefühl zu verdrängen, und wandte sich Jan zu.

„Hier, iss, damit du wieder Kraft im Knöchel kriegst", sagte er.

Mila nahm einen Teller. „Ah, und was soll ich essen, damit die Kraft genau in den Knöchel wandert?"

Jan pikte sie mit dem Gabelgriff in die Hand. „Wenn du nicht nett bist, nehme ich dir den Teller gleich wieder weg. Verfolgen kannst du mich ja nicht."

Sie hatten eine Menge Spaß und bald sangen Mila und Jan lauthals mit. Irgendwann legte Jan ihr den Arm um die Schultern. In Mila stiegen tausend kitzelnde Luftbläschen empor. Sie war so glücklich!

Als es dunkel wurde, gingen die ersten Schüler ins Haus.

Auch Mila wurde bald müde – ihr Knöchel schmerzte inzwischen doch wieder ein bisschen.

Jan half ihr, zu ihrem Zimmer zu humpeln. Als Mila die Tür öffnen wollte, hielt er sie zurück. Er drehte sie zu sich. Und obwohl es im Flur stockdunkel war, spürte Mila, dass sich sein Gesicht näherte. Sie hielt ganz still, als ihre Lippen sich berührten.

Ihr erster Kuss.

Wie das kribbelte!

Ein hartes Abschlusstraining

Am nächsten Morgen waren die Schmerzen im Knöchel weg.

Vorsichtig trat Mila mit dem Fuß auf – nichts.

„Es tut gar nicht mehr weh", jubelte sie erleichtert.

Nele grinste. „Eine spontane Wunderheilung? Das lag dann wohl an dem Geknutsche gestern Abend."

Mila warf ihr ein Kissen an den Kopf. „Das war kein Geknutsche. Nur ein … kleiner Gutenachtkuss. Du bist halt mitten reingeplatzt."

Nele kicherte. „Ja, das tut mir auch echt leid!" Sie betrachtete Milas Knöchel. „Und du kannst wirklich wieder so richtig laufen?"

Mila nickte. „Ich werde noch vorsichtig sein, aber es scheint alles in Ordnung zu sein. Heute steht ja auch kein Reiten mehr auf dem Plan. Gehen wir frühstücken?"

Als Mila und Nele in den Speisesaal kamen, wurde an ihrem Tisch schon eifrig diskutiert. Offenbar hatte Tamara noch ein Training für den letzten Tag angesetzt.

„Ein Abschlusstraining?“, fragte Mila beim Frühstück erstaunt. Sie gähnte herzhaft. „Wozu denn das noch?“

Die anderen sahen auch nicht fitter aus. Vermutlich waren alle schon in den Ferien-Ausschlaf-Modus gefallen.

„Keine Ahnung“, brummte Charly. „Vielleicht hat Tamara die Hoffnung, uns noch ein paar Dinge einbläuen zu können, damit wir über die Ferien nicht alles vergessen.“

Mila sah, wie Charly Yasmin beobachtete. Sie kannte sie ja bisher nur wenig.

„Mit Yasmin hast du also viel Zeit verbracht?“, flüsterte sie Mila nun zu. „Ist sie nicht ein bisschen oberflächlich?“

Mila musste lachen. „Ach, weißt du, mal so, mal so. Man hat auf jeden Fall eine Menge Spaß mit ihr.“

„Mit mir wohl nicht?“, fragte Charly pikiert.

„Doch, natürlich“, widersprach Mila sofort. „Aber anders. Sicherer.“ Charly sah sie fragend an, aber Mila wollte nicht mehr dazu erklären. Sie war froh, dass Yasmin sie in der schweren Zeit abgelenkt hatte. Gleichzeitig war sie froh, dass sie inzwischen gemerkt hatte, wie unterschiedlich sie eigentlich waren. So wie Yasmin wollte Mila jedenfalls nicht mehr werden. Sie wollte sich auf ihre Freunde verlassen können – und natürlich ebenso zuverlässig für sie da sein.

„Übrigens musst du nachher mitkommen zur Pressekonferenz“, sagte Charly jetzt.

„Was?“, fragte Mila. „Ich? Warum denn?“

„Weil ich nicht gerne alleine vor der Meute sitze. Du musst mein königliches Händchen halten.“

Mila zog die Nase kraus. „Das finde ich keine gute Idee. Ich gehöre da gar nicht hin.“

„Doch, du gehörst zu mir. Basta.“

Mila schwieg. Bis zur Pressekonferenz war noch Zeit. Ihr würde schon noch eine passende Ausrede einfallen.

Zunächst mussten sie aber erst einmal die Pferde fürs Training holen. Tamara hatte verkündet, alle vorm Stall sehen zu wollen. Wie die Zinnsoldaten standen sie schließlich auf dem Kopfsteinpflaster, immer ein Reiter und ein Pferd.

„Schön, dass alle da sind“, rief Tamara. „Also, in den letzten Wochen haben wir euch immer wieder stark gefordert. Ihr habt euch angestrengt und verbessert, dafür bekommt ihr die Auszeichnungen im Zeugnis. Luke und ich möchten euch jedoch auch persönlich loben und uns bei euch bedanken.“

Luke kam von der Koppel herüber. „Ja, wir finden, ihr habt eure Sache sehr gut gemacht. Die einen oder anderen Schwächen werden wir euch heute noch austreiben. Es wird ein hartes Training. Deshalb gebt euch Mühe – zum letzten Mal in diesem Schuljahr. Ab auf die Koppel!“

Mila stöhnte. Auch die anderen ächzten und meckerten leise. Sie führten ihre Pferde hinter Luke und Tamara her – aber … was war das?

Auf der Reitkoppel standen viele unterschiedliche Dinge – allerdings waren das keine normalen Hindernisse!

Luke und Tamara grinsten. Und nun begriff auch Mila: Das waren Reiterspiele! Die beiden hatten ihre Schüler reingelegt! Wie süß!

„Ich erkläre euch, was ihr tun müsst“, rief Luke. Er begann, die einzelnen Stationen zu erläutern. Dann drückte er jedem ein Stück Tonkarton am Band in die Hand. „Das ist wie früher in euren Heimatreitställen. An jeder Station liegt ein Stempel, damit müsst ihr die Karten abstempeln. Mit der Stoppuhr messt ihr die Zeit. Ich verlass mich drauf, dass ihr nicht mogelt. Wer alles erledigt hat, bekommt eine Überraschung. Und natürlich werden die Sieger auch geehrt.“

Tamara kam auf Mila zu. „Mila, bist du sicher, dass du schon wieder reiten kannst?“

Mila nickte. „Ich habe keine Schmerzen mehr. Und wenn doch, höre ich sofort auf, versprochen.“

Tamara nickte. „Es wäre ja schade um deine Ferien“, sagte sie dann lächelnd.

Mila und Charly saßen auf und ritten rasch zur

ersten Station. Mila sah, dass Yasmin sich mit Nele zusammentat. Prima, dann waren die beiden ja nicht allein.

„Na, dann los, Prinzesschen", witzelte Mila.

Sie mussten einen Pappbecher mit Wasser aus einem Eimer füllen, der auf einem hohen Hocker stand. Dann sollten sie den Becher mit den Zähnen festhalten, zum nächsten Hocker reiten, auf dem ein Messbecher stand, das Wasser darin auskippen, ohne die Hände zu benutzen, und dann zurückreiten.

Mila machte den Anfang. Adesso schnupperte interessiert am Eimer und wollte gleich daraus trinken. „Nein, Süßer, später. Und nun wackel nicht so, wenn wir reiten!"

Charly drückte die Stoppuhr. „Los", schrie sie.

Mila füllte den Becher bis zum Rand – was keine gute Idee war. Adesso trabte viel zu schnell los und die Hälfte des Wassers schwappte auf Milas Hemd.

„Memmo", schimpfte sie. „Vorschischtisch, Adescho!"

Charly kringelte sich vor Lachen. Während Mila versuchte, den Rest Wasser in den Messbecher zu kippen, wurde Adesso ungeduldig. Er schien sich zu fragen, was zum Kuckuck seine Reiterin da so herumzappelte, und beschloss dann schließlich, zum Ausgangspunkt zurückzulaufen – weshalb das meiste Wasser danebenfloss.

„Du hast noch eine Minute", rief Charly. „Los, los, los!"

Mila füllte dieses Mal weniger Wasser in den Becher, aber leider musste sie so lachen, dass ihr der Becher nach wenigen Metern aus dem Mund fiel. Bis sie den Becher aufgehoben hatte und wieder beim Eimer ankam, war die Zeit um.

„Stopp", kicherte Charly. „Jetzt ich." Sie drückte Mila die Stoppuhr in die Hand.

Natürlich machte sich Charlys königliche Haltung hierbei nun bezahlt. Sie saß kerzengerade auf ihrem Pferd und auch Vanilla spürte offenbar, wann es ernst wurde. Nachdem Charly drei Runden geritten war, prangte nicht ein einziger Wassertropfen auf ihrem Shirt – dafür hatte sie einen halben Liter Wasser in ihrem Messbecher gesammelt!

„Krass", staunte Mila. „Du bist genial, Charly!"

Es machte viel Spaß. Bei manchen Spielen schnitt Charly besser ab, doch die Hufeisen mit einem Stock zu balancieren, fiel Mila leichter. Charly wiederum gelangen vier Treffer beim Pfeil-und-Bogen-Schießen in eine Holzwanne.

Auch die anderen hatten Spaß und lachten und johlten die ganze Stunde. Ab und zu beobachtete Mila Nele und Yasmin. Sie bemerkte zufrieden, dass die beiden anscheinend gut miteinander klarkamen. Das beruhigte sie, denn immerhin hatte sie vor Kurzem noch sehr viel mit Yasmin unternommen und wollte nicht, dass diese plötzlich einsam dastand. Auch Nele war viel zu oft allein. Natürlich war Mila immer für sie da, aber eine Freundin, mit der sie vieles unternehmen konnte, würde ihr guttun. Vor allem, wenn es so eine lustige war wie Yasmin.

Am Ende der Reiterspiele werteten Tamara und Luke die Karten aus.

„Zuerst bekommt jeder von euch ein Schokoladenhufeisen als Belohnung“, rief Tamara und verteilte die goldenen Süßigkeiten. Anschließend hielt Luke die Karten in die Höhe.

„Der erste Platz geht an Nele!“, verkündete er.

Das gönnte ihr jeder. Nicht nur, weil sie seit zwei Tagen wirklich erstaunlich nett war, sondern auch, weil sie beim letzten Rennen so schlecht abgeschnitten hatte. Tamara überreichte ihr eine Rosette in Rosa.

Nele schmunzelte. „Genau meine Farbe“, sagte sie dann und heftete die Rosette an Fairys Trense.

„Zweiter ist … Charly!“ Auch Charly bekam viel Applaus und bedankte sich mit einer kurzen Verbeugung.

„Und Dritter ist Michel.“

Michel strahlte. Mila freute sich mit ihm. Sie klatschte kräftig und sah sich dann um. Wo war eigentlich Jakob? Der belegte doch sonst immer einen der ersten Plätze. War er überhaupt dabei gewesen?

Doch sie hatte nicht viel Zeit zum Überlegen, denn

Charly mahnte zum Aufbruch. „Mach Adesso fertig und zieh dir was Trockenes an!“, raunte sie Mila zu – und ritt davon.

Mila biss sich auf die Lippen. Ach herrje, nun hatte sie sich gar keine Ausrede mehr überlegt ... Na, dann würde sie eben hinter Charly stehen, sie musste ja nichts sagen.

Sie beeilte sich und duschte sogar noch kurz. Dann zog sie sich ein blaues Shirt mit Wasserfallkragen über und lief zu Charlys Zimmer.

„Hui“, staunte sie.

Charly hatte ein kurzes hellblaues Kleid an, in dem sie umwerfend aussah. Dazu trug sie ein Band in den kurzen Haaren und feine Ketten an Hals und Handgelenk.

„Du siehst hinreißend aus“, staunte Mila.

„Danke, du auch“, gab Charly zurück. „Wir passen zusammen!“

Tatsächlich, Blau in Blau.

„Zwei verwandte Seelen“, wisperte Mila lächelnd.

Die Pressekonferenz

Obwohl Mila sich entschlossen hatte, Charly bestmöglich zu unterstützen, sackte ihr das Herz in die Knie, als sie durch die Glasfront des Zwischenbaus den Aufmarsch der Presse beobachtete.

Auf dem Hof standen bereits jede Menge schwarze Wagen und Vans herum – dazwischen wuselten vereinzelt ein paar hektische Menschen mit Kabeln und Mikrofonen umher.

„Die Nachzügler", flüsterte Charly Mila zu und zog sie rasch weiter durch den Flur. „Die haben Pech, die besten Plätze sind sicher schon längst vergeben."

Mila starrte sie einen Augenblick lang irritiert an. Sicher, ihre Freundin hatte vor der Zeit im Internat ein anderes Leben geführt – aber *wie* anders, das hatte Mila bisher gar nicht so genau durchdacht.

„Du hast so etwas schon sehr oft gemacht, oder?", fragte sie zögernd.

Charly schmunzelte. „Klar. Seit ich ein Baby bin.

Zum Glück haben meine Eltern mir zugestanden, mich zurückzuziehen, als ich älter wurde. Aber solche Konferenzen kenne ich wirklich gut. Du brauchst keine Angst haben, alles halb so wild."

Aber Mila hatte Angst. Sie tapste hinter Charly durch die Seitentür, die hinter die Bühne führte. Dort erwartete sie Frau Steinbach mit ernstem Gesicht.

„Meine Güte, so einen Rummel hatten wir schon lange nicht mehr", sagte sie. „Hallo, ihr beiden. Also, wir haben auf der Bühne einen langen Tisch mit Stühlen und Mikrofonen aufgebaut ..."

„Mikrofone?", wiederholte Mila. Das war ja wie bei der Fußball-WM!

Charly grinste breit und drückte aufmunternd Milas Hand.

„Dann hört man euch besser", erklärte Frau Steinbach.

„Uns?" Mila wurde bleich.

Frau Steinbach sah ihr nun direkt ins Gesicht und bemerkte offenbar erst jetzt, wie nervös Mila war. „Ach je, ich habe ganz vergessen, dass du vor Prüfungssituationen an Nervosität leidest." Sie strich Mila beruhigend über den Arm.

Leiden trifft es auf den Punkt, dachte Mila. Ihr Puls raste.

„Ich muss doch nichts sagen, oder?", fragte sie tonlos.

„Nein, musst du nicht", versicherte Charly. „Ich

würde dich aber gern als meine beste Freundin vorstellen, darf ich das?"

Mila nickte. „Aber du kannst es auch gern lassen. Ich muss nicht in die Zeitung. Berühmt sein ist nicht so mein Ding."

Charly kicherte. „Du bist witzig, Mila."

War sie das?

Charly ging vor und Mila stolperte ihr hinterher. Auf der Bühne wurden sie nicht nur von Scheinwerfern geblendet, sondern auch vom Blitzlicht der Kameras. Mila wollte ihren Arm schützend vors Gesicht heben, aber dann fiel ihr ein, dass das vermutlich ziemlich dämlich aussehen würde. Stattdessen zog sie die Mundwinkel zu einem Lächeln hoch – sie hoffte jedenfalls, dass es wie ein Lächeln aussah. Mechanisch setzte sie sich neben Charly und wartete.

Frau Steinbach begrüßte die zahlreichen Pressevertreter, die entweder auf Stühlen vor der Bühne saßen oder hinter den Stuhlreihen standen und den großen Speisesaal füllten.

„Ich danke Ihnen, dass Sie so zahlreich erschienen sind", begann Frau Steinbach. „Charlotte Arlene, Prinzessin von Löwenstein-Gabelsberg, hat mich gebeten, Sie einzuladen …"

Mila hatte Schwierigkeiten, der Direktorin zu folgen. Charlotte Arlene, Prinzessin von … wie war das? Liebes bisschen, wie froh war sie über ihren normalen Namen!

Dann ging es auch schon los.

Die Reporter erfragten alles über den Alltag im Internat. Wie Charly damit zurechtkomme, wie es ihr schulisch gehe, ob sie ihre Eltern sehe, ob ihr das Zuhause fehle. Das Übliche, was man so fragt, vermutete Mila. Charly antwortete sehr charmant, höflich und fröhlich. Schließlich zeigte sie auf Mila. „Und das hier ist meine beste Freundin Mila. Sie ist in schwierigen Zeiten immer für mich da, außerdem haben wir sehr viel Spaß miteinander."

Oje, nun blickten die Leute sie neugierig an.

„Mila, darf ich dich duzen?", fragte ein Herr mit Brille.

Mila nickte.

„Bist du schon lange in diesem Internat?"

„Nein, ich lebe seit wenigen Monaten hier, weil meine Eltern ein Jahr in Kenia als Ärzte tätig sind."

Das war offenbar eine gute Antwort, denn Charly nickte ihr bestätigend zu und die Pressemenschen kritzelten eifrig auf ihre Blöcke.

Eine Frau im hellgrauen Kostüm ergriff das Wort. „Würdest du sagen, dass eine gute Stimmung unter den Schülern herrscht?"

Mila nickte heftig. „Ja, wir haben einen tollen Zusammenhalt. Jeder hat seinen eigenen Charakter, aber es ist eine super Gemeinschaft hier." Sie winkte kurz zur Seite, wo sich ihre Mitschüler versammelt hatten und zusahen.

Die Frau kniff die Augen leicht zusammen. „Ich hörte aber, dass vor Kurzem einer eurer Mitschüler ein Pferd mit hautreizenden Mitteln gequält hat. Und zwar, um jemand anderen zu schädigen. Das scheint mir eher kriminell zu sein als gemeinschaftlich. Was kannst du uns darüber erzählen?"

Mila erschrak. Hilflos blickte sie zu Charly, die blass geworden war. Ihr Blick war so verletzt, dass in Mila Zorn aufflammte. Was erlaubte sich diese Frau? Diese blöde Frage hatte nichts mit Charly zu tun und ließ sie dennoch in schlechtem Licht dastehen.

„Sie wissen doch gar nicht, was Sie da reden", rief plötzlich eine Jungenstimme. Jakob schob sich nach vorn. Er hatte die Fäuste geballt und blickte die Frau wütend an. Sofort klickten die Fotoapparate. „Sie sprechen von meinem Bruder. Er hat aus Verzweiflung etwas getan, das ihm inzwischen sehr leidtut."

Die Frau wandte sich ihm zu.

„Da bin ich sicher", sagte sie scheinbar freundlich. Doch dann fragte sie weiter: „Entsteht eine solche jugendliche Verzweiflung nicht durch den immensen Druck, der an Eliteschulen wie dieser hier aufgebaut wird? Ist es richtig, Kinder so zu schikanieren? Und sollte eine Prinzessin wie Charlotte auf so einer Schule bleiben?"

Mila stand auf. Die Zornesflammen, die in ihr hochkochten, gaben ihr Mut und eine feste Stimme, als sie sagte: „Niemand wird hier schikaniert. Diese

Pressekonferenz wurde einberufen, weil einige Vertreter Ihres Berufes meine Freundin nicht in Ruhe gelassen haben. Sie möchte hier an der Schule ohne ständige Beobachtung leben. Der einzige Stress, den Charly hat, entsteht durch die Presse. Weder im Internat noch im Schulunterricht oder bei den Reitstunden werden wir Schüler unter Druck gesetzt. Wir halten zusammen und stützen uns gegenseitig. Die Gründe für die Geschichte, die Sie angesprochen haben, liegen bei dem Schüler selbst und stehen hier gar nicht zur Diskussion."

Applaus brandete auf. Erst von Milas Mitschülern, dann von Frau Steinbach und den Internatsangestellten und schließlich sogar von den Reportern. Allein die Frau im Kostüm stand peinlich berührt zwischen ihren Kollegen. Sie räusperte sich. „Entschuldigung, da bin ich wohl übers Ziel hinausgeschossen. Es tut mir leid. Ich werde nicht darüber berichten."

Mila nickte zufrieden und setzte sich. Sie warf einen Blick zur Seite, um Jakob aufmunternd zuzunicken, aber er stand nicht mehr an derselben Stelle wie vorhin. Sie musste nachher unbedingt mit ihm sprechen.

Jakobs Entschluss

„Jakob ist weg!“

Franzi empfing Mila und Charly nach der Konferenz aufgeregt hinter dem Bühnenvorhang.

„Was?“, riefen beide gleichzeitig.

„Er ist aus dem Speisesaal gelaufen und geradewegs zum Stall marschiert“, erzählte Isa. „Wir wollten ihm Zeit geben und ihn in Ruhe lassen, aber als wir jetzt nach ihm sehen wollten, war er verschwunden.“

Frau Steinbach stöhnte. „Also, das mit dem Weglaufen scheint sich neuerdings hier einzuschleifen. Eine sehr schlechte Angewohnheit. Wieso kommt keiner erst einmal zu mir?“ Sie verließ die Kammer mit entschlossenen Schritten.

„Ach, er reitet sicher einfach nur aus“, meinte Mila. „Jakob ist nicht der Typ für Kurzschlusshandlungen.“

„Bin ich auch nicht“, murmelte Charly kleinlaut.

Mila drehte nachdenklich eine Haarsträhne um

ihren Finger. Das stimmte. Und hatte Jakob ihr nicht neulich erzählt, dass er aufhören wollte? Was, wenn er doch weggelaufen war?

„Aber wohin?“, fragte sie laut.

„Die Fähre legt in einer Stunde ab“, gab Isa zu bedenken.

„Ach Mensch, da sind doch dann alle Pressefritzen mit drauf“, stöhnte Franzi.

Auf einmal stand Michel neben Mila. „Jakob ist sicher nicht weggelaufen. Das passt nicht zu ihm.“

Eigentlich gab Mila ihm recht.

„Ich fahr trotzdem mit dem Rad zur Fähre“, verkündete Franzi. Isa und Charly schlossen sich ihr an. „Vielleicht kann ich im Notfall bei der Presse etwas bewirken“, sagte Charly.

Yasmin und Nele beschlossen, das Gelände abzusuchen, und liefen ebenfalls los.

Mila und Michel blieben zurück.

„Wo suchen wir?“, fragte Mila.

Michel schob sie zur Tür. „Komm mit.“

Michel führte sie in den Stall und sie sattelten Adesso und Pferdinand.

„Ich habe da so eine Idee“, meinte Michel.

Er ritt voran – seitlich den Weg am Internat vorbei, durch das kleine Wäldchen. Von dort aus gab es nur einen schmalen Reit- und Wanderweg, der zum Strand führte. Anschließend ritten sie ostwärts am Meer entlang. Mila ahnte, wohin Michel wollte.

„Ich hab ihm neulich den Stillen Felsen gezeigt“, rief Michel ihr durch den Wind zu.

Mila nickte. Der Stille Felsen war ein riesiger Felsbrocken, der halb ins Wasser ragte und der viele Künstler zu Bildern und Gedichten veranlasst hatte. Er lag so weit östlich, dass der Weg dorthin lang und auch anstrengend war. Hierher verirrte sich kaum jemand und man konnte gut allein sein und nachdenken.

Und wirklich – als sie sich näherten, erblickten sie jemanden, der auf dem Felsen saß und aufs Meer hinaussah.

Es war Jakob.

Mila und Michel ritten näher und stiegen ab. Michel nahm Adessos Zügel. „Geh du zu ihm“, sagte er. „Du kannst gut mit Menschen reden.“

Mila sah ihn erstaunt an. Fand er das wirklich? Sie kletterte zu Jakob auf den Felsen.

„Hallo“, sagte er, ohne den Kopf zu drehen. Er lächelte. „Ich dachte mir schon, dass du oder Michel mich hier findet.“

„Warum wir?“, wollte Mila wissen.

„Ihr seid die Kümmerer. Und ihr könnt euch gut in Menschen einfühlen. Also habt ihr geahnt, wo ich bin.“

Mila staunte. Lauter Komplimente heute. Doch was war jetzt mit Jakob?

„Danke für deine tolle Rede“, sagte er leise. „Das

war wie eine Verteidigung für Mark. Ich weiß, ihr habt ihn alle dafür gehasst, was er Michel und Pferdinand angetan hat. Aber weißt du … er ist nicht so. Mark ist ein toller Bruder. Früher war er fröhlich und …" Er verstummte.

„Wann früher?", fragte Mila leise.

Jakob seufzte. „Früher, bevor das mit dem Reiten mehr wurde. Bevor unser Vater unser Talent entdeckt hat. Bevor er beschlossen hatte, dass wir den Weg zu Ende gehen sollen, den *er* nicht gegangen ist."

Mila überlegte, ob sie noch weiter nachhaken sollte, aber da fing Jakob von selbst an zu erzählen.

„Mein Vater hatte eine vielversprechende Karriere als Dressurreiter vor sich. Er gewann ein Turnier nach dem anderen. Doch dann wurde er krank und musste zwei lange Jahre aussetzen. Danach waren er und sein Pferd einfach raus. Und ihm fehlte der Mut, noch einmal ganz von vorn anzufangen. Als er vor ein paar Jahren bemerkte, dass Mark und ich Talent fürs Springen haben, da hat es ihn gepackt. Wir wurden gefördert und alles. Nicht, dass es keinen Spaß gemacht hätte …" Jakob kratzte mit einem Ast auf dem Felsen herum. „Es wurde nur zu viel. Ich bin stärker, ich habe es immer mehr als Spaß empfunden. Aber Mark ist eher in sich gekehrt. Ihn hat alles überfordert. Vor einem halben Jahr hat mein Vater dann gedroht, dass er das Internat verlassen muss, wenn er nicht länger gemeinsam mit mir zu den Besten gehört."

„Und dann kam Michel. Und er war so gut", erinnerte Mila sich.

Jakob drehte ihr den Kopf zu. „Es ging nicht gegen Michel, verstehst du? Mark tut es schrecklich leid. Wir telefonieren viel. Er möchte nicht zurückkommen. Wie sollte er auch allen wieder unter die Augen treten können? Er ist jetzt bei einem Psychologen, der hilft ihm. Er wird mit dem professionellen Reiten aufhören. Er hat jetzt mit Stricken angefangen." Jakob lachte. „Obwohl ich glaube, dass er damit ein bestimmtes Mädchen beeindrucken will."

Mila lächelte. Sie hätte Mark gern einmal unbeschwert und mit guter Laune erlebt.

Jakob streckte seinen Rücken durch. „Ich höre auf, Mila."

Mila erschrak. „Aber du bist gut, Jakob, ich meine …" Sie hielt inne. „Du läufst also auch weg?"

„Nein." Jakob sah ihr in die Augen. Sein Gesicht wirkte entschlossen und nicht die Spur zornig oder enttäuscht. „Ich laufe nicht weg. Ich gehe. Dieses Kapitel ist zu Ende. Es war nicht unser Weg. Weder Marks noch meiner. Es ist okay, glaub mir. Ich habe schon lange darüber nachgedacht."

Das glaubte Mila ihm. „Gut. Komm, dann sagen wir es Frau Steinbach und den anderen. Die sorgen sich nämlich schon."

„Dachten die auch, ich wäre weggelaufen?"

Mila grinste. „Ich glaube, Frau Steinbach baut in Gedanken schon einen Zaun um das Internat, damit ihr die Schäfchen nicht mehr dauernd entwischen …"

Lachend standen sie auf. Als sie den Felsen hinabkletterten, sahen sie Michels erleichtertes Gesicht.

„Alles okay?", fragte er.

Jakob drückte ihn kurz. „Danke, Kumpel", sagte er.

Dann ritten sie zurück.

Frau Steinbachs Erleichterung war ihr deutlich anzusehen.

„Wir haben ihn", meinte Mila strahlend. „Aber er war auch gar nicht weggelaufen, er wollte nur nachdenken."

Die Direktorin lächelte Mila an. „Danke. Nun lass mich doch einen Moment mit Jakob allein, bitte."

Mila schloss die Bürotür von außen und wanderte langsam wieder zum Stall zurück, wo Michel sich um die drei Pferde kümmerte. Sie fand ihn in der Box von Jakobs Pferd Windfuchs.

„Verabschiedest du dich schon?", fragte sie leise. Sie wusste, dass Michel an jedem einzelnen der Pferde hing – oft mehr als an dessen Besitzern.

Michel strich Windfuchs über das rötliche Fell. „Ich mag seine vorwärtsdrängende Haltung. Er sieht immer aus, als würde er gleich losgaloppieren." Er klopfte ihm zart an den Hals. „Du wirst mir fehlen, Füchschen."

Auch Mila streichelte dem Pferd die Nase. „Schade", meinte sie. „Ich hatte Jakobs fröhliche Art gern. Also die, bevor die Sache mit Mark losging." Dann erzählte sie Michel, was Jakob ihr auf dem Felsen gesagt hatte. Dass es Mark so leidtat und dass es nie wirklich um Michel ging.

„Ja, das war mir immer klar", erklärte Michel. „Weißt du noch, dass Mark immer Extraportionen von Frau Käthe bekommen hat?" Er grinste.

„Er war ihr absoluter Liebling!", stimmte Mila zu.

„Wer ist wessen Liebling?", wollte Jakob wissen, der nun auf sie zukam. Er sah ganz anders aus als die letzten Tage: aufgeräumt und zufrieden.

„Mark war der Augapfel von Frau Käthe", sagte Mila.

Jakob lachte. Es war ein glückliches, unbeschwertes Lachen. Mila konnte nicht anders, sie musste ihm um den Hals fallen.

„Nanu?", fragte Jakob, als sie ihn wieder losließ.

„Ach, es ist so schön, dass es dir besser geht", sagte sie.

Jakob kratzte sich am Kopf. „Ich glaube, wir haben die Steinbach mit unseren Geschichten in den letzten Wochen ganz verrückt gemacht", meinte er. „Erst Mark, dann Charly, dann ich …" Er stupste Mila an. „Und du auch."

Mila hüstelte verlegen. „Ja, äh … dafür hab ich heute vor den Pressekläffern das Internat verteidigt."

„Oh ja", sagte Jakob. „Dafür ist sie dir echt dankbar. Und ich weiß noch was …" Er grinste breit. „Aber das verrate ich dir nicht. Du wirst es ja bald selbst erfahren."

Sosehr Mila ihn auch löcherte, Jakob verriet nichts. Ob Mila eine Belohnung bekam? Eine Urkunde? Oder ein schickes Turnier-Jäckchen? Na, wohl eher nicht. Vielleicht … Milas Überlegungen wurden unterbrochen, als Charly, Franzi und Isa in den Stall polterten.

„Du bist zurück!", keuchte Franzi.

„Klar", sagte Jakob. „Ich bin ja auch nicht weggelaufen."

Charly wurde rot. „Oh Mann, das ist echt ein komischer Tag."

Jakob räusperte sich. „Leute, ich wollte noch mal sagen – ich rede viel mit Mark … es tut ihm echt leid. Er möchte sich bei Michel entschuldigen und auch bei euch …"

„Hat er schon", bestätigte Michel. „Er hat mir – ganz altmodisch – einen Brief geschrieben. Ist alles wieder gut."

Jakob lächelte erfreut. Auch die anderen drängten ihn, Mark viele Grüße auszurichten.

„Also, ich finde, das schreit geradezu nach einer

kleinen Party“, fand Mila. „Wir haben noch einen gemeinsamen Abend und den sollten wir nun wirklich nicht im stillen Kämmerlein verbringen, wenn es Jakobs letzter ist. Was haltet ihr davon?“

„Auf jeden Fall!“

„Jeder kramt seine Futterreste unterm Bett hervor!“

„Ich bettle bei Frau Käthe“, versprach Mila. „Also dann – erst packen und alles fertig machen, dann Abendessen und um acht im Gemeinschaftsraum!“

Frau Käthe stand in der Küche über ein Kochbuch gebeugt. Mila kam näher – das war ja überhaupt kein Buch – sondern ein Tablet-PC!

„Frau Käthe, wagen Sie sich tatsächlich noch einmal an Internet-Rezepte?“, staunte Mila.

Frau Käthe drehte sich überrascht zu ihr um. „Aber klar! Dachtest du, ich sei so verkalkt, dass ich zwischen den positiven Seiten des Internets und einem schlechten Rezept nicht unterscheiden kann?“

Mila zog die Augenbrauen hoch. „Sie erstaunen mich, Frau Käthe!“

Die Köchin runzelte die Stirn. „Du erstaunst mich auch, Mila. Hattest du nicht einen verstauchten Knöchel? Hüpfst hier rum wie ein junges Huhn …“

Mila sah auf ihren Fuß. „Alles wieder okay“, sagte sie. „Das Huhn kann loshüpfen.“

„Na, du bist mir ja drollig“, schmunzelte Frau Käthe.

Dann weihte sie Mila in ihren Plan ein. Sie wollte für alle Schüler und Schülerinnen etwas für den Knabberabend zubereiten. „Ich weiß doch, dass ihr am letzten Abend vor den Ferien alle in den Gemeinschaftsräumen feiert. Da dachte ich, ihr könntet etwas Leckeres gebrauchen – nicht immer nur langweilige Chips."

Mila war sofort Feuer und Flamme. Und da sie in den Ferien hierbleiben würde und deshalb nicht packen musste, blieb sie in der Küche und werkelte und kochte mit Frau Käthe. Sie stanzten Herzchen aus Melonenscheiben aus und spießten sie mit Heidelbeeren auf Holzspieße. Sie backten Mini-Schinkenschneckchen und Mini-Pfannkuchen. Die Pfannkuchen stapelten sie abwechselnd mit Erdbeerscheiben und obendrauf kam ein Sahnetupfer. Es machte einen Heidenspaß. Kurz vor dem Abendessen waren sie fertig.

„Nun hilf mir aber rasch mit dem Abendbrot", bat Frau Käthe. „Wo sind eigentlich meine Küchenhelfer?"

Die beiden fleißigen Angestellten trafen soeben in der Küche ein. Mila musste sich also nur darum kümmern, die kleinen Leckereien gleichmäßig auf mehrere Tabletts zu verteilen – für jeden Jahrgang eines. Dann konnte sie in den Speisesaal zu den anderen gehen.

Beim Abendessen kam Tini zu ihnen.

„Darf ich heute mit euch essen?“, fragte sie schüchtern.

„Aber klar“, versicherte Mila und rückte rasch einen Stuhl neben sich.

Einen Teller und Besteck hatte Tini schon in der Hand.

„Was ist eigentlich mit Renates Liebe zum Einhorn?“, wollte Mila wissen.

„Ja, die ist noch da“, sagte Tini. Und dann erzählte sie lustige Geschichten, in denen Renate das Einhorn herumschleppte, darauf kaute oder schlief.

„Werden wir eigentlich das Theaterstück zu sehen bekommen, in dem Renate Nemo sucht?“

Tini schüttelte bedauernd den Kopf. „Leider nein. Renate will nicht. Vor allem will sie das blöde Einhorn nicht abgeben und dann können wir es ja wohl kaum suchen.“

Jakob rief: „Kaum zu glauben, dass ein so kleines Pony eine so große Diva sein kann!“

Tini sah ihn misstrauisch an. „Was ist eine Diva?“

„Eine eingebildete, aber sehr berühmte Schauspielerin oder Sängerin“, erklärte Mila.

Tini überlegte kurz. „Mmh, ja, das kommt hin. Berühmt wird sie sicher eines Tages.“

Alle alberten miteinander herum und Mila betrachtete die große Runde. Sie erinnerte sich daran, wie allein und einsam sie sich zu Beginn im Internat gefühlt hatte. Nun hatte sie so viele Freunde gewonnen – und Tini war ja auch noch da! Mila gab ihr einen Kuss auf die Wange.

„Hör mir auf“, stöhnte Tini. „Renate schlabbert mich auch immer ab. Ich bin halt genau auf ihrer Maulhöhe!“

Genauso lustig wie beim Abendessen ging es im Gemeinschaftsraum später weiter. Tini musste bald ins Bett, aber alle anderen waren bereits versammelt, als Mila mit dem Tablett voller Spieße und Schneckchen hereinkam. Es gab ein großes „Ah!“ und „Oh!“.

„Die Köchin präsentiert …“, rief Yasmin.

„Sind das wieder Fenchelpommes?“, neckte Franzi Mila.

Doch dann langten alle zu und bald waren die bunten Spießchen aufgefuttert. Der Abend wurde sehr spaßig und Mila fühlte sich endlich einmal wieder unbeschwert und glücklich.

Sie skypte noch kurz mit ihren Eltern und zeigte ihnen voller Stolz ihr Zeugnis. Diese lobten Mila ausführlich. Auch die Geschichten von den spektakulären Stunden mit Charly, dem verstauchten Knöchel, Jan und Jakob und nicht zuletzt der Pressekonferenz hörten sie sich gespannt an.

„Unglaublich, was bei euch alles passiert“, meinte ihre Mutter etwas besorgt.

„Ach, alles gut, Mama“, beruhigte Mila sie. „Wir helfen uns doch untereinander prima.“

Kurz danach beendete Mila das Gespräch und

löschte das Licht. Glücklich dachte sie in Ruhe noch einmal über alle Erlebnisse nach. Zum Schluss blieb sie bei Jan hängen und schickte ihm ein paar liebe Gedanken. Dann schloss sie die Augen und hoffte, von ihm zu träumen …

Abschied und Vorfreude

Was für ein Lärm, dachte Mila.

Der Abreisetag startete mit einem Frühstück, das wie die Fütterung schnatternder, aufgeregt herumlaufender Gänse anmutete. Alle Schüler liefen durcheinander, lachten, schrien und jubelten ausgelassen. Auch an Milas Tisch ging es hoch her. Charly kam als Letzte hinzu und schwenkte drei Zeitungen.

„Holla, schaut mal, was ich hier habe!“

Sie ließ den Papierhaufen auf die Tischplatte knallen.

„Steht da schon was drin?“, erkundigte sich Mila aufgeregt. Sie griff nach der Zeitschrift mit den bunten Bildern. Tatsächlich, auf dem Cover prangte Charlys Gesicht!

„Glück gehabt“, grinste Charly. „Manchmal drucken sie auch unvorteilhafte Fotos ab.“

Mila blätterte vor. Schon nach wenigen Seiten entdeckte sie den Artikel über Charly.

Die verlorene Prinzessin kehrt zurück stand in großen Buchstaben darüber.

„Verloren?“, meckerte Franzi. „So ein Quatsch. Und zurückkehren passt auch nicht.“

Aber Charly freute sich. „Sie haben nur nette Sachen gedruckt. Keine Andeutungen oder fiese kleine Bemerkungen. Das ist nicht immer so!“

Unter der Überschrift lächelte Charly dem Leser von einem großen Porträtfoto glücklich entgegen. Auf den anderen beiden Fotos waren das Internatsgebäude und ein Foto von Charly und Mila abgebildet.

„Schwein gehabt, sogar ich sehe ganz gut aus“, brummte Mila.

„Du siehst spitze aus“, fand Charly.

Mila las den Artikel vor und die anderen lauschten. Es war wirklich ein positiver, freundlicher Bericht, der mit keiner Zeile erwähnte, wo sich das Internat befand.

„Das ist sicher von dem netten Reporter mit der Brille“, vermutete Yasmin.

Mila schielte in die Ecke. „Nein, es ist eine Frau. Franziska Rensig.“

Charly prustete los. „Das ist die Zicke mit dem hellgrauen Kostüm!“

Mila atmete auf. Dann hatte die Dame also Wort gehalten.

Sie blätterten auch in den anderen Zeitungen und

Zeitschriften. Alle Artikel waren positiv und niemand hatte die Geschichte um Jakob angeschnitten.

„Wo hast du die eigentlich so früh am Morgen schon her?“, wollte Nele wissen. „Warst du an der Sechs-Uhr-Fähre?“

Charly zwinkerte verlegen. „Ne, Paketdienst. Mein Vater hat die Zeitungen von den Druckereien per Über-Nacht-Service direkt herschicken lassen. Der Fahrer hat sie also ins Internat gebracht.“

„Na, da lohnt es sich eben doch, von Königs zu sein“, meinte Isa.

Doch Nele sprang Charly bei. „Ne, find ich nicht. Das hätte meine Mutter auch getan. Kann doch jeder bestellen.“

Charly strahlte sie an. „Nele, du bist ein richtig toller Kumpel!“, sagte sie und pikte sie freundschaftlich mit dem Finger in den Oberarm.

Nele kicherte. „Wenn, dann schon Kumpelin“, meinte sie. „Ich muss euch etwas erzählen. Nämlich, warum ich so gut drauf bin. Meine Eltern ... also, meine Mama, meine ich ... also, ich bekomme ein Brüderchen.“

Einen Moment lang starrten sie alle verdutzt an. Dann kreischten und umarmten die Mädels Nele und gratulierten ihr.

„Oh, ich möchte auch einen kleinen Bruder“, rief Isa neidisch. „Ich hab nur eine blöde kleine Schwester. Total nervig.“

Nele sah so glücklich aus, dass Mila noch einmal ihre Hand nahm und sie kräftig drückte. „Ich freu mich so für dich", flüsterte sie ihr zu.

Das laute Geschnatter wurde auf einmal weniger, und Mila drehte sich zur Seite, um den Grund dafür zu erfahren. Frau Steinbach war aufgestanden und in die Mitte des Saals getreten. Sicherlich wollte sie ihre Schüler verabschieden und in die Ferien entlassen.

„Meine lieben Internatsschüler und -schülerinnen", begann sie. „Kaum zu fassen, dass das Schuljahr schon wieder zu Ende ist. Es gab so viele ereignisreiche Tage in letzter Zeit, dass ich denke, wir werden alle die Ferien brauchen, um uns davon zu erholen. Mich eingeschlossen."

Die Schüler lachten.

„Nun habe ich noch etwas zu verkünden, bevor ich euch gehen lasse: Wie ihr wisst, wird die komplette Abschlussklasse uns nun für immer verlassen und ihren Weg woanders fortsetzen – einige davon werden wir sicher in Kürze bei internationalen Wettkämpfen oder sogar den Olympischen Spielen wiedersehen können."

Der Abschlussjahrgang jubelte.

„Außerdem …" Frau Steinbach wartete, bis es wieder still war. „Außerdem verabschieden wir noch folgende Schüler …" Sie nannte drei Namen aus den anderen Jahrgängen. „Und Jakob aus der Siebten."

Mila und die anderen nickten, Michel klopfte Jakob auf die Schulter.

„Dies hat zur Folge, dass Jakob nicht an dem vom Landeskader ausgeschriebenen Wochenende teilnehmen kann. Dementsprechend rückt der Nächstplatzierte der siebten Klasse nach: Mila!"

Mila klappte die Kinnlade herunter.

„Mila!", schrie Charly in ihr Ohr und drückte sie, bis Mila kaum noch Luft bekam.

„Herzlichen Glückwunsch", rief die Direktorin. „Und nun allen eine gute Heimreise und wunderschöne Ferien. Auf Wiedersehen!"

Augenblicklich ging das Geschnatter wieder los.

„Mila, das ist unglaublich, was sagst du nun?", kreischte Charly.

„Ich glaube, ich bin taub", gab Mila zurück. Sie sah Nele an. Ob die das gut fand? Doch Nele nickte lächelnd. Offenbar war es okay.

„Ich denke … ich denke, ich freu mich einfach riesig!", jubelte Mila nun und riss die Arme in die Luft. „Yeah!"

Während die meisten Schüler nun ihre Habseligkeiten zusammenrafften und die ersten zu Fuß in Richtung Hafen davonwanderten, ging Mila noch einmal zu Frau Steinbach ins Direktorat.

Yasmin kam ihr auf dem Flur entgegen.

„Hey, Mila!", sagte sie und rollte mit den Augen. „Musst du auch zur Standpauke antreten?"

Mila verneinte erstaunt. „Wieso denn Standpauke? Hast du was angestellt?“

Yasmin zuckte mit den Schultern. „Ach, das Übliche, was Schulen so sagen. Du musst dich mehr anstrengen, du nimmst das alles nicht ernst genug, du könntest viel mehr leisten … das ganze Blablabla.“ Sie warf den Kopf zurück und lachte ihr unbeschwertes Yasmin-Lachen.

„Stört es dich nicht, dass es Ärger gibt? Möchtest du nicht mal ein Lob hören?“, fragte Mila zaghaft nach.

Yasmin lächelte. „Ach, weißt du, wenn ich mich wirklich anstrenge, wird ja immer noch gemeckert. Dann heißt es: ‚Wir haben aber viel mehr von dir erwartet‘. Da strenge ich mich lieber nicht an und kriege nur für die Faulheit einen Anschiss.“ Sie hob die Arme und drehte sich. „Du weißt doch: Mittelmaß ist prima!“ Dabei rutschte ihr T-Shirt ein Stück nach oben und darunter kam etwas Blitzendes zum Vorschein. Mila öffnete den Mund, um etwas zu sagen.

„Mund zu, Süße“, grinste Yasmin. Sie zog das T-Shirt wieder herunter. „Ein bisschen Spaß muss sein!“ Dann tanzte sie durch den Flur davon.

Mila sah ihr verblüfft hinterher. Sie hatte das Piercing doch noch drin! Nun musste Mila auch grinsen. Yasmin war echt skurril. Dann wurde sie nachdenklich. Ein Wunder, dass Yasmin immer so fröhlich wirkte, wenn sie doch in den Augen ihrer Eltern nie gut genug war. Das war furchtbar. Mila bekam Mitleid mit ihr und sie nahm sich vor, in Zukunft besonders freundlich zu Yasmin zu sein.

Mila drehte sich zu Frau Steinbachs Bürotür um und klopfte zaghaft.

„Herein“, erklang Frau Steinbachs Stimme.

Mila trat ein.

„Hallo“, sagte sie an die Direktorin gewandt. „Ich wollte mich nur noch einmal bedanken, Frau Steinbach. Ich kann gar nicht glauben, dass ich nun zu dem Reittraining darf – und das noch zusammen mit Charly, das ist … total krass!“

Frau Steinbach erwiderte: „Das hast du allein dir zu verdanken. Herr Erpenbeck, der Talentscout vom Landeskader, hat ausdrücklich erwähnt, dass er nicht nach perfekten Leistungen geschaut, sondern auf das zugrunde liegende Talent geachtet hat. Und davon hast du offenbar viel gezeigt.“

Mila platzte fast vor Stolz.

„Es liegt vielleicht in der Familie“, fuhr Frau Steinbach fort. „Dein Vater war schließlich auch so begabt.“

Mila nickte zustimmend.

„Aber die Frage ist letztendlich, was du daraus machst. Natürlich kann niemand etwas dafür, wenn kurz vor dem Höhepunkt der Karriere ein solch verheerender Unfall alles zunichtemacht, noch dazu mit diesem bösartigen Hintergrund. Doch jeder muss seine eigenen Entscheidungen treffen. Ich rate dir, mach das Beste aus deinem Talent, Mila, ich denke, du hast auch psychisch die besten Voraussetzungen."

Mila zog verwirrt die Stirn kraus. Unfall? Wovon redete Frau Steinbach eigentlich? Sie wollte gerade nachfragen, da wurde die Tür aufgerissen und Charly stürmte herein: „Mila! Wir brauchen deine Hilfe! Entschuldigung, Frau Steinbach, aber es ist dringend!"

Sie zog Mila an der Hand auf den Flur hinaus und die Treppe hinunter.

„Was ist denn los?", wollte Mila wissen.

„Renate ist los", erklärte Charly außer Atem. „Sie steht unten in der Eingangshalle und weigert sich, auch nur einen Schritt vor oder zurück zu machen."

Schon standen sie in der Halle. Mila ging langsam zu dem störrischen Pony und streichelte seine Mähne. „Was hast du, Süße? Was willst du denn hier im Gebäude?"

Renate schnaubte ihr vertrauensvoll in die Hand.

„Wo ist Tini?", wollte Mila wissen.

„Mit ihrer Mutter im Dorf", erklärte Franzi.

Um Renate hatte sich ein Kreis an Helfern eingefunden. Sie hatten Möhren dabei, mit denen sie das Pony lockten, und redeten auf Renate ein.

Michel betrachtete das Pony. „Sie schaut so merkwürdig."

Mila strich über Renates Nase.

„Ich erinnere mich an eine Stute, die auch so reagiert hat", erzählte Michel. „Ihr Fohlen war damals weggelaufen und sie war voller Sorge. Erst als wir es wiederfanden und zu ihr brachten, beruhigte sich die Stute. Aber Renate hat ja kein …"

„Ich hab's", rief Mila und schlug sich lachend vor die Stirn. „Wartet hier!"

Sie rannte durch die Flure zu Tinis und Caros Wohnung. Zum Glück hatte sie von ihrer Tante einen Ersatzschlüssel bekommen. Sie schloss auf und ging schnurstracks in Tinis Zimmer. Sie musste kurz suchen, dann entdeckte sie es unter dem Bett: das rosafarbene Plüscheinhorn.

Mila rannte zurück.

„Das hier ist ihr Fohlen!", rief Mila und hielt es in die Höhe. Sofort trabte Renate los. Sie wieherte kurz und nahm das Einhorn dann ins Maul. Ohne sich um ihre Zuschauer zu scheren, wanderte sie zufrieden aus der Halle und ließ zum Abschied vor Erleichterung noch ein paar Pferdeäpfel fallen.

In dem allgemeinen Gelächter entdeckte Mila plötzlich Jan, der nun auf sie zukam.

„Da bist du ja!", rief Mila und fiel in seine Arme.

„Hast du mal wieder jemanden gerettet?", fragte Jan und strich ihr liebevoll eine Haarsträhne hinter das Ohr. Mila strahlte. Es kribbelte so herrlich im Bauch, wenn sie Jans Haut spürte.

„Ja, eigentlich sind jetzt alle gerettet und bereit für Ferien und Glücklichsein."

„Das trifft sich sehr gut", hauchte Jan ihr ins Ohr. „Glücklich sein steht auch auf meinem Plan."

In Milas Bauch stiegen tausend kleine rosa Herzbläschen auf. Das würden die besten Ferien ihres Lebens werden!

Emma Norden

Mila & Adesso

Galopp ins Glück

Leseprobe

Auf Sendung!

Mila drückte auf den roten Aufnahmeknopf. Auf dem Display ihres Fotoapparats erschienen eine breit grinsende Tini und Renate, das Mini-Appaloosa-Pony. Tini hatte an die Hinterseite ihrer Jacke zwei Krawatten genäht, die ihr nun in die Kniekehlen baumelten. Mila vermutete, dass das Kleidungsstück, so wie es jetzt aussah, einen Frack darstellen sollte, wie ihn beispielsweise Zirkusdirektoren trugen. Diese Vermutung wurde durch die Gerte in Tinis linker Hand und die Verkleidung von Renate noch unterstrichen. Die hatte nämlich einen bunten Indianerfederschmuck auf dem Kopf und einen Hula-Hoop-Reifen um den Bauch, an dem mehrere Fetzen roter Tüll befestigt waren.

Nicht dazu passte allerdings die Zahnpastatube, die Tini nun begeistert in die Kamera hielt. Dabei verkündete sie mit gebleckten Zähnen: „Nicht vergessen: ‚Putziweiß – zweimal täglich, zwei Minuten. Da schaut Ihnen jeder Gaul gern ins Maul.'"

Mila wunderte sich ein wenig, beschloss aber, einfach weiterzufilmen.

Tini hörte auf, die Zähne zu fletschen, und quetschte die Zahnpastatube in die Hosentasche ihrer Reithose. Dann stellte sie sich breitbeinig hin und verkündete in die Kamera: „Hallo, ich bin Tini und das“, sie deutete auf Renate, „ist Renate, das allerbeste, allerliebste und allerschlaueste Pony auf der ganzen Welt.“ Renate wandte sich mäßig interessiert ab und schnüffelte an dem Reifen, der sich mittlerweile zwischen ihren Vorderbeinen verheddert hatte. Doch Tini strahlte sie verliebt an und fuhr fort: „Meine lieben Zuschauer, herzlich willkommen bei *Renate ist die Größte*! In meinem neuen Videokanal möchte ich euch heute eine absolut einmalige Sensation zeigen!“

Tini riss die Augen auf und die Arme nach oben.

Renate schnupperte immer noch am Hula-Hoop-Reifen herum.

„Ein Pony, das durch einen brennenden Reifen springt! Tadaaa!“

Mit diesen Worten befreite sie Renate von dem Reifen und hielt ihn ihr vor die Nase. Renate machte nicht die geringsten Anstalten, das Ding vor ihr auch nur irgendwie zu beachten – geschweige denn hindurchzuspringen. Sie stand einfach da und sah Tini an.

Verlegen lächelte Tini in die Kamera. „Manchmal brauchen auch begabte Pferde eine kleine Extra-Motivation“, erklärte sie. Dann holte sie aus der zahnpastatubenfreien Hosentasche eine kleine, schrumpelige Möhre heraus und hielt sie Renate hin. „Na komm, spring!“, forderte sie das kleine, gescheckte Pony auf.

Doch Renate schüttelte den Kopf und schnaubte. Sie schenkte der Möhre keinerlei Beachtung und trottete stattdessen zu Mila.

„Ich glaube, ich habe sie zu sehr verwöhnt“, meinte Tini empört. „Du kannst die Kamera ausschalten. Das war ja wohl voll die Pleite!“

Mila strich sich eine braune Strähne aus dem Gesicht, drückte abermals auf den roten Knopf und ließ die Kamera sinken. Tini sah so bedröppelt drein, dass Mila sie am liebsten sofort in die Arme genommen und geknuddelt hätte.

„Ist doch nicht so schlimm“, versuchte Mila ihre kleine Cousine zu trösten. „Filme mit Tieren sind schwierig. Da braucht man immer ein paar Versuche, bis es klappt!“

Tini zog die Oberlippe kraus. „Ja, logo, aber doch nicht mit Renate. Ich habe ihr vorher alles erklärt. Und sie hat es auch verstanden, das habe ich ganz deutlich gemerkt.“

Mila strich Tini über die langen blonden Haare. „Na komm. Wir probieren es später noch einmal.“

„Aber ich wollte den Film doch heute in dieses Netz stellen. Damit alle es sehen können. Mama hat gesagt, wir können einen Block auf einem Pokal aufmachen."

Mila stutzte. Einen Block auf einem Pokal aufmachen?

„Meinst du vielleicht, dass du einen Blog auf einem Portal aufmachen willst?", fragte Mila. „Einen Internetblog?"

„Hab ich das nicht gesagt?" Tini hob verwundert die Augenbrauen. „Ich will ein Tuben-Star werden und ganz viel Geld verdienen, damit Mama nie mehr arbeiten muss."

Mila kicherte. Ein Tuben-Star? Das wurde ja immer besser … Nun ergab auch der Werbeslogan mit der Zahnpastatube plötzlich Sinn. Tini hatte da etwas missverstanden. Das war einfach zu witzig. „Dann wünsche ich dir auf jeden Fall viel Glück und dass viele Leute in diesem Netz deinen Film ansehen!", sagte Mila schnell und drehte ihr Gesicht weg, damit Tini nicht sah, wie sehr sie lachen musste.

Tini nickte. „Bestimmt. Jeder, der Renate sieht, liebt sie. Das ist einfach so", stellte sie fest. Sie ging zu Renate hinüber, die sich zur Abkühlung im noch feuchten Gras wälzte, und vergrub ihre Nase in Renates weicher Mähne.

Mila sah ihre kleine Cousine und ihr Mini-Pony gerührt an. Dass Renate auf ihre alten Tage mit so viel Liebe überschüttet werden würde, hätte noch vor einem halben Jahr niemand geahnt. Sicher: Auch

Mila liebte das kleine Pony, auf dem sie ihre ersten Reitversuche unternommen hatte, sehr. Aber seit sie Adesso von ihrem Vater geschenkt bekommen hatte, musste sie ihre Aufmerksamkeit auf zwei Pferde aufteilen.

Mila ließ ihre Gedanken zu Aurelie und ihrem Reitstall wandern, auf dem sie bis vor Kurzem den größten Teil ihrer Freizeit verbracht hatte, und ein behagliches, warmes Gefühl breitete sich in ihrem Bauch aus. In ihrer Vorstellung war alles zum Greifen nah: der Duft des Stalls, Aurelies braune, lustige Locken, die sie meist zu einem lockeren Knoten aufsteckte, und die gemütliche Reiterstube, in der sie nach dem gemeinsamen Reiten immer eine Tasse Rotbuschtee getrunken hatten.

Gleichzeitig war dieses Leben mittlerweile auch in weite Ferne gerückt. Milas Eltern waren Ärzte und vor einem guten halben Jahr hatten sie sich entschlossen, für eine längere Zeit nach Kenia zu gehen. Und sie hatten außerdem beschlossen, Mila im Pferdeinternat Inselglück auf der Insel Marum unterzubringen, solange sie beruflich unterwegs waren. Zunächst war Mila mit dieser Idee alles andere als einverstanden gewesen. Sie hatte nicht auf ein Internat gehen wollen. Schon gar nicht auf eines, bei dem das Turnierreiten so im Mittelpunkt stand wie auf Inselglück. Schließlich sollte Reiten Spaß machen und keinen Stress erzeugen. Doch trotz aller anfänglichen Bedenken war das Internat mittlerweile zu Milas zweitem Zuhause geworden. Nicht zuletzt dank ihrer Tante Caro, die im Internat Mathe unterrichtete und mit ihrer Tochter Tini auch dort lebte. Außerdem hatte Mila auf der Insel echte Freunde gefunden, unter anderem ihre allerbeste Freundin Charly.

Und wenn Mila ehrlich war, konnte sie sich das Leben gar nicht mehr so recht ohne Marum, seine langen Strände, den unverwechselbaren Wind und seine freundlichen Bewohner vorstellen. Vor allem nicht ohne einen bestimmten Bewohner: Jan, den Sohn des Islandpferdehofs, der in ihre Klasse ging. Seit ein paar Wochen waren sie sogar ein Paar. Sie lächelte, als sie an seine blonden Wuschelhaare und seine Sommersprossen dachte.

Vor drei Tagen hatten die Sommerferien begonnen und die meisten von Milas Mitschülern waren zu ihren Eltern nach Hause gefahren. Mila war froh, dass Charly eine Sondergenehmigung erhalten hatte, hierzubleiben. Zu Hause war Charly nämlich eine waschechte Prinzessin. Aber der Rummel nervte sie und sie hatte überhaupt keine Lust, mit ihren Eltern auf den Sommerlandsitz der Familie zu Löwenstein-Gabelsberg zu fahren und Charlotte Arlene (so hieß Charly mit vollem Namen) zu sein. Viel lieber wollte sie Charly genannt werden und auf ihrer Stute Vanilla reiten. Mila konnte das sehr gut verstehen.

Außer Charly, Tante Caro und Tini war nur die Köchin Frau Käthe im Internat geblieben. Und natürlich Herr Gründgen, der Stallmeister, und sein Sohn Michel.

Michel kam gerade mit einer Schubkarre zum Pferdeäpfelaufsammeln auf die Koppel gefahren. Er stellte die Karre ab und wischte sich mit der Hand den Schweiß von der Stirn. Dann schlenderte er zu ihnen herüber.

„Heute ist es einfach für alles zu heiß", stellte er müde fest. „Und ganz besonders zum Arbeiten. Was treibt ihr so?"

„Och, nichts Besonderes", antwortete Mila, schnappte sich die Mistschaufel und fing ganz selbstverständlich an, den Pferdemist auszuheben. „Wir versuchen, reich und berühmt zu werden."

Michel grinste. „Bin nicht sicher, ob das mit Pferdeäpfeln klappt."

Mila grinste zurück. „Kennst du etwa nicht die berühmte Pferdeapfel-Theorie? Es bringt Glück, wenn man sie aufsammelt. Je mehr, desto besser."

„Dann habe ich wohl für den Rest meines Lebens das Glück gepachtet", meinte Michel und machte eine Siegerfaust. „Yippie!"

Nun kam auch wieder Leben in Tini und sie schaute aus der mittlerweile ziemlich verstrubbelten Mähne von Renate zu ihnen hoch.

„Das hättest du mir mal früher sagen sollen",

schmollte sie. „Deswegen ist sie also nicht gesprungen – wir hätten Pferdeäpfel gebraucht."

Verwirrt blickte Michel abwechselnd von Mila zu Tini. „Ich bitte um Aufklärung. Ich kapiere gar nichts."

Mila seufzte und reichte Tini die Schaufel. „Hier! Gib dein Bestes! Und dann sehen wir mal, ob Renate durch den Reifen geradewegs ins Internet springt."

Sehnsuchts-Cupcakes

Mila bürstete Adessos Rücken. Hatte sein Fell schon immer so geglänzt? Es kam ihr fast so vor, als könnte man sich darin spiegeln. Das war ein wirklich gutes Zeichen. Adesso fühlte sich hier auf Inselglück mehr als wohl und das Springtraining schien ihm auch nichts auszumachen. Er sah einfach toll aus und er war besser in Form als jemals zuvor. Sie lehnte ihren Kopf an Adessos Kruppe und sog den warmen, erdigen Duft ein. Um nichts auf der ganzen Welt würde sie diese Momente aufgeben wollen. Adesso wandte den Kopf zu ihr nach hinten und schnaubte.

„Ich mach ja schon weiter mit der Extra-Massage", sagte Mila lachend. „Gefällt dir die neue Bürste? Und das Öl, das ich dir gekauft habe?"

Adesso schnaubte noch einmal.

Mila sprühte aus der Pumpflasche ein wenig Öl auf Adessos Hals und begann, die Muskeln mit der Hand behutsam zu lockern.

„Schade, dass du mich nicht auch massieren

kannst, mein Schöner", sagte Mila. „Meine Schultern könnten ebenfalls ein wenig Entspannung gebrauchen."

Michel sah über die Boxentür. „Stehe dir jederzeit zur Verfügung!", sagte er. „Ich bin Profi. Ich krieg alle Muskeln weich."

Mila wurde rot und begann zu schwitzen. Mist. Alles, nur das nicht … Michel hatte also gehört, was sie eben zu Adesso gesagt hatte. Er wusste doch, dass er für sie nur ein Freund war. Ein guter Freund. Musste er sie immer so in Verlegenheit bringen? Obwohl … wer sagte denn, dass das Massage-Angebot nicht rein freundschaftlich gewesen war?

„Äh … ja … danke. Später vielleicht", stammelte sie und verkroch sich mitsamt Sprühflasche und Bürste unter Adessos Bauch, damit Michel nicht sah, wie unangenehm ihr die Situation war.

Emma Norden wurde 1978 geboren und malte sich schon als kleines Mädchen aus, Schülerin eines Reitinternats zu sein. Gerne wäre Emma so wie Mila und würde mit ihrem Traumpferd Adesso spannende Abenteuer erleben. Aber statt am Strand entlangzugaloppieren, schreibt sie fleißig Geschichten und wird von ihren Kindern auf Trab gehalten.